【上】

永遠한 사랑과 人間讚歌

속石狩平野
이시카리 평야

一名 : 어느 女人의 一生

圖書出版 德逸 미디어

이 책을 出版 하면서

　2014年 10月 3日, 全國 漢字敎育 推進 總 聯合會로부터 大韓民國 敎育史上 一大 變革을 豫告 하는 發表가 있었습니다. 敎育部가 2018年度부터 初等學校 3學年以上 國語 및 社會 敎科書에 漢字 400-500字를 넣어서 敎科書를 만든다고 決定 했다고 합니다. 이는 곧 漢字敎育의 實施를 意味 합니다. 事實 늦은 감이 없지는 않지만 대단한 決定 이라하지 않을 수 없습니다. 半世紀 동안 한글 傳用 政策 으로 發生한 不完全한 國語生活은 朴槿惠 大統領의 勇斷

으로 그 終止符를 찍고 世宗大王의 본뜻을 살려 完全한 國語生活의 길을 열어 놓았습니다. 表意文字로서 가장 發達한 漢字와 表音文字로서 가장 科學的인 우리 한글은 함께 使用함으로 因하여 우리의 國語生活을 더 더욱 完壁하게 할 수가있게 되었습니다. 事實 弊社는 언젠가는 이렇게 되리라고 앞을 내다 봤기 때문에 3年前부터 서둘러 『한글 · 漢字』混用 小說册을 發刊하고 있습니다. 現在까지는 아무런 갈채를 받지는 못했습니다만, 앞으로 漢字工夫에 많은 도움이 되리라 確信하기 때문에 그것으로 慰安을 삼으려 합니다. 特히 이 册을 읽기 爲해서는 漢字辭典(玉篇)이 必要없습니다. 册 마지막에 收錄되어 있는 附錄에서 項目別로 漢字를 찾아 보시면 됩니다. 讀者의 漢字工夫에 많은 도움이 되었으면 합니다. 協助를 付託드립니다.

　　　　　　　　　　　　　　　　德逸 미디어 拜

차 례

第 一 章……… 5
第 二 章……… 36
第 三 章……… 80
第 四 章………112
第 五 章………160
第 六 章………189
第 七 章………241
第 八 章………290
第 九 章………345
附　　錄………402

-1-

    카츄샤　귀엽구나
    離別의 쓰라림이여
    ………………………

  소매없는 통바지 저고리의 兩 옆 터진곳에 兩손을 찔러넣고, 닳아빠진 게다끝으로 氣勢도 좋게 땅을 차 가며 걸으면서, 유끼꼬는 큰소리로 노래를 부르고 있었다.

  意味도 確實히 모르지만, 요 여름부터 대단한 速度로 流行하고 있었다. 템포를 빠르게, 段落을 마추어 부르면, 날개를 펴고 날아 오르는듯 걷는 步調와 잘 맞아서 한층 너 신바람이 난다.

    ………………………
    하다못해 다시 만날 그때까지는
    똑같은 모습으로 (라라) 있어 주세요.………

續石狩平野 ▪ 上

눈발이 휘날리고 있는 거리 한모퉁이 어딘가에서 新聞號外의 搖鈴소리가 울리고 있었다.

今年 여름, 유럽이라는 곳에서 戰爭이 일어나서, 日本의 軍人들도 칭따오(靑島)라 하는 곳으로 쳐들어 갔다고 한다. 어린애들에게는 멀고 먼 이야기에 不過했다.

유끼꼬도 일곱살이 되었다. 近方에서는 餓鬼大將으로 불려졌고, 相對가 男子애라도 지는 法이 없었다. 年上의 男子애가 그 女에게 얻어 맞고서 울며불며 父母를 데리고와서 事情을 털어 놓는 일은 別로 神奇한 일도 아니었지만, 유끼꼬는 싸움에 지고도, 울면서 돌아오거나 하는 일이 없었다. 놀이로 말하자면, 소꿉놀이나 구슬치기는 싫어했고, 男子애들과 섞여서 戰爭놀이라던가, 陣 뺏기놀이, 팽이치기같은 거치른 놀이에 時間 가는 줄도 몰랐다.

只今도 유끼꼬는 保險會社의 빈터에까지 遠征을 가서, 男子애들에게서 거의 全部를 따고 오는 길이었다.

그 女의 팽이치기나 딱지치기 솜씨는, 이 近方 惡童들 中에서도 一流이고, 心地가 弱한 아이들은, 그 女의 氣魄에 눌려버리고 만다.

얼굴이 발갛게 달아 오른 그 女가 "야잇"라든가 "야차"라든가, 쇠쪽같은 소리로 氣合을 넣으면서, 몸으로 勝

負를 걸어 오는 것을 본다면, 大槪의 애들은 氣가 질리는 듯한 顔色으로 變하고 만다. 그렇게 되고보니, 小學校 三, 四學年 程度의 애들도 當하지 못한다. 또한 유끼꼬는 慾心도 많았다. 그러나 놀이가 끝났을 때에는, 戰利品의 거의 全部를, 未練없이 잃은 아이들에게 나누어 줘 버린다. 지는 것을 죽어도 싫어하는 악바리인데도 不拘하고, 같이 노는 同僚들 사이에서 人氣가 있는 것은, 그 女에게는 이러한 시원시원한 한 面이 있기 때문 이었다.

拓殖銀行 앞에까지 왔을때, 잎이 떨어져 앙상한 가로수 둥어리에, 몸을 숨기듯이 서 있는 女人의 뒷모습이, 유끼꼬의 눈에 비춰져 왔다. 방울이 달려있는 목도리에 얼굴을 파묻고 있지만, 아끼꼬라는 것은 첫눈에 알아 보았다. 유끼꼬는 노래를 멈추고 달려 갔다.

「언니, 뭘하고 있는거야, 이런 곳에서……」

달려 들면서 自身을 쳐다보는 유끼꼬의 視線으로부터, 아끼꼬는 避하려는듯이 얼굴을 돌렸다. 눈에는 狼狽스러움이 歷歷했다.

「안 되잖니, 뵈기 싫게.」

아끼꼬는 自身을 유끼꼬로부터 떨어 지려고, 몸을 움직였으나, 추위에 손등이 터져 있는 유끼꼬의 兩손이 목도리의 끝을 꼭 쥐고 있었다.

「뭐가?」

「그런 큰 목소리로, 큰 거리를 노래를 부르면서 걷는 사람이 어디 있냐. 더군다나, 넌 계집애야. 來年에는 學校에 간단 말이다.」

유끼꼬는 툭하고 소리가 날 程度로 꼭 쥔 주먹으로 自身의 머리를 두드리고, 그 머리로 아끼꼬를 밀어 왔다.

아끼꼬는 재빠르게 周圍를 둘러 보았다.

「빨리 집으로 돌아 가.」

「언니는?」

「볼 일이 있어.」

「무슨 일인데?」

「알았으니 얼른 돌아 가. 어린애들은 몰라도 되는 일이니까….」

그때, 銀行의 階段을 내려 오고 있는 카사마가 눈에 띄어서, 難處한 나머지 말끝이 흐려졌다. 그러는 아끼꼬의 視線을 쫓아, 유끼꼬는 입술을 ヘ字로 다물고서, 다가오는 카사마를 노려 보았다.

「이 봐, 먼저 돌아 가. 난, 카사마氏와 볼 일이 있단다.」

「유끼, 저 사람 싫어.」

눈을 똑바로 뜬 채, 매우 確實한 목소리로 유끼꼬는 말했다. 카사마는 바로 옆까지 와 있었다. 勿論 들었음에 틀림없겠다.

「유끼짱도 와 있었구나.」

카사마는 뜻밖이라는듯한 얼굴 모습이다.

「아니야. 온게 아니란 말이야!」

유끼꼬는 펄쩍 뛰듯이, 두 사람에게서 떠러지자마자 半 달음질하듯 했다. 半 정보쯤에서 몸을 돌리고, 兩손으로 메가폰을 만들고는, 허리를 구부리면서 몸을 쥐어 짜는듯한 목소리로 외치는 것이다.

「카사마 바보자식!. 고구마 쳐먹고, 도토리 쳐먹고, 방귀나 텡텡 끼면서 되-저-라!」

아끼꼬와 나란히 발걸음을 떼어놓던 카사마는, 소리가 나는쪽으로 無表情한 눈길을 보냈으나, 얼른 視線을 바로 했다. 眼鏡의 철테를 가늘고 긴 손가락으로 밀어 올렸다.

「무슨 저런 계집애가 다 있어, 진짜……」

아끼꼬는 얼굴을 들 수가 없었다.

유끼꼬는 只今은 단숨에 딜려 가고 있다. 달려 가면서, "카츄사 귀엽구나, 離別의 쓰라림이여……". 하고 외치면서 였다.

「어린애는 敏感하단 말이야.」

카사마가 중얼거렸다. 혼잣말처럼 들렸다.

「僞善者나 卑怯者는 本能的인 냄새로 알아 보거든.」

「그거, 저를 두고 한 말?」

「勿論, 나를 두고 한 말이다.」

「나요, 스스로 그런 式으로 말하는 사람 싫어요.」

「하는 수 없지 뭐. 事實이니까……. 實은 요전번 土曜日에 오타루(小樽)에 갔었다. 너와의 일을 아버지께 말씀드리려고.」

「왜 그런 일을……. 저에 關한 일은 마음에 두지 말라고 몇번이나 말해야 알겠어요.」

「그렇지만 내게도 責任은 있으니까. 허지만 結局 말도 꺼내지 못했단다.」

목소리에는 自嘲가 서려 있었다.

「전 다카나오氏에게 責任을 느끼게 한다는 거, 처음부터 생각해 보지도 않았어요. 더 더욱 사랑을 받고싶은 마음은 每日 같이 생각하고 있지만…….」

「너에 對한 나의 氣分은 거짓이 아냐. 只今도 變함이 없지만.」

아끼꼬는 눈을 들어 男子를 쳐다 보았다.

그의 愛情에 거짓이 있다고는 생각해 보지도 않았다. 그러나, 보다 더 이것저것 가릴것없이 모두를 태워 없애

버릴것같은 激烈함이 必要한 것도 事實 이었다. 언제나, 어딘가에 꽉 채워지지 않는 안타까움이 있었다. 그것은 두 사람의 性格의 差異 때문이 아닌가 하고 생각도 해 보았다.

카사마는 再昨年에 農大를 卒業하고, 只今의 銀行에 勤務하게 되었지만, 아끼꼬와의 關係도 그때부터 였다.

아끼꼬에게는 無慘한 過去가 있었다. 유끼꼬는 그 十字架인 것이다. 그래서 그 女는 弱者였다. 사람을 사랑한다는 것을 두려워 했다. 그러니만치, 일단 쌓이고 쌓였던 感情을 터뜨리고 보니, 그것은 活火山이 되어 그 女를 完全히 삼켜 버리고 말았다. 結婚 할 생각은 처음부터 없었고, 되리라고 생각조차도 해 보지 않았다. 그런 資格이 自身에게는 없다고 諦念하고 있었다. 카사마는 그에 어울리는 깨끗한 相對와 結婚 해야만 한다. 自身은 只今처럼 暫間동안 불 타 오르는 것으로 滿足해야만 한다. 아끼꼬는 처음부터 그렇게 생각해 왔었다.

두 사람은 오번관(五番舘) 뒷편에 있는『하나무라(花村)』라는 日本式 旅舘으로 들어 갔다. 만나기만 하면 언제나, 누가 끄는 것도 아닌데도 自然스레 이렇게 되고 마는 것이다.

술을 마시지 않는 카사마는, 房으로 들어 오자마자 얼

른, 굶주리고 있었는것마냥 그 女를 要求했고, 아끼꼬도 그를 따랐으며, 따르고 있는 사이에, 그 이 以上으로 타오르는 것이다. 그것도 언제나 똑 같은 일이기도 했다.

六尺에 가까운 카사마의 몸뚱이는 가슴팍이 얇고, 길죽한 팔다리가 거미다리처럼 가느다랗다. 激烈한 動作을 하면 너무 헐떡거렸고, 때로는 가볍게 기침을 할때도 있다. 그럴때에는, 아끼꼬는 男子가 애처롭고, 사랑스러워서 참을 수가 없었다. 어깨뼈가 튀어나온 카사마의 등을 껴 안으면서, 그 나무板子같은 가슴에 얼굴을 파묻고 있자니, 까닭도 알 수 없는 눈물이 흘러내리면서, 낮은 흐느낌이 새어 나오기도 했다.

「結婚을 하더라도 너와는 헤어지기 싫어……」

엎드린채로, 베갯머리의 담배에 불을 붙이고 나서도, 暫時동안 숨을 헐득거리면서, 베개에 턱을 파묻고 있던 카사마가 불쑥 말했다.

「式은 언제?」

「내달 末이다…. 아버지께서는 이번 戰爭으로 輸出이 늘어 날거라고 믿고, 製粉工場의 擴張을 서두르고 계셔. 去來銀行의 貸付部長의 딸을 新婦로 맞이할 수만 있다면, 더 以上 좋은 條件이 없을 테니까. 허지만, 우리들이 헤어지는 일도 없겠지. 正式으로 結婚은 못하더라도….」

「그건 안 돼. 아무것도 모르는 夫人이 될 사람에게, 괴로운 생각을 갖게 하고싶지 않아.」

「넌 그래도 좋을는지 모르겠지만, 어린애는 어떡헐려고. 너, 分明히 말했지, 애기를 가졌다고.」

「괜찮아. 내가 기를거야.」

「너가 기른다 해도, 나의 認定이 必要한거 아닌가. 이대로 끊어지지 않고 있으면, 언젠가 틈을 봐서 아버지께 털어 놓고, 認定을 받을 수 있는 機會가 올거야.」

「當身은 아무런 걱정 할 必要가 없어요. 絕對로 弊는 끼치지 않을거에요.」

「허지만, 그렇게 되면 私生兒가 되는거야. 유끼짱의 前轍을 밟게 되는게 아닌가.」

그것을 말하고 있는 카사마의 語調는 낮게 그늘이 져 있고, 눈구멍이 움푹 들어가 있고 살이 별로 붙어있지 않은 옆얼굴에도, 別로 비꼬는듯한 內色도 보이지 않았다. 그러나, 아끼꼬는 얼굴이 굳어져 왔다. 눈이 男子의 얼굴을 빨아 드릿채, 움직임을 멈추어 버리고 말았다.

「알고 있었나요.」

그는 베개에 턱을 고이고, 옆얼굴만 보인채 말했다.

「너나 아주머니께서는 감출려고 아무리 애를 쓴다해도, 그런 일은 異常하게도 알려지고 말거든.」

「다카나오氏는 언제부터 그것을……..」

더 以上 참을 수 없다는 생각에, 아끼꼬는 목소리가 떨려 나왔다.

「너의 집에 있을때 부터란다. 다른 下宿人들도 모두 알고 있는것 같더라. 털어놓고 말하지만, 맨처음, 난 너라면 深刻하게 생각하지 않아도 좋다, 責任感 없이 사귀어도 된다고 생각했단다. 勿論, 그런 卑劣한 氣分이, 오래동안 繼續된 것은 아니지만…….」

카사마는 담배 煙氣에 숨이 막혀왔다.

아끼꼬는 잠옷의 깃을 이마까지 끌어 올리고, 그것도 모자라서 눈을 꼭 감았다.

「난 너의 過去를 잊으려고 努力했다. 넌 被害者로서, 責任이 없기때문에, 그것이 當然한거다. 헌데, 너에 對한 氣分이 眞摯(진지)하면 眞摯해 질수록 그것이 내게 있어서는, 어째 볼 수도 없는 致命的인 匕首가 되어서 나를 찔러 오고 있기 때문에, 너를 사랑하고 있는건지 미워하고 있는건지, 알 수 없게 되어 버린단다. 아마도, 난 너무 속이 좁은 人間인가 봐. 理性으로서는 너의 罪가 아니라고 認定하면서도, 感情이 너를 容恕치 못하고 있으니깐 말이야.」

「自己가 容恕치 못하는 것은, 유끼꼬를 同生으로 假裝

시킨 나의, 속임수의 거짓 生活이 아니란 말이죠. 自己를 속인것을 容恕할 수 없다는 것과는 다른거군요.」

잠옷으로 얼굴을 가린채, 아끼꼬는 抑揚이 사라진 목소리로 물었다.

카사마가 몸을 일으키려는 氣味가 잠옷에 傳해져 왔다. 그대로 그는 이불위에 兩班다리를 하고, 담배꽁초를 操心스럽게 재털이에다 끄고 있는 모양 이었다.

「그곳이 나의 정나미 떨어지는 곳이다. 네가 正直하게 말 해 주었다 하더라도, 아마도 똑 같았을거다. 어쩌면, 보다 더 甚한 氣分이 되었을는지도 모르지.」

아끼꼬는 잠옷을 둘러 쓴채, 손바닥으로 눈물을 훔쳤다. 그러고나서, 조금도 介意치 않는듯이 밝은 목소리로,

「잘 알겠어요.」

하고 말했다.

마음은 虛脫感에 젖어 있었다. 허나, 男子의 괴로운 心情도 理解가 되었다.

아끼꼬는 이불속에서 재빨리 속띠를 고쳐 매고서, 이불에서 빠져나와, 옷상지의 자기옷을 입기 始作했다. 카사마의 視線이 뜨겁게 빛나면서, 등줄기를 파고 들어오고 있는 것을 느낄 수 있었다.

「結婚은 하더라도, 난 너와 헤어지지 않을거야. 헤어

질 理由가 없잖아.」

「어째서?」

아끼꼬의 목소리는 多情스럽게 흘러 나왔다.

「난 情婦나 妾에 相應하는 女子니까?」

카사마는 暫時동안 對答할 말을 잃었다.

「너무 甚하구나, 넌…….」

「自己를 責하고 있는게 아니에요.」

「내가 卑怯하고 내멋대로 하는 사람이라는 것은 알고 있다. 하지만, 너와 헤어지고 싶지 않다는 것은, 진짜로 너를 사랑하고 있기 때문이다.」

카사마는 兩班다리의 무릎위에 視線을 떨구고 풀기가 죽어있는 목소리가 되었다. 그것이 若干은 作意的으로까지 보였다.

아끼꼬는 겉옷의 깃을 여미고, 목도리를 들고서 뒤돌아 보았다.

「握手해 주실래요.」

눈가에 웃음을 띄우면서, 아끼꼬는 어린애들이 하는것처럼, 곧바로 손을 내어 밀었다. 카사마는 그 손을 붙잡고, 끌어 당기려 했으나, 그 女는 그러지 못하게 했다. 차분하고 부드러운 行動이긴 했으나, 妥協할 수 없는 拒否가 그 속에 있었다.

「설마, 이대로 헤어지자는 것은 아니겠지.」

「이런 날이 오리라는 것은 처음부터 알고 있었어요. 未練없이 헤어지자구요. 더 以上 만나지 않겠어요.」

미닫이門 사이에서 아끼꼬는 살짝 웃었다.

「기다려, 기다려 줘…….」

카사마가 무언가 混亂스런 목소리로 말하면서 일어섰지만, 그때에 그 女는 이미 몸을 돌려 複道를 빠져 나가고 있었다. 뒤쫓아 나오기에는, 카사마의 姿勢는 잠에서 깨어난 直後의 모습 그대로 였다.

거리는 이미 밤이 되어 있었지만, 아끼꼬는 앞 채양머리나 귀밑머리의 흐트러짐이 마음에 걸려서, 머리에서부터 숄-을 둘러 쓰고 발걸음을 재촉하면서, 처음으로 얼굴이 이그러져 왔다. 젖어있는 눈속에, 거리에 세워져 있는 가로등이 부셔진 유리가루를 뿌려 놓은것처럼 흔들려 보였다.

自身에게는 갚아야 할 어두운 빚이 있다. 카사마가 다른 女子와 結婚하는 것은 當然할 뿐 아니라, 그때에는 깨끗이 헤어져야만 한다는 것도, 처음부터 覺悟가 되어 있었다. 只今에 와서 後悔가 될 理가 없었다. 그런데도, 머리속이 텅 빈것처럼 쓸쓸하기 그지 없었다.

學生時節의 카사마는 親舊인 이시하다등과 함께, 어쩌

면 不良者의 모습을 하고서, 貧民街를 드나들곤 했었다.

톨스토이즘이라든가, 不幸한 사람들속에, 라는 것도 입버릇처럼 하였다. 그것은 아끼꼬가 보는 바로서도 輕薄스럽기 짝이 없었다.

그는 豊饒한 大學生, 말해서 特等席의 人間 이었다. 그런 便安하고 좋은 安全地帶로부터 빠져 나오려는 마음도 없으면서, 이따끔씩 氣分이 내킬 때에는 下界로 내려와서는 그가 말하는 不幸한 人間을 바라 보고서는, 얼른 自己 자리로 되돌아 가는 것이다. 그는 自己 것이라고는 하나도 걸지 않으면서 마치 걸고 있는듯한 自己陶醉에 젖어 있는 것에 不過했다.

카사마의 意識속에도, 그러한 自身의 輕薄함이 비춰지고 있었다. 그래서, 겁쟁이라든가 卑劣하다던가 하는 말로서 卑下해 보이는 것도, 그즈음부터 그의 입버릇처럼 되었던 것이다. 자기 스스로 卑下해 보임으로 해서, 相對의 非難을 따돌려 버리려하는 狡猾함이 그에게는 있었다.

아끼꼬를 對하는 態度도, 그에 비슷한 点이 있는 것을, 그 女는 알고 있었다. 假令일러, 그 女에게 過去가 없다손 치더라도, 一介 下宿집의 계집애와 그가 眞心으로 結婚을 생각했는지 어떤지가 疑心스러웠다.

過去가 있는 女子이므로, 깊이 생각할 必要가 없다고 생각하고 接近해 왔다고 하는 것은, 그의 眞心에 틀림 없었고, 그것은 現在에도 그의 마음 어느 한곳에 꼬리를 내리고 있는 것이다. 다른 女子와 結婚하고 나서도, 秘密關係를 繼續하기를 要求했고, 입으로서는 卑劣하다던가 覇氣가 없다든가 하는, 自己卑下의 態度를 보이면서도, 實際로는 거의 無反省으로 있는 것은, 그가 아끼꼬를 自身의 아내가 될 女子와 對等한 人間으로서 생각하고 있지 않다는 것을 立證하고 있는 것이었다.

하지만, 아끼꼬는 카사마를 怨望하거나 하는 氣分은 들지 않았다. 男子는 누구를 莫論하고, 戀人이나, 적어도 아내에게는 한 点의 얼룩도 容恕치 않는 것이다. 지나치는 男子에게 진흙발로 짓뭉개어진 女子를 對하는 것으로서는, 그는 그런대로 따뜻했고, 親切했었다.

아끼꼬는 『청탑(靑鞜=푸른가죽구두)』를 자주 읽었다. 히라쓰카 나리도리(平塚雷鳥)나 다무라 순꼬(田村俊子), 카야노 아야꼬(茅野雅子). 노노우에 야쥬우꼬(野上八重子)들이 執筆하고 있는, 女流文藝雜誌 이지만, 女性의 自我確立과 그 解放을 旗幟(기치)로 내걸고 있는 것이다.

◆太初, 女性은 實質的인 太陽이었다. 眞正한 사람이

었다.

只今, 女性은 달(月)이다. 他에 依存해서 살고, 他의 빛에 依해서 빛나는, 患者와 같은 蒼白한 달이다. 우리들은 감춰서 없애버린 우리의 太陽을 只今이라도 되돌려 받지 않으면 안 된다.

나리도리는 『청탑』의 創刊號에 그렇게 썼다. 文藝雜誌 創刊辭라기보다 婦人解放運動의 宣言書처럼 들렸다.

今年 一月, 나리도리는 女性에게 犧牲과 忍從을 强要하는 封建的인 家族制度下의 結婚을, 自身의 몸으로 否定해 보이겠다는 意圖도 있고해서, 公公然히 年下의 靑年畫家와 同居하면서『自由結婚』이라 했다. 世上의 非難과 욕바라지는, 나리도리와 청탑一派의 말해서『새로운 女子』들에게 밀어 닥쳤고, 只今도 그 女들은 日本內에서 뭇매질을 當할 處地에 놓여 있었다. 나리도리가 年下의 畫家를 부르던『젊은 제비』라는 말은 輕蔑과 揶揄(야유)를 內包하는 流行語가 되어 있었다. 演劇에서는 마쓰이 수마꼬(松井須磨子)가 出演하고 있는『人形의 집』의 노-라나,『故鄕』의 마구다가 熱狂的인 人氣를 모으고 있지만, 그것은 舞臺위의 加工의 이야기였기 때문 이었다. 自身들의 周圍에, 노-라나 마구다가 實際로 살고 있을 것이

라는 것은, 日本의 現 社會로서는 아직은 容恕될 일이 아니었던 것이다.

아끼꼬는 靑鞜派의 主張이나 生活方法에 共鳴하는 点이 없지 않았다. 마음속에서 나리도리들의 勇氣에 拍手를 보내고 있었다. 허나, 亦是 아끼꼬에게도 그것은 머나먼 저쪽 世界의 일에 지나지 않았다. 現實的으로 自身의 일이 되고 보면, 그 女 亦是 他의 빛에 依해서만이 반짝이는것 밖에 모르는『蒼白한 달』에 지나지 않았다.

「아끼꼬 아니냐.」

빨간 벽돌로 지은 五番館의 옆길을 빠져 停車場길로 나왔을때, 어데서 많이듣던 낯익은 목소리가 아끼꼬를 불렀다. 뒤돌아 보자니, 바로 뒤에 쇼타이의 모습이 있었다.

「너, 只今 돌아오는 길이냐.」

여느때 보다도 興奮된 목소리로 그는 물었다.

아끼꼬는 珠板의 솜씨를 認定받아서, 區廳의 會計課에 勤務하고 있다. 옛날, 쓰루요가 남의집살이를 할때의 안베 다마노쓰께가 區廳長을 하고 있으므로, 그의 好意로 얻은 職場 이었다.

「오늘은 日曜日 이에요.」

뒤가 쾡기는 心情이었으므로, 아끼꼬는 그를 바로 쳐

다보지를 못했다.

「아버지, 이번에는 어느쪽 方向으로 가셨어요.」

「쿠시로쪽 이었단다.」

쇼타이는 앞서서 걸어 가면서, 힘이 들어있는 말투로 말했다. 이 몇년동안에 보기 힘들었던 모습 이었다.

깃이 넓고 긴 외투같은 것옷에 軍隊用 가죽밴드를 차고, 脚絆에다 집신을 신고, 어깨에다 커다란 양철로 만든 植物 採集桶을 걸쳐 멘 쇼타이의 모습은, 밤눈으로 봐도 異常하게 느낄 程度 였다. 때가 묻어있는 헌팅캡의 아래의 귀밋머리 周圍에 하얀 色깔이 確實하게 들어나 보였다.

「이번에는 말이다, 귀한 놈을 잡았단다. 틀림없이 키타산슈우우오(北山椒魚=도롱뇽의 一種)가 아닌가 생각된단 말이다.」

쇼타이는 허리의 양철통을 한쪽손으로 살짝 두드려 보면서, 젊은이처럼 눈을 반짝거리고 있는 것이었다.

「그래요…….」

「히라도마에(平戸前)라는 곳에서 發見했지 뭐냐. 도마뱀 크기만한 놈을 세마리나 잡았단다. 만일 키타도롱뇽 이라면 宏壯한거다, 너.」

「그래요. 어째서요…….」

「넌 알턱이 없지만, 北海道에 棲息하고 있는 것은 에조도롱뇽이라는 種類란다. 북도롱뇽의 分布는 現在로서는 滿洲와 시베리아와 樺太, 그리고 北치시마에 定해져 있고, 北海道에는 棲息하지 않는다고 알려져 있거든. 그러니까, 萬一 이것이 북도롱뇽이라면, 대단한 新發見品이지. 안그러냐, 宏壯한거잖냐.」

「그렇네요…….」

아끼꼬는 아버지의 興奮에 겉으로나마 맞장구를 쳐주려 했지만, 딱딱하고 싱거운 應對밖에 되지 않았다.

아끼꼬는 勿論, 산슈우오(山椒魚=도롱뇽)등에는 아무런 興味도 없었다. 더군다나, 그 怪物같은 모습에서는 嫌惡感마저 들게 했었다. 왜 쇼타이가, 何必이면 산슈우우오 같은 것에 精神을 뺏기고 있는지 알지 못했다. 그 点에 있어서만은, 그를 精神 나간 사람 取扱하고 있는 周圍 사람들을 非難할 수 만은 없었다. 하지만, 그 女에게는 쇼타이의 외곬수가 마음속 깊이 느껴져 왔다. 그 외곬수 때문인지, 그는 웃지도 않았다.

도롱뇽은 쇼타이에 있어서는, 도롱뇽을 뛰어 넘는 무언가가 되어 있다. 그것은 兩棲類의 一種이라는 것이 아닌, 그의 人生을 가까스로 內部로부터 支撐해 주고 있는 情熱이었고, 무었과도 바꿀 수 없는 貴重한『그 무었』에 틀림 없었다. 다른 人間에게는 아무런 無意味한 것일지라도, 그것이 어느 人生에 있어서는 無上의 意味를 갖는다는 것은 이 世上에 얼마든지 있다. 稀微하기는 하지만, 아끼꼬에게는 그것이 理解가 되었다.

허지만, 只今의 아끼꼬는 正直하게 말해서, 그럴만한 處地가 못되었다. 두번다시 만나지 않겠다는 覺悟로 카사마와 헤어지고 돌아오는 길이었다. 마음의 餘裕가 없었다.

쇼타이도 그 女의 모습에 精神이 든것 같았다. 그는 발걸음을 늦추면서, 아끼꼬의 얼굴을 드려다 보는것처럼 했다.

「왜 그러느냐. 顔色이 좋찮구나. 몸이라도 아픈거 아니냐.」

「아니요.」

「그렇다면 多幸이지만…. 어쩐지 힘이 없어 보이는구나.」

「쬐끔 寒氣가 나요. 感氣인지도 모르겠네요.」

하고 아끼꼬는 솔-에서 얼굴을 들어내면서 방긋 웃어 보였다.

「操心하지 않으면 못써. 엄마들도 別故 없겠지.」

「응응, 모두 健康해요.」

쇼타이는 고개를 끄덕이며, 뭉글져 떨어지려는 콧물을 훌쩍 들어 올렸다.

쓰루요와 애들의 얼굴을 對한지가 半달째 였다. 반갑지 않는 것은 아니지만, 집이 가까워질수록, 어쩐지 쇼타이의 다리는 무겁기만 했다.

쇼타이가 일을 하지 않고서부터, 벌써 많은 歲月이 흘렀다. 아끼꼬도 勤務하고 있다지만, 一家의 生活은 모두가 오로지 쓰루요 혼자의 어깨에 걸려 있었다. 쓰루요는 몇사람 分을 일하고 있는 것이다. 말해서 馬車馬 같았다. 그런데도 不平 한마디 하지 않았다. 그나마, 生活마져도 洽足(흡족)하지 못했다.

下宿費에 反해서 차림상이 좋다는 것은 下宿人들 사이에 定評이 나 있지만, 쓰루요는 物價가 올랐어도, 下宿費를 올리는 것도, 차림상의 質을 떨어뜨리는 것도 할 수 없었다. 支拂을 못하는 下宿人이 있어도, 제대로 督促한번 하지 못하고, 오히려 그 女쪽에서 相對의 마음을 傷하게 힐까봐서 操心을 하는 것이다. 그럭저럭 지나는 사이에 몇 個月치 下宿費를 남겨놓고, 行方을 감춰버리는 사람도 있었다.

그런 中에서도 쇼타로가 中學校에 다니고 있는 것이다. 現在의 스기집안 形便으로 봐서는, 가당치 않다고 쇼타이가 反對했지만, 쓰루요가 熱心으로 說得해서 다니게 되었던 것이다.

쓰루요로 봐서는, 쇼타이의 피도 섞이지 않은 아끼꼬가 女學校를 卒業한 것을 생각하면, 假슈일러, 窮乏한 生活을 하고 있다손 치더라도, 쇼타로를 小學校 만으로 끝내버린다는 것은, 男便에게도, 子息에게도 道理가 아닌 것이다. 한편으로는, 이제부터의 人間에게는 무었보다도 敎育이 제일 主要하다고 생각 하였다. 可能하다면 農科大學까지 마쳐주고 싶었다. 입으로 말은 하지 않았어도, 그것은 쓰루요의 숨겨진 꿈이기도 했다.

집도 몇번인가 移徙를 했다. 그럴때마다 집안의 設備나 家具 備品들도 形便 없었고, 房 數도 줄어 들었으며 下宿人의 質도 떨어졌다. 只今은, 큰 길을 마주한 六丁目의, 한채로 지었다는 것은 이름뿐이고, 집칸이 傾斜로 앞쳐져 있는 陋醜(누추)하게 생긴 집이 그들의 住居 였다. 食堂房을 合쳐서 네개 밖에 없고, 그 中 세개의 房에 일곱사람의 下宿人이 合房型式으로 들어 있고, 家族 五名은 食堂房에서 生活하고 있다. 下宿人은 제各各, 近處의 거리에서나 部落을 나와서, 삿포로 病院에 通院治療를 받고 있는 患者나 다친 사람들 이었다.

「엄만 火가 나 있겠지…….」

집 가까이 오자, 쇼타이는 풀이 죽은 목소리로 중얼거렸다.

「쬐끔도. 엄만 언제나 아빠편이잖아. 그런데, 아마도 只今쯤에는 집에 없을 껄.」

「헤에……. 어디에?」

「요전번부터 밤에는 옥수수를 팔고 있어요. 아침일찍 마루야마의 오까시마氏 宅에서 사 가지고 와서……. 다누끼거리의 간다관(神田舘)옆에 나가 있어요.」

쇼타이는 무언가를 물으려 했다. 헌데 목이메어 소리가 나오지 않았다.

좁은 길로 들어 서서, 뒷 門인 유리門을 열자, 좁은 부엌의 앞쪽이 바로 食堂房으로서, 오구라의 學生服위에 紺色의 덧옷을 걸친 쇼타로가, 차받침대에 책을 펴놓고 있는 것이, 매달아 놓은 램프의 둥근 불빛아래에 들어나 보였다.

「이런, 大將 아니십니까. 어서 오시지요.」

부엌의 흙풍로에 작은 냄비를 얹어놓고 牛乳를 데우고 있던 곤노(紺野)라하는 中年의 下宿人이 아끼꼬의 등뒤로 숨듯이하며 들어서는 쇼타이를 보고서 人事를 한다. 토마고 마이(苫小牧)라는 곳에서 와있는 胃腸病 患者로서, 新聞社의 文選工이라 했다.

「네, 그간 安寧하셨습니까.」

쇼타이는 帽子를 벗고, 남의 집에 온듯이 人事를 했다.

「妓生개구리라도 잡아 오셨습니까.」

「네? 아아, 글세요…….」

쇼타로가 나왔다.

그는 中學校 四學年이 되었다. 어린애일 때부터 性質이 弱해서, 밖에 나갔다하면 반드시 울고 들어오는 애였는데, 나이를 먹어가자 甚한 內向的 性格으로 變해갔다. 말이 적고 神經質的이며, 少年다운 밝은 곳이 없었다. 親한 親舊들도 別로 없는것 같았다.

「아까적에 겐짱이 다녀갔다.」

쇼타로는 바지주머니에 兩손을 꽂고, 門地枋에 선채로, 天性인 퉁명스러운 목소리로 아끼꼬에게 말했다. 意識的으로 쇼타이의 存在를 無視하고 있다는 것이 確實하게 들어나 보였다.

「무슨 일이라도 있었댔니.」

「빨간 딱지가 나왔대나 봐.」

놀란 나머지 아끼꼬는 쇼타로를 빤히 쳐다 보았다.

부엌 구석에서, 水桶에 물을 붓고, 양철의 採集桶의 도롱농을 옮기고 있던 쇼타이도 손을 멈추고 고개를 들었다.

「내일 모래, 아사히가와((旭川)에 入隊한다고 했어.」

쇼타로의 語調에는 感情이라고는 손톱만큼도 없어 보였다.

와끼사까 겐이찌(脇坂憲一)는 三年前 現役服務를 마치고 돌아와서, 現在 무네가타 帽子店의 職長이 되어 있었다. 一, 二年 後에는 獨立해서, 自身의 商店을 가지게 될것이라는 이야기도 있었다. 그때까지에는, 어떤 方法을 取해서라도 어머니인 모토에를 찾아 내어서, 함께 살겠다고 하는 것이 그의 所望이기도 했다.

요 얼마 前에 유바리(夕張) 炭鑛의 食堂에 그 女와 비슷한 炊事婦가 있다는 所聞을 듣고 달려 가기도 했었지만, 아니었다.

「칭따오(靑島)를 取하려고, 豫備兵까지 召集한다는 거 우스운 이야기 아닌가요. 설마하니 日本이 獨逸까지 싸우러 가지는 않을 것이고…」

「글쎄요……. 난 이번 戰爭은 다른 나라끼리의 戰爭으로서, 日本과는 아무런 相關도 없는것 같이 보입니다만, 무엇보다도 끌려 나가고 있는 軍人들이야말로, 不便이 이만저만 아니죠.」

곤노가 냄비의 牛乳를 저으면서 쇼타이에게 말했다.

쇼타로는, 쇼타이가 貴重品이나 되는듯이 나무桶을 食

堂房으로 안아 옮기려는 것을 보고서, 어깨를 움추리면서 그앞을 막아 섰다.

「치워요. 아버지. 기분 나쁘잖아요, 그런거. 쬐끔은 다른 사람 氣分도 알아 주셔야만 되는거 아닌가요.」

쇼타이는 氣가 꺾인 눈매로 子息을 쳐다 보았다. 그리고선 아무말 없이 나무桶을 부엌 구석쪽으로 가지고 갔다.

「유끼꼬는?」

아끼꼬가 물었다.

「그 子息, 엄마따라 갔지 뭐야. 말려도 듣지를 않는다니까.」

쇼타로는 다시한번 쇼타이의 등에다 어두운 視線을 던지고선 食堂房으로 들어가자마자 세차게 房門을 닫았다.

「아버지, 저녁 아직이죠. 얼른 準備 할께요.」

아끼꼬가 소매를 걷어 부치고, 찬장에서 쇼타이와 自身의 밥그릇을 꺼내면서, 雰圍氣를 바꾸려는듯이 밝은 목소리로 말하자,

「아아니, 아직 괜찮아.」

하고, 쇼타이는 나무桶의 마개를 닫고 일어 섰다.

「그보다도, 나 엄마한테 暫間 다녀 오마.」

「뭣 하러? 집에서 기다리면 될텐데. 只今 술 한잔 飯酒로 해서 드릴께요.」

「아아니, 다녀와서 하겠다, 아끼꼬. 暫間 다녀 오마.」

쇼타이는 急히 게다를 꺼내어 신고 밖으로 나갔다.

쇼타로의 拒否的인 冷淡한 態度는 性格的인 것으로서, 반드시 쇼타이에 對해서만이 아니었고, 相對는 아직 열일곱살밖에 되지 않는 中學生 이었다. 마음에 찜어 두려는 것은 아니었다.

그러나, 그렇게 생각했지만, 쓰루요가 집에 없었고, 어쩐지 마음이 쓰이고 마음이 便치 않았다. 집안에서의 그의 位置가 어느틈엔지 그렇게 되고 말았던 것이다. 요즈음의 그는, 쓰루요의 그늘에서 몸을 依支하고 있지 않는다면, 마음이 安定이 되지 않는 것이다.

밤의 거리를 바람이 가르고 지나간다. 그것은 벌써 겨울을 생각키게 한다. 쇼타이는 걸어 가면서 허리에 차고 있는 수건을 뽑아서 흐르는 콧물을 닦았다.

다누끼小路의 商店街에도 사람 그림자라곤 하나도 보이지 않고, 商店의 등불마져도 차겁게 보였다.

긴디관 앞에는 몇개의 깃발이 바람에 필럭이고 있다.

名優 세끼네 다쓰하쓰(關根達發)님,

名花 다찌바나 죠오지로(立花貞二郎)님, 大共演
　　　닛가쓰(日向) 무끼시마 超特別 大寫眞 『復活』.

　等이라고 쓰여져 있고, 外國軍人 服裝의 男子와, 洋服에 붉은 털의 假髮을 한 女子의 看板 그림이 걸려 있었다.
　마쓰이 수마꼬의 『카츄샤』의 人氣에 便乘한, 女子役을 맡아하는 俳優가 캬츄-샤로 扮裝해서 나오는 新派調의 活動寫眞이긴 하지만, 마쓰이 수마꼬의 이름조차도 모르는 쇼타이는, 아무런 興味도 일어나지 않았다.
　映畵館 저쪽에는, 길을 사이에 두고 통조림工場의 照明燈이 비쳐 보였다. 쓰루요는 길의 끝쪽에서 옥수수를 굽고 있었다. 販賣臺위의 램프 불빛이, 그 女가 쓰고 있는 하얀 수건에, 淡淡하게 黃色으로 물드려서 흔들거리고 있지만, 그 앞에는 한 사람의 손님 모습도 보이지 않았다.
　「저것봐, 아빠다.」
　옆에서 자리를 펴고 옥수수의 껍질을 벗기고 있던 유끼꼬가, 벗기고 있던 옥수수를 손에 쥔채, 펄쩍 뛰어 오르듯이 몸을 이르키고서는 큰소리로 외쳤다.
　「그렇구나, 정말이네. 돌아오셨군요. 여보.」
　쓰루요는 부채를 놓고, 쓰고 있던 수건을 벗으면서 살

짝 허리를 굽혔다.

「오늘아침 房門에 새그림자가 비춰지지 않겠어요. 틀림없이 기쁜 일이 있으리라 斟酌 했어요.」

수수하게 無地의 겉옷을 입고, 釀造場의 表示가 印刷되어 있는 술집의 앞치마를 두르고, 기름끼 하나없는 머리를 제멋대로 잡아 매고는 있지만, 그 머리에 하얀 色깔은 아직 없었다. 化粧끼 하나 없는 밀 色깔같은 皮膚에도 팽팽한 潤氣가 흐르고 있고, 눈에도 밝고 強한 빛이 있었다. 四十六歲라고는 믿어지지 않을 程度 였다.

쇼타이가 나이보다 늙게 보이는 것 때문에, 나란히 걸어가면, 요즈음에는 쓰루요쪽이 훨씬 젊어 보였다.

「아빠, 여기 앉아.」

유끼꼬가 옥수수의 껍질이나 벗기지 않은 자루를 손으로 쓸면서 쇼타이의 팔을 끌어 自身의 옆에다 앉친다.

「조름이 오지 않냐. 感氣 걸리면 안 되는데.」

「아무렇지도 않아. 에에, 맛있게 구운 옥수수, 따끈따끈 몰랑몰랑한 옥수수, 싸게싸게 팔어요.」

서너댓 사람이 덩어리가 되어서 지나가는 그림자를 向하여 유끼꼬가 목소리를 질렀으나, 한 사람이 힐끗 돌아다 보는걸로 그냥 지나가 버렸다.

「모두가 不景氣로구나……」

유끼꼬는 若干 풀이 죽은 목소리가 되어서, 다시 껍질을 벗기기 始作했다. 쇼타이도 옥수수를 집어 들었으나, 껍질을 벗기기 爲해서가 아니라, 물끄러미 그것을 드려다 보고 있을 뿐이었다.

「유끼꼬에게까지 苦生을 시키는구나.」

「유끼꼬에게는 이러는 게 좋아요. 집에 있으면. 恒常 오래비와 싸움만 하니까요.」

「쇼타로가 못살게 구는구면,」

「쇼타로가 건드린다고 가만 있을 앤가요, 이 계집애가. 쬐끔도 지려고도 않고, 오히려 더 猛烈하게 덤벼 든다니까요.」

쓰루요는 구어진 옥수수를 양념장국에 담겼다가, 다시 그것을 불위에 올려 놓으면서, 神經쓰이지 않는다는듯이 웃음을 띠어 보였다.

「그렇게 잘 팔리지 않는것 같구만.」

「그저 그래요. 戰爭이 始作되고부터 여기, 유끼꼬 말은 아니더라도, 더 더욱 不景氣가 되어지는 것 같아요. 헌데, 조금만 있으면 간다館이 끝나니까, 언제나 돌아가는 손님들이 있어요. 어때요, 구운 옥수수 하나…….」

쓰루요는 연탄불위에서 쇼타이가 좋아하는 찰옥수수를 들어서, 그의 손에 쥐어 주었다.

「산슈우우오(山椒魚=도롱뇽), 잡았어?」

유끼꼬가 물었다. 집안에서는 그 女만이 도롱뇽을 싫어하지 않는다. 라기보다 興味를 보이고 있다는 것이다. 그러나, 잠간만 눈을 돌려도, 손으로 잡아서 배를 뒤집어 보거나, 몸에 실을 달아서 끌고 다니지를 않나, 그러니까 特別한 意味에서 警戒를 늦출 수가 없다.

「음음. 허지만, 장난감 取扱해서는 안 되지. 이번 꺼는 매우 흔찮은 거란다. 매우 貴重한 놈이니깐 말이야」

「으흥…….몇 마리?」

「세 마리.」

「그것 뿐?」

「그것도 겨우 겨우해서 찾아 낸거란다. 봄이되면, 다시 나가서, 이번에는 알을 찾아서 가져 올거야. 틀림없이 찾아 낼거다.」

쇼타이는 옥수수를 씹으면서 말했다.

「打算的인 아버지 아니랄까 봐서. 도롱뇽이라는 말만 들어도 금새 元氣가 팔팔하다니까요.」

쓰루요가 기쁜듯이, 낮은 목소리로 말하면서 웃었다.

♣

-2-

 쓰루요와 아끼꼬가 近處를 돌아 다니면서, 겨우 겨우 습쳐 모은 千人針(符籍)을 받아 품속에 간직하고, 아사이가와(旭川)를 떠난 와끼사카 겐이찌로부터 軍用葉書가 到着한 날, 거리에는 아침부터 소리없이 함박눈이 내리고 있었다.

 葉書에서는 餞送해 줘서 고맙다는 人事와, 健康하게 다녀오겠다고하는 簡單한 內容으로서, 어데로 가는지도 모르겠지만, 發信地는 오타루(小樽)였다. 오타루(小樽)에서 軍艦을 탄다는 것 밖에 알 수가 없었다.

 日本軍의 攻擊目標였던 칭따오(靑島)는, 구루메(久留米)師團의 카미오 코우신(神尾光臣)中將을 司令官으로 한 攻擊軍이 十月 三十一日의 天長節부터 總攻擊을 敢行하여, 다음 달 七日 아침에는 陷落시켜 버렸던 것이다.

그러고나서 다시 一週日 程度 걸려서, 카미오 將軍도 가까운 內地에 凱旋한다고하는 所聞 이었다. 적어도, 日本에 關해서만은, 戰爭은 끝이 났다는 느낌 이었다.

그런데도 只今, 겐이찌들의 部隊가 무었때문에 뭣하러 어디로 끌려 가고 있는지, 쓰루요들에게는 感이 잡히지가 않았다.

「또다시, 支那에서 무언가가 일어나고 있는지 모르겠군요.」

하고 곤노(紺野)가 모두의 얼굴을 바라 보았지만, 누구하나 對答해 주는 사람이 없었다.

「모토에氏는 只今 무얼하고 있단 말이야. 暫間만이라도 만나보고 가고싶어 했었을텐데.」

쓰루요는 겐이찌가 태어나던 날 밤을 떠올리고 있는 것 같았다. 무릎위에 올려져 있는 손바닥에 葉書를 올려 놓고, 어루만지는듯한 눈매로, 언제까지나 놓을 줄을 몰랐다.

그날, 아끼꼬가 일을 하고 있는데, 點心때가 거의 다 되어서 區廳長室로 불려갔다. 가 보니까, 區廳長의 모습은 보이지 않고, 來客이 두 사람 應接室 椅子에 앉아 있었다.

「어머나……」

하고 아끼꼬는 눈을 활짝 떳다.

하얀 이를 들어 내어 보이면서 일어선 분은 구와쓰찌 야수오(加地康雄) 였다. 그 옆에는, 農大 豫科의 校服을 입고 있는 이즈미 나쓰기(伊住夏樹)가 나란히 서 있었다.

구와쓰찌는 그렇게 變한 것은 없었지만, 나쓰기쪽은 그간 만나지 못한 사이에, 健壯한 靑年으로 變해 있었다. 潤氣있는 柔和한 눈인데도, 부실 程度로 强한 빛을 쏟아내고 있었다.

「오래간 만입니다. 그간 찾아 뵙지도 못해서…….」

아끼꼬는 너무 唐慌한 나머지, 남을 對하듯한 語調로 人事를 했다.

「健康하게 일 잘하고 있는것 같구나. 그는 그렇고, 어떠냐. 함께 點心이나 같이 하자꾸나. 區廳長에게는 許可를 받아 두었단다.」

「네에, 허지만…….」

아끼꼬가 躊躇하고 있는 사이에, 이미 구와쓰찌는 外套를 끼어 입고, 햇볕에 그을린 얼굴에 微笑를 띄우면서, 疎脫한 語調로 말했다.

「當分間 아끼짱의 얼굴도 볼 수 없을것 같고. 오늘은 그 離別이다.」

「어디 가시는 겁니까.」

「소 사러, 美國에 다녀 오려 한단다. 도쿄에서 若干 準備 할것도 있고, 배의 形便도 있고해서, 오늘 午後에 汽車로 떠나기로 했단다.」

「어머……. 그럼, 저요 얼른 어머니께…….」

「아니다, 쓰루요氏도 만나고 가고 싶지만, 時間도 別로 없고, 그 분은 每事 바쁜 몸이니까, 나중에 네가 安否나 傳해 놓거라.」

하고 구와쓰찌는 아끼꼬를 재촉해서 區廳長室을 나왔다.

「다께꼬氏의 집으로 가는게 좋겠지. 於此彼 자네도 姑母님께 人事를 드려야만 할테니까.」

아직도 눈이 그치지 않은 거리로 나오면서, 구와쓰찌가 나쓰기를 뒤돌아 보면서 말했다.

「그러죠.」

나쓰기가 범종망또의 어깨를 밀어 올리면서 끄덕거리는 것을 아끼꼬는 異常한 눈매로 쳐다 보았다.

「나쓰기氏는 어디엔가 가는 것이 아니죠.」

「저도 같이 갑니다.」

「가다니, 어디에. 아메리카에?」

「그럼요. 이리노이州 입니다.」

「난 소 去來가 끝나면 곧 돌아 오지만, 나쓰기君은 한

三年 乃至 五年間 걸리겠지. 그곳의 牧場에서 소 飼育에 關한 것을 하나 하나 全部 배워야만 하니까 말일세.」

곁에서 구와쯔찌가 거든다.

「學校는 그만 두고서.」

「어머니께서도 卒業을 하고 가더라도 늦지 않다고 말씀 하시지만, 소 飼育에 關한 거라면, 冊床위의 學問보다도, 本고장의 牧場에서 一年이라도 더 많이 實際的인 일을 몸에 익혀 두는 것이 좋겠죠. 마침, 구와쯔찌氏가 소를 사러 가는 牧場에서, 일해도 좋다는 連絡도 있고 해서 말이죠.」

나쯔기는 淡淡한 語調로 말했다.

「대단한 決心이구나. 허지만, 쓸쓸하지 않을까 몰라.」

「그거야 不安하죠. 우선 말이 잘 通하지 않으니까요. 허지만, 아무리 말과 習慣이 다르다 할지라도 結局은 똑같은 人間이 사는 곳이니까 理解 못할것도 없지요. 그 点에 있어서는 전 樂天的이니까요. 소와도 充分히 氣分이 通하거든요.」

아끼꼬는 一種의 感歎스런 생각으로, 나쯔기의 兩볼에 펼쳐지고 있는 밝은 微笑를 눈으로 비춰 보았다.

아끼꼬를 救하기 爲해서 죽어간 그의 아버지의 忌日에, 그 女를 牛舍로 데리고 가서, 純眞하게 소에 對한 說

明을 해 주었던 少年이, 只今 牧畜의 實務를 배우기 爲해서 單身으로 바다를 건너 먼 異國땅으로 旅行을 떠나려 하고 있는 열 아홉살의 靑年과, 똑같은 나쓰기라는 것이, 어쩐지 믿기지 않는다는 생각이 들었다. 여섯살이나 아래인 그가, 오히려 年上인것처럼 느껴져 왔다.

흰百合館에 와 본지도 오래 되었지만, 建物의 外觀이나 內部도, 어딘지 모르게 쓸쓸한 그늘이 드리워져 있는 것 같았다.

다께꼬는 아침부터 어덴가에 일보러 나가고 없었지만, 구와쓰찌들은 氣分좋게 장작이 활활 타고 있는 煖爐옆에 자리를 잡고, 구와쓰찌의 提案에 따라 于先 葡萄酒로 別離의 乾杯를 했다.

「아끼짱은 나쓰기君의 아버지를 記憶하고 있나.」

구와쓰찌가 물었다. 아무렇지도 않는듯한 語調였다.

「잊은 적은 한번도 없어요. 저가 여기 이렇게 있는 것은, 나쓰기氏의 아버지의 德澤이니까요.」

「그러니까, 假令일러 말하자면 이즈미 지로라는 男子는, 아끼짱의 立場에서 본다면 아버지라해도 좋겠지. 자네들도 진짜 親妹弟처럼, 언제까지나 사이좋게 지내는거다. 이즈미도 얼마나 기뻐할는지 모를거다.」

「구와쓰찌氏, 異常하지 않으십니까. 꼭이 遺言하시는

것처럼 들리잖아요.」

하고 나쓰기가 말했다.

「자네가 돌아 올때까지 어떻게 하든 農場을 지키려고 생각하고는 있지만, 나도 來年이면 五十 이니까 말이다. 이걸로 자네와 만나지 못할 일이 없으리라는 法도 없으니깐 말일세.」

구와쓰찌는 웃음으로 얼버무리듯이 말했다.

「그러지 마세요. 日本人도 퍽퍽 牛乳를 마시고, 버-터와 치-즈를 먹을 수 있게 된다면, 人生 五十年이란 말은 사라져 버리고 만다. 그것을 爲해서라도, 北海道를 日本의 덴마-크로 만들어야 한다, 는 것은, 아저씨의 持論이 아니시던가요.」

「勿論이고 말고. 허나, 牛乳나 버-터-만 가지고서도 막을 수 없는 것이 있는 法일세. 첫째 日本人의 牛乳製品 消費量이 歐美와 같이 될려면 아직 먼 먼 未來일이란 말이거든. 자네와같은 젊은이들의 努力이 絕對로 必要한거라네. 完全히 배워서 돌아 오게나. 期待하고 있겠네.」

「멋들어지게 한방 얻어맞고 말았군요.」

나쓰기가 苦笑를 禁치 못하는 것을 보고서 구와쓰찌는 愉快하게 웃었다.

다께꼬가 돌아 온것은 디저-트가 들어 오고서 였다.

「어머나, 神奇하네요, 當身들. 이렇게 함께 모여서…․」

그 女는 門앞에서 잠깐동안 눈을 휘둥그레 뜨고서 멈춰섰다가, 바로 아끼꼬들의 座席으로 다가와 앉으면서 그렇게 말했다.

나쓰기와 아끼꼬가 일어 서서, 그리고 구와쓰찌는 엉덩이를 살짝 들면서 그 女를 맞이 했다.

「어떻게 된 일이야, 이렇게 모인것은? 구와쓰찌氏의 陰謀?」

다께꼬는 椅子를 끌어 당기면서, 心術궂은 語調로 구와쓰찌를 바라 보았다. 그 눈이 意味 있는듯한 웃음을 머금은채, 그의 表情을 찾고 있다.

「눈치하곤. 이러니 속여 먹을 수가 있어야지.」

구와쓰찌는 微笑를 띠우면서 받아 주었다.

「나쓰기君이 오늘 出發하는데, 人事次 들렸어요. 전 가는것만은 함께죠.」

「저런. 진짜 아메리카라는 곳까지, 소 기르는 法을 배우러 간단 말이니. 學校까지 그만 두고?」

「네에. 姑母님께서도 이따끔씩 엄마 있는 곳에 들려 주시곤 해 주세요.」

「어쩔 수 없는 애로구나, 너라는 사람은.」

다께꼬는 異常한 物件이라도 보듯이 나쓰기를 바라보

다가, 드디어 낮은 목소리로 웃기 始作했다.

「그래 좋아. 네가 생각한대로 한번 해 보거라. 칫수가 똑같은 人間들 뿐이라면, 이 世上이 너무나 재미 없을테니까, 이따끔은 너같은 엉뚱한 사람이 없다면야. 그래, 눈이 파란 아내라도 데리고 와서 구와쓰찌氏들을 놀래켜 드리려무나.」

「다카시루君과는 만나시나요. 來年이면 中學生이 되니까, 健康하게 熱心히 하라고 傳해 주세요.」

나쓰기가 그렇게 말하자, 다께꼬는 웃음을 거두고, 구와쓰찌에게 呼訴하는듯한 눈매로 變했다.

「바로 그일 입니다만. 昨年 다네하시가 죽고 나서, 그 집은 惡魔의 巢窟로 變해 버렸어요. 執事인 요시자와와 아하다니 다미꼬가 제멋대로 다카시루의 後見人이 되었어요. 顧問弁護士인 히라마쓰가 財産管理人이 되었구요. 다네하시의 遺言같은 거 전혀 쓸모가 없어요. 더군다나 요시자와 아하다니 다미꼬와는 例事 사이가 아니라는 것은 틀림이 없는 일이구요.」

「히라마쓰 辯護士로 말하자면, 그 사람은 요 다음번 選擧에 立候補 한다는 所聞이 藉藉하던데요.」

「於此彼 運動資金은, 다카시루의 돈을 물쓰듯 뿌려 댈테니까요. 그대로 그들 늙은 여우들이 제멋대로 하도록 맡겨 두었다가는, 成年이 되기 前에 다카시루는 맨몸뚱이 밖에 남지 않아요. 오늘도 히라마쓰와 만나고 오는 길이지만, 그 子息, 나를 向해, 當身은 입도 뻥긋할 權利가 없다고, 뻔뻔스럽게 지꺼리더구먼요.」

「法律的으로 본다면 그렇겠죠. 當身은 다네하시家의 사람이 아니니까요……」

「어머니가 子息을 지키는 것은 不法이고, 남의 子息을 잡아 먹으려는 이리떼들은 適法이라는 거, 그런 엉터리 이야기가 어데 있습니까. 전 어떻게 해서라도 다카시루를 누구의 犧牲物로는 만들지 않을거에요.」

다께꼬의 性格으로 봐서, 그런 마음만 먹는다면, 어떤 非常手段이라도 躊躇하지 않는다는 것은, 구와쓰찌도 잘 알고 있는 것이다. 그 女의 感情的인 말 속에는, 다카시루를 지킨다는 것과, 다카시루에게 남겨진 財産을 지키는 것과를 混同하고 있는듯한 氣分이 느껴졌다. 어떻든 간에, 나쓰기의 出張과는 아무런 關係도 없는 이야기 였다.

구와쓰찌는 나쓰기와 아끼꼬를 재촉해서 일어 섰다.

그와 나쓰기는 다시 道廳에 들릴 일이 아직 남아 있었고, 세 時 頃에는 停車場에, 나쓰기의 어머니 히로꼬와, 구와쓰찌의 夫人과 아이들과 만나기로 約束이 되어 있었다. 다께꼬도 停車場까지 나가겠다고 했으므로, 그 時刻에 다시 停車場에서 만나기로 하고, 구와쓰찌들은 흰百合館을 나섰다. 눈은 이제는 어느 程度 작은 눈으로 變해 있었다.

  道廳앞에서 아끼꼬는 그들과 헤어졌다. 쓰루요에게 알려 드려서, 함께 停車場으로 나가려고 했으므로, 別離의 人事ㅅ말은 아직 남겨 두었다.

  이 世上에는 사는 方法도 가지가지라고 아끼꼬는 自身의 집으로 急히 向하면서 생각하였다.

  구와쓰찌 야수오는 이즈미 農場의 經營不況을 打開하기 爲한 方法으로서, 本格的인 酪農業에로의 轉換을 생각하고 있는 것 같았으나, 나쓰기의 希望은 稚拙(치졸)할 程度로 單純하고 率直했다. 난 소가 좋다. 그래서 소 飼育家가 되려는 거다. 그것이 나쓰기라하는 人間을 움직이고 있는 모든 情熱이고, 理論이었다.

  그 외곬수的인 童心에 恰似한 생각만을 爲해서, 그는 太平洋을 건느고, 한 사람의 牧場夫로서 異邦人의 世界속으로 뛰어 들려고 하고 있다. 常識的인 生活方法밖에 할 수 없는 大多數의 人間의 눈에는 어떻게 비춰지든, 그곳에는 强熱한 젊음이 있었다. 뚫고 지나 가려는듯이 맑디 맑은 靑空을 바라보는 생각이 있었다.

世上 一般的인 생각에서 바라 본다면, 소가 좋다고 하는 것은, 아마도 하찮은 어린애의 잠꼬대에 不過하리라. 그것이 實 人生에 얼마만큼이나 意味를 갖게 되는지는, 생각할 수가 없는 것일게다.

　헌데, 나쓰기에 있어서는, 反對로 이 世界에 이 以上의 主要한 意味를 갖는 것이 없다는 것이었다. 소가 좋다는 것이 그의 存在의 意味 바로 그것 이었고, 人生의 모든것 인것처럼 보이고 있었다. 바로 이 瞬間에도 그는 그것만을 생각하고, 그것만을 爲해서 行動하고 있는 것이다.

　그 事實에는 아끼꼬의 마음을 밝게 만들어 주는 무언가가 있었다. 世上의 常識이라 하는 것은, 이쪽의 意志如何에 따라서는, 겉보기와는 달리, 그렇게 堅固한 우리(檻=함)는 아닐는지도 모른다.

　그 女는 常識的인 道德觀에 얽매어져서 스스로도 더럽혀진 女子라고 생각하고 살아가고 있는 것이다. 사람들앞에 나설 몸이 못된다는 常識의 制裁에 屈從하며, 自身의 것이라고는 생각할 수 없는 罪를 짊어지고 살아가고 있는 것이다. 헌데 그것이, 진짜로 自身의 罪가 아니라는 것을 알고 있다면, 無罪의 人間으로서 살아가는 게 當然한 것이다. 적어도, 그렇게라도 試圖해 봄직한 일 아닌가. 試圖는 금새 눌려 찌부러지고 말는지는 모른다. 허나, 試圖 그 自體만으로도, 自身의 진짜 人生을 그 時間만은 살아 있는 것이 된다고 생각이 들기도 했다.

아직 確實한 생각은 아니었다, 그러나, 아끼꼬는 가슴 어딘가에 작은 窓門이 뚫여져 있어, 그곳으로부터 爽快한 空氣가 흘러 들어오고 있는듯이 느껴져 왔다.

마당으로 들어 서서, 뒷門 앞에서, 아끼꼬는 목도리에 쌓여있는 눈을 털어 내려고 멈춰 섰다.

집안에서 들어 보지도 못한 낯설은 男子 목소리가 들려 왔다. 발쿰치를 들고 드려다 보니까, 유리門 넘어로 검은 洋服을 입은 初老의 紳士와, 그앞에 端正히 앉아서 머리를 수그리고 있는 쓰루요의 모습이 비춰져 왔다.

懷中時計의 金鍍金을 한 時計줄이 번쩍이고 있는 조끼의 포켓에 손가락을 비스듬히 찌르고서, 무언가 종이 쪽지 같은 것을 쓰루요의 무릎앞에 내어 밀고서는, 威壓的인 姿勢로 서 있는 老紳士에 對해서, 아끼꼬는 어딘가 본적이 있었다. 흰百合館에서의 이토오 히로부미 歡迎會에서, 단 한번 슬쩍 보긴 했었지만, 그 女가 카사마 다카나오의 父親을 잊을 턱이 없었다.

아끼꼬는 아차싶어 얼른 얼굴을 숙이고, 그자리에 우뚝 서 버렸다.

「난 只今 새삼스럽게 當身이나 따님의 不美스러운 일

을 責하고 싶지는 않소. 이런 禮儀도 없는 집에 操心도 없이 子息을 下宿시킨 나에게도 잘못이 있으니까요.」

周圍도 아랑곳없는 카사마 다카쓰케의 목소리는, 후들거리며 門밖에 서 있는 아끼꼬의 귀에, 내동댕이 치듯, 銃身을 벗어 난 총알처럼 날아 들었다.

「허나, 카사마 집안의 名譽도 있고, 子息에게도 將來가 있소. 後日 성가시는 問題가 일어나지 않도록은 해 두지 않으면 안 되지. 처음부터 當身들 母女가 알고서, 子息을 誘惑하지 않았다면, 또한, 그렇게 여겨지고싶지 않다면, 그 示談書(紛爭을 裁判에 붙이지 않고 當事者들끼리 解決하는것)에 圖章을 찍는 것이 當然하지 않겠소. 그것을 躊躇한다는 것은, 後日 事件을 만들겠다는 黑心을 품고 있다고 받아 드려도 道理가 없겠소. 말해 두지만 그런 일은 쓸데가 없을거요. 내쪽에서는 그것에 對備하는 準備가 되어 있으니까요.」

「覺書같은 거 받지 않으셔도, 걱정 없을 겁니다. 絶對로 弊를 끼치지 않을테니까요.」

쓰루요의 목소리는 여느때처럼 하나도 變함없이 平穩하게 들려 왔다. 그린 쓰루요의 自制力을, 相對方은 잘못으로 因한 弱함이라고 잘못집고 있는것 같았다.

典當鋪의 見習店員으로부터 자라 온 카사마에게는, 아

랫사람을 다루기 爲해서는, 恐怖感을 주어서 떨게 만드는 것이 第一이라고 생각하고 있는 것 같았다. 다카나오가 二十七歲가 되었어도, 아직도 아버지에 對해서 깊은 劣等感을 갖고 있는 것도, 바로 그것 때문 이리라.

「입만으로는 信用할 수가 없어요.」

그는 金테 眼鏡넘어로 쓰루요를 노려보고 있었다.

「요전번만 해도, 이젠 絶對로 子息놈과는 만나지도 않고, 當身네들도 만나게 하지 않겠다고 約束하고 손을 끊었지 않소. 헌데, 아직도 그대로란 말이요. 한 通 써 주기만 한다면, 손을 뗀다는 意味에서 慰藉料도 내어 놓겠소.」

「돈같은 거 받을 생각도 없구요. 아끼꼬쪽에서 다카나오에게 다가 가는 일도, 以後로는 絶對 없을 겁니다. 그것은 내가 責任 지겠습니다.」

「그렇담, 왜 圖章을 누르지 않는거죠.」

「令監님, 父母의 눈을 기신다는 것이 나쁘다고 한다면 나쁘겠습니다만, 그것은 物件을 훔친다는 것과는 다른겁니다. 어느쪽이 나쁘고, 어느쪽이 옳다는, 그런 問題가 아니고, 어느 한쪽이 다른 한쪽에다 謝過文이나 覺書를 提出할 性質의 것도 아니라고 생각됩니다. 그렇게 한다면, 아끼꼬가 다카나오氏를 꼬시어 誘惑한걸로밖에 되지 않습니다. 그렇다면 아끼꼬가 설 자리가 없겠지요.」

「바로 그런거 아닌가.」

카사마의 뺨에 파란 靜脈이 돋아나 보였다. 쓰루요가 억누르고 있던 平靜한 態度속에, 意外로 强한 것을 느끼고선, 그것이 高壓的으로 相對를 服從시키는데 익숙해 있는 그를 火나게 했던 것 같았다.

「假슈일러 다카나오는 農大를 나온 學士다. 下宿집의 아가씨와는 그 身分이 다르단 말이오. 처음부터 살아 갈 世界가 다른 것이오. 계집애에게 籠絡 當하지 않았다면, 子息놈은 마음을 빼앗길 턱이 없어요.」

「슈監님께서 다카나오氏를 믿고 있는것만큼, 나도 나의 딸을 믿고 있습니다.」

「그럼, 무슨 일이 있어도 圖章을 찍지 않겠다는 말이군요.」

老人은 다다미위의 종이를 손바닥으로 두들겼다.

「아끼꼬에게도 自尊心 이라는 게 있습니다. 아무리 에미라해도, 에미 마음대로 그것을 짓밟을 수는 없습니다. 理解해 주시기 바랍니다.」

「난 當身네들을 爲한다는 생각에서, 일부러 스스로 찾아 왔건만, 그쪽이 그런 생각이라면, 글쎄 좋아요. 어느곳의 누구 말뼈다귀인지도 모르는 男子의 씨를 배고서, 子

息놈의 애라고 씨부렁거리기만 한다면, 그때에는 母女함께 監獄에 처 넣어 버릴테니까 그렇게 알라구. 그것만은 다짐하는 뜻에서 말 해 두는거요.」

「令監님. 當身은 진짜 마음이 卑劣하기 짝이 없는 사람이군요….」

쓰루요는 고개를 들고 正面으로 相對의 눈을 凝視하면서 말했다. 그 女의 목소리에는, 처음으로 거치른 憤怒가 터져 나왔다.

쓰루요의 嚴한 목소리가, 또다시 무언가를 繼續 말하고 있었지만, 아끼꼬는 더 以上 들을 氣力조차 없었다. 그 女는 마당을 나와서 큰길쪽으로 마구 달렸다.

신유바리(新夕張)의 와까나베(若探邊) 炭鑛 爆發慘事가, 新聞의 全 紙面을 꽉 채워서 報道 된것은, 그 다음날 아침이었다.

그 前날 午後, 아끼꼬가 나쓰기를 餞送하는것까지도 잊어버리고, 精神없이 눈이 내리고 있는 거리를 걷고 있을 때에도, 號外의 鍾소리가 울리고 있었다. 그것이 第一報였지만, 아끼꼬는 勿論, 쓰루요들도 新聞을 펼쳐 볼 때까지 몰랐었다.

下宿人들도, 또다시 戰爭에 關한 號外라고만 생각하고

있었기 때문에, 아무도 이런 눈내리는 속을 그것을 사기 爲해서 밖으로 나가지 않았다. 그럴 程度로, 이번 戰爭은, 누구에게도 因緣이 먼 것으로 밖에 여겨지지 않았다.

맨처음 新聞을 펼친 것은 쇼타이였는데, 도롱뇽 以外의 일 外는 完全히 關心을 잃어 버리고 있는 그도, 생각치도 못한 瞬間에, 歎聲도 아니고, 呻吟도 아닌 소리를 질러서, 부엌에서 바쁘게 일하고 있는 쓰루요를 불렀다.

死傷者 四百 二十余名이라는 大慘死였다.

유바리 炭鑛은, 昨年 正月에도 事故가 일어 났었다. 그때에는 坑內(갱내)의 電動機가 發火해서 火災가 일어 났고, 燃燒를 防止하기 爲해서 坑道를 막아버렸기 때문에, 入坑中의 坑夫 五十三名이 燒死했었다. 또한, 그 前年인 明治 四十五年 四月에는 二百六十七名의 死者를 낸 가스爆發이, 亦是 유바리 炭鑛에서 일어 났었다. 거의 每年이었다. 헌데, 이번의 와까나베 炭鑛의 가스爆發은, 그 死傷者의 數字만으로 친다해도, 空前의 大慘事라해도 過言이 아니었다.

「여보, 이것 좀……」

判明된 死傷者의 名單이 나란히 빽빽하게 적혀있는 紙面의 한 点에 視線이 머물자, 쇼타이는 숨이 막히는듯한 목소리로 變해서, 어깨넘어로 드려다 보고 있는 쓰루요를 뒤돌아 보았다.

그가 손가락으로 가르키고 있는 글자가 눈에 비치자, 쓰루요도 顔色이 變했다.

坑內에서 作業中이었던 選炭婦도, 大部分 犧牲되고 말았지만, 그 重傷者의 名單속에,

鑛夫 스스이시 보타로의 夫人 모토에(素江)(58歲)

라는 이름이 있었기 때문이었다. 스스이시 보타로라는 鑛夫는 死亡했었다.

모토에라는 이름은 그렇게 흔해빠진 이름이 아니었고, 나이가 맞아 떨어졌다. 姓氏를 알 수 없지만, 夫人이라 했으므로 當然히 스스이시는 아닌것이 分明하다.

모토에가 유바리 炭鑛에서 炊事婦로 일하고 있다는 所聞은 얼마 前에도 있었다. 겐이찌가 찾으러 가기도 했었다. 그는 찾지도 못하고 돌아 오기는 했지만, 所聞이니 만치, 신유바리가 유바리로 되었고, 選炭婦가 炊事婦로 잘못 傳해졌다는 것은 充分히 理解가 될만한 일이었다.

萬一 그것이 모토에가 틀림없다면, 그냥 내버려 둘 수가 없는 일이었다. 內緣의 男便은 죽었다. 假令 아이가 있다손 치더라도, 아직 어린애 일테니까 重傷이라고 한

다면 그 女를 돌볼수는 없는 것이다. 어쩌면 어린애도 없고, 모토에는 瀕死(빈사)의 寢床에 돌봐 주는 사람도 없이, 혼자서 견디고 있는지도 모르는 것이었다.

「어떡허지……」

쇼타이와 쓰루요는 얼굴을 마주했다.

「다른 사람인지도 모르는 일이고……」

「하여튼간에 제가 가서 보고 오겠어요. 아니라면 더 以上 多幸한 일은 없겠지만……」

「그래요, 가 봐 줄래요. 實은 내가 가 봐야 하는건데….」

하고, 쇼타이는 겸연쩍은듯이 더듬거렸다.

쓰루요에게는 山처럼 일이 쌓여 있고, 모토에는 쇼타이의 叔母님이시다. 그것만으로서도 할 일 없는 쇼타이가 나서는 것이 順序이겠고, 便利하리라는 것은 말 할 나위도 없는 것이다.

그러나, 쇼타이는 危急한 境遇를 當하게 되면, 臨機應變의 處置를 할 氣力이나 自信이 全然 없다. 더군다나, 히라도마에서 採集해 온 세마리의 도롱뇽이 있다. 그는 그것의 飼育에 熱中해 있다. 只今 몇일간 집을 비운다는 것은 그에게 있어서는 견디기 힘든 일이었다.

집을 비우는 동안 아침 저녁 食事는 아끼꼬가 맡아 하

고, 그 女가 勤務하고 있을 낮동안의 雜일은 쇼타이가 맡아 하기로 하고, 쓰루요는 그날 午後, 부랴부랴 유바리로 떠났다.

前날, 카사마 다카쓰쿠가 直談判으로 들어 닥친 것에 對해서, 쓰루요는 아직 아끼꼬에게는 아무런 말도 하지 않고 있었다. 아끼꼬와 다카나오의 사이가, 다시 옛날로 되돌아 갔다고 하는 것은 처음 듣는 이야기로서, 率直히 말해서 쓰루요는 對答이 窮했었다. 다카나오의 結婚이 定해졌고, 式도 빠른 時日內에 올리게 되어 있는데도, 아끼꼬가 그것을 알면서도 그와 만나고 있다고 한다면, 그 女의 마음을 確認해 보지 않을 수가 없었다. 헌데, 어젯밤에는 아끼꼬는 感氣때문에 머리가 아프다고 하면서 일찌기 잠자리에 들었었고, 그 女와 단 둘이 될 機會도 없었다. 쇼타이의 귀에는, 可能한한 들어가지 않게 하고 싶었다.

「그럼, 집안일을 付託하마, 아끼꼬. 돌아와서는, 前보다 훨씬 더 귀여워 해 줄테니까.」

아침, 區廳으로 出勤하는 아끼꼬를 바래다 주면서, 그 女의 어깨에 손을 얹고서 쓰루요는 말했다. 괴로운 일이라도 있으면, 무엇이든 들어 줄테니까, 氣運 떨어뜨리지 말거라, 는 말 以外의 意味를 담은 뜻이었다.

그것은 아끼꼬도 알고 있었다. 가슴에 感情이 북밭쳐 올라서 몸이 떨려 왔다. 쓰루요의 가슴에 안겨서, 마음껏 소리치며 울고 싶었다.

아끼꼬는 그런 衝動을 가까스로 누르고, 쓰루요에게 등을 돌린채, 말없이 고개를 끄덕거리는 것이다. 눈이 마주치면, 눈물이 흘러 나오리라는 것을 알기 때문 이었다.

쓰루요는 모르고 있다. 허나, 아끼꼬의 몸속에는 다카나오의 子息이 숨쉬고 있는 것이다. 벌써 三個月이 지나고 있다. 어디에 사는 말뼈다귀 인지도 모르는 놈의 씨를, 子息놈의 씨라고 씨부렁거리면 監獄에 쳐넣어 버리겠다고 다카나오의 아버지가 말한 것을 보면, 그냥 感情的인 辱찌거리만은 아닌것 같았다.

카사마 다카쓰쿠는 아끼꼬가 妊娠하고 있는 것을 알고 있음에 틀림없다. 그렇지 않고서야, 아무리 성깔이 고약한 老人이라도, 唐慌해서 自身 스스로 찾아 나서서, 그 程度로 高壓的인 態度로 나오리라고는 생각도 못했다. 이쯤에서, 確實하게 子息을 否認해 놓지 않으면 안 된다고 하는 狼狽와 焦燥함이, 老人을 일부러 威壓的인 態度로 나오세 한 것일게다. 이것은 아끼꼬의 直感 이었다.

쓰루요는 아끼꼬를 無條件的으로 믿고 있다. 假令 그 것이 事實이라고 알았을지라도, 쓰루요는 甚한 衝擊을 받는 것은 틀림 없으나, 그래도 亦是 믿어 줄거라는 氣分이, 아끼꼬에게는 드는 것이다.

그러니만치, 더 더군다나 아끼꼬는 괴로웠다. 쓰루요가 유바리에서 돌아와서 두 사람만이 될 그때를 생각만 해도, 안절부절 못하였다.

그날은 事務室에서도, 自身이 只今 무슨 일을 하고 있는지 조차도 모를 程度로, 하루 내내 일이 손에 잡히지 않았다.

「아끼꼬, 잠깐…….」

저녁때, 무거운 다리를 끌면서 집으로 돌아 오니까, 부엌 入口에서 도롱뇽의 나무桶에 물을 갈아주고 있던 쇼타이가, 食堂房에 있는 쇼타로를 꺼리는듯이, 그 女를 門밖으로 불러 내었다.

「이런것이 왔단다.」

쇼타이는 품속에서 葉書를 한장 꺼내었다.

쇼타로의 學校로부터 온 呼出狀으로서, 쇼타로의 일로 面談해야할 일이 있으므로, 來日 午後 1 時 에 來校를 付託한다고, 擔任 先生님의 이름으로 보내어져 왔다.

「무슨 일인지는 모르겠지만, 네가 다녀와 주지 않을래. 來日은 半空日이니까, 區廳에서 곧바로 學校로 갔다가 오거라. 엄마도 없고, 나도 어쩐지…….」

「쇼타로는 뭐래요. 무슨 일인지 斟酌이라도 간댔어요.」

「아니다. 그 애에게는 아직, 아무런…….」

쇼타이는 힐끔 食堂房쪽으로 눈길을 보내고선, 멋적은 듯이 목소리를 떨구었다.

아끼꼬는 葉書를 두번 접어서 허리춤에 꽂고서 부엌으로 들어 갔다.

유끼꼬가 앞에 램프의 등피를 늘어 놓고서 솜씨도 좋게 닦고 있으면서, 카츄샤의 노래를 부르고 있다.

아끼꼬는 저녁 食事準備를 始作했다. 사람 숫자가 많기때문에, 一旦 始作하고보니 눈 코 뜰 새가 없었다.

반찬만들기가 끝나고, 밥그릇을 늘어놓고서, 아끼꼬가 밥을 푸는대로 유끼꼬가 明朗하게 노래를 불러 가면서 各房으로 옮겨 나른다.

「쇼짱, 너도 좀 거들어 줘라.」

아끼꼬가 食堂房쪽으로 목소리를 보냈지만, 쇼타로는 아무런 對答도 하지 않았다.

「오빠, 이 꾀보야. 거들어.」

유끼꼬가 몇개째의 밥그릇을 옮기면서 말했다. 쇼타로는 蒼白한 얼굴을 들었다. 가늘은 눈이 차겁게 번들거렸다.

「시끄러, 工夫中이야. 너야말로, 쓰잘데없는 노래 그만 두지 못해.」

「헷, 中學生이라고 너무 뻐기지 마.」

유끼꼬가 일부러 노래를 크게 부르면서, 손님房으로 달려가 버리자, 쇼타로는 只今까지 팔쿰치를 받치고 있던 차받이 床을 손바닥으로 내리 치면서 부엌으로 내려섰다.

「누나, 저 子息이 저런 말 하도록 내버려 뒈도 괜찮단 말이야.」

그는 바지주머니에 兩손을 푹 찔러 넣은 채, 빼마른 어깨를 으쓱대며 아끼꼬에게 말했다. 火가 나서 꼬트리를 물고 늘어지는 것이 아닌, 妙한 底意를 품고 있는, 是非를 걸어 오는듯한 말솜씨 였다. 그것은 언제나 그랬고, 그의 天性인지도 모르겠다.

「그보다 쇼짱. 學校에서 來日, 保護者에게 와 달라는 葉書가 왔단다. 무슨 일이 있었니.」

「아아니, 모르는 일이야.」

「그래. 그럼 좋아.」

「내가 물어 본 말에 對해서, 아직 對答이 없잖나 말이야.」

「무슨 말?」

「저 건방진 애 말이야.」

말 할때, 쇼타로는 그렇게 입술을 움직이지 않는다. 그러니까 목소리가 우물우물 分明치가 못하고 陰險하게 들린다.

「다음에 들려 줄께. 허지만, 아직 어린애니까, 쇼짱도 그렇게 正色을 하고 火를 내다니, 異常하잖니.」

「난 이 집안에서, 저 子息이 얼굴을 휘젖고 다니는 거 싫단 말이야.」

「그런 말버릇이 어데 있니. 어린애니까 心術을 부리는 거야.」

「저 子息은, 다른 애들과는 다르거든.」

「어째서? 그거야, 계집애로서는 버릇없이 장난이 좀 甚한 点은 있긴 하지만⋯⋯.」

「그런게 아니란 말이야.」

쇼타로는 斷定해 버리듯이, 아끼꼬의 말을 막아 버렸다.

「누나. 저 子息과 누나때문에, 내가 어릴때부터, 얼마나 속을 썩혀 왔는지 알기나 해. 저 子息과 누나가 집에 있기 때문에, 同僚들에게 따돌림을 當하거나, 心術이 사나운 놈으로 通하고, 그것이 싫어서 親한 親舊 한사람 만들지 않았던 거야. 只今은 親舊라는 거, 없는 便이 좋지

續石狩平野 ▪ 上 61

만, 어릴때에는 너무 괴로웠다구.」

아끼꼬는 할 말을 잊어 버렸다. 兩쪽 뺨에서 핏기가 사라져 가는 것을 스스로도 알 수 있었다.

유끼꼬가 팔딱팔딱 뛰면서 안쪽 房에서 부엌쪽으로 되돌아 오는것이 보였지만, 쇼타로의 목소리는 介意치않고 繼續 되었다.

「누나는 한 食口니까 하는 수 없겠지. 하지만, 저 子息이 왜 저런 얼굴로 이 집을 쏘다니는거야. 저 子息은 이 집의 사람이 아니야. 저 子息이……」

「닥치지 못해, 나쁜 놈!」

突然, 쇼타이가 부엌 옆쪽에서 달려 나와, 벼란간에 주먹을 쥐고서 쇼타로의 뺨을 세게 후려쳤다. 쇼타로는 비틀거리면서, 붙여놓은 食器 선반에 등어리를 부딛쳤다.

선반위에 얹혀져있던 밥그릇과 접시들이 흔들리면서, 그 中 몇개가 떨어져 깨어져 버렸다.

「왜그러세요, 아버지.」

뺨을 누르고, 쇼타로도 顏色을 바꾸면서 쇼타이를 노려 보았으나, 氣勢에 눌려서, 목소리 마져 꺾여 있었다.

他人에게는 勿論, 집안에서도 손찌검을 한것은 只今까지 한번도 없었다. 더군다나 近年의 그는 사람과 視線을 마주치는 것 마져도 괴로운듯이, 躊躇하고 있을 程度였다. 그러니만치, 놀란것은 쇼타로 혼자만은 아니었다.

아끼꼬도 茫然해서 멍청히 서 있었고, 유끼꼬는 멍하니, 눈을 멀뚱거리면서, 부엌 入口에 못박히듯 서 있었다.

「유끼꼬는 너의 女同生이다. 나와 엄마의 子息이란 말이다. 이 집안을 마음놓고 다니는 것이 뭐가 나뻐. 엄마와 아끼꼬가 일하고 있는 德澤에 넌 아무것도 하지않고 中學校에 다니고 있단 말이다. 只今, 너와 나보다도, 유끼꼬쪽이 훨씬 더 엄마를 도우고 있단 말이다. 이 집안에서, 얼굴값도 못하고 있는 것은, 나와 너라는 것을, 잘 記憶해 둬…….」

쇼타이의 목소리는 노여움으로 因해서 떨리고 있었다.

허나, 쇼타로를 바라보고 있는 그의 눈 깊숙히에는, 그 노여움을 그대로 支撑할 수 없는 마음의 動搖가 들어나 보였다. 그는 子息을 두들겨 준 손을, 어떻게 處置해야 좋을지 몰라서, 허리의 오비를 붙잡았다가는, 허리춤에 쑤셔 넣거나, 뒤로돌려 붙잡거나, 펴거나 주먹을 지거나 하는 神經質的인 動作을 되푸리하고 있었다. 이제껏 들어 보지도 못했던 쇼타이의 火난 목소리에 놀란 二, 三人의 下宿人들이 房에서 얼굴을 내어 밀고 이쪽을 훔쳐 보고 있었다.

最初의 놀램이 사라지자, 쇼타로는 벌떡 일어 섰다. 無

能하고 어수룩하다고 얕잡아 보았던 만큼, 그런 아버지로부터 생각치도못한 一擊을 當한 억울함이 그를 興奮시켰다. 그는 뺨에서 손을 내리고, 兩쪽허리에서 주먹을 꼭 쥐고서, 어깨를 끌어 당기면서, 달겨들듯한 姿勢를 取했다.

「學校같은 거 가지 않아도 좋아.」

그는 치켜오른 눈으로, 아버지를 노려 보면서 말했다.

「空致辭를 받아가며, 학교에 다닐것까지 없어요. 언제라도 그만두어 줄테니까요.…….」

쇼타로는 동댕이치듯한 語調로 말하고선, 갑자기 몸을 움직였다.

一瞬 아끼꼬는 그가 쇼타이에게로 달겨 들거라고 생각했는데, 그렇지 않고, 그는 게다를 신고서 밖으로 달려 나갔다.

「쇼짱, 기다려.」

아끼꼬가 말리려 했지만, 때가 맞지 않았다.

「저런 놈, 그냥 내버려 둬. 배때지가 고프면 되돌아 오겠지.」

쇼타이는 겸연쩍스럽다는듯한 목소리로, 몸을 구부려 食堂房으로 들어 갔다.

「유끼꼬, 오빠를 보고 오너라.」

「응, 데리고 올께.」

유끼꼬가 소리에 應해서 뛰어 나갔지만, 얼마 되지도 않아서, 코끝이 새빨개져서 하얀숨을 내어 쉬면서 되돌아 왔다.

「없어, 아무데고……..」

「그래. 그럼, 괜찮으니까, 아버지와 함께 밥 먹어야지.」

아끼꼬는 어깨를 안는것처럼 食堂房으로 드려 보내면서, 유끼꼬의 얼굴을 보는것이 괴로웠다. 自身이 이 騷亂의 原因이었다는 것을, 漠然하게나마, 유끼꼬가 눈치를 채지나 않았을까하고 생각해 보았다. 그렇지 않다면 유끼꼬의 性質로 봐서 "오빠를 왜 꾸중했는거야" 하고 물어 왔을 것이었다.

아버지와 유끼꼬에게 食事를 올려놓고, 아끼꼬는 밖으로 나와 보았다. 찾아 갈만한 親舊는, 쇼타로에게는 없었다. 어디를 찾아 볼 수도 없었다.

그가 집으로 돌아 온것은 아홉 時를 좀 지나서 였다. 그는 잠자리에 들어있는 쇼타이와 유끼꼬와 등지고 앉아서, 아끼꼬가 국을 데우고 있는 깃을 기다릴 틈도 없이, 밥을 찻물에 말아서 목구멍으로 훌훌 넘겼다. 그러고 나서 아무런 말도 없이 자기 잠자리로 들어가서 이불을 둘러 썼다.

「쇼짱 할 이야기가 있는데.」

아끼꼬가 말을 걸었지만, 그는 머리끝까지 이불을 둘러쓰고 對答이 없었다. 벗어서 던져놓은 윗옷을 개고 있자니, 간다館의 映畵프로그램이 흘러 떨어졌다.

오늘은 土曜日이다.

아끼꼬는 區廳이 끝나고, 그 걸음으로 쇼타로의 中學校로 갔었다.

應接室로 案內 되어서, 나온 擔任先生에게,

「스기 쇼타로의 누나입니다.」

하고 人事를 드리자, 若干 輕薄한 느낌이 들 程度로 몸이 호리호리한, 오하라라하는 中年의 擔任은, 眼鏡넘어로 當惑스런 눈길을 보냈다.

「누님이시라구요……. 實은 아버지나 어머니께서 오셨으면 했습니다만.」

「아버지와 어머니는 시골에 일이 있어 가시고 안계시기때문에…….」

하고 아끼꼬가 말했다.

「그렇습니까. 그렇다면 하는 수 없겠군요.」

擔任은 그렇게 말하고, 椅子에 앉았지만, 그대로 팔장을 끼고서, 눈이 부시는듯이 아끼꼬에게서 눈길을 돌렸다. 어디서부터 말을 꺼내어야 할것인가 망서리고 있는 것 같았으며, 暫時동안 말이 없었다.

「同生이 무슨 ……」

「實은, 스기君이 下級生에게 傷處를 입혀서 말입니다.」

아끼꼬는 바싹 緊張해 졌다.

「相對는 야마오 오우지(山尾雄二)라하는 三學年生인데, 야마오의 도시락속에, 잘게부순 유리를 뿌려 넣었던 것입니다. 아무것도 모른채 食事를 하던 야먀오의 입속 여러곳이 유리 破片으로 찢어졌지요.」

「그런 엄청난 짓을…. 정말 쇼타로가 했단 말입니까.」

「쉬는 時間에 쇼타로가 야마오의 도시락을 열고 있는 것을, 야마오와 같은 班 學生이 보았다고 했어요. 上級生이 下級生을 制裁라고 하면서 때리는 것은 있을 수 있는 일이겠으나, 스기가 한 짓은 惡戲(못된장난)라 보기에는 度가 너무 지나쳤구요, 첫째, 하는 手法이 陰險하고 卑劣하였으며, 더군다나 男子답지를 못해요.」

「쇼타로는 무어라 하던가요. 自身이 한 짓이라고…….」

「했다고도 하지 않았다고도 말을 하지 않아요. 아무리 물어 봐도, 입을 꼭 다물고 있을 뿐입니다. 確實한 目擊

者가 있는데두요, 그에 對해서도 피타 좀타 말이 없어요.」

「헌데, 무엇때문에 쇼타로가 그런 行動을 했을까요. 무언가 理由가 있지 않겠어요.」

擔任은 眼鏡테를 슬쩍 손가락으로 밀어 올리듯하면서, 슬쩍 아끼꼬를 바라보았다. 그리고선 眼鏡을 벗고, 손수건을 꺼내어 眼鏡을 닦으면서 말했다.

「罪悚한 말씀입니다만, 누님에게는 말씀드리기가 어쩐지……. 原因은 當身의 일에 關한 것이어서 말입니다.」

「저의 일…….」

「內容은 잘 모르겠습니다만, 야마오가 親舊들에게 當身의 일에 對해서 나쁜 所聞을 퍼뜨렸거나, 웃음거리로 取扱했다던가 한 것 입니다. 스기君이 그것을 알고, 火가 치밀었겠죠.」

「…………….」

「헌데, 그것때문에 火가 나서 두들겨 주었다거나 어떻게 했다면, 學校로서도 問題가 될 程度가 아닙니다만, 무엇보다도, 저질렀던 方法이 陰險하고 少年답지가 않았습니다. 대단히 罪悚스런 말씀입니다만, 職員會議에서 一週日間 停學處分이 내려 졌습니다.」

敎師는 繼續 무언가 말을 한것같았으나, 아끼꼬의 귀

에는 하나도 들리지 않았다. 얼굴도 들 수가 없었다.

야마오 오우지는 釀造場집의 막내동이라 했다. 예전에 아끼꼬는 그의 兄인 오우기찌로부터 請婚을 받은 일이 있었다. 그것이, 그런 不幸한 事件으로 因하여 破婚이 된 다음, 그 女의 女學校 時代의 親舊였던 오까미 하쓰꼬가 아끼꼬 代身에 釀造場집으로 들어 가서 오우기찌의 아내가 되었던 것이다.

야마오의 집안에서 아끼꼬에 對한 일이 話題가 된다는 것은, 있을 수 있는 일이겠고, 어른들의 이야기를 곁으로 얻어 들은 오우지가, 쇼타로를 火내게 만든 이야기 內容도, 아끼꼬는 한마디 한마디를, 確實하게 알 수 있다고 생각 되었다.

어젯밤처럼, 쇼타로가 유끼꼬나 自身에게 마구 火를 내고 있던 氣分도, 當然하다고 생각 되었다. 쇼타로가 한 말 그대로, 어렸을때부터, 그는 自身에게 아무런 責任도 없는 누나 問題로, 嘲弄꺼리가 되었다고 하는 不當한 屈辱을 只今까지 맛보고 있었음에 틀림없었다.

火를 내면서 두들겨 주는 것이나, 相對의 도시락에 유리부스러기를 섞는 짓은, 틀림없이 行爲를 發散시키는 方法으로서는 다른 것이다. 그것에는 性格에 바탕을 둔, 어떤 稀微한 역겨움이 들어나 보인다. 허나, 그것도 어릴때부터의 避하려고도 하지않은 不當한 屈辱속에서, 그렇게까지 비뚤어져 버렸다고 한다면, 그의 責任이라고만 말 할 수가 없는 것이다.

그런가고 말은 하지만, 自身의 責任이라고도, 아끼꼬에게는 생각되지 않았다. 허나, 그 女가 받은 恥辱스런 傷處가 그 女 뿐만이 아닌, 第一 가까운 肉親들 間에도 意外로 깊고, 執拗(집요)하게, 只今도 繼續 傷處를 입히고 있다는 事實이고보면, 그 女가 그 事實에 눈을 딱 감고 모른체 할 수가 없었다. 그들의 被害를 어떻게라도 막지 않으면 안 된다는 것은, 亦是 아끼꼬가 해야만 할 일이었다. 그렇다고 본다면, 自身으로서는 어떻게 해야만 하는 것일까……

돌아오는 길 내내, 아끼꼬는 그일에 對해서만 깊은 생각에 빠져 있었다.

집 가까이 와서, 거리모퉁이를 큰길쪽으로 돌았을때, 눈앞에 사람 그림자가 어른거렸다. 視線을 들어 올리자, 바로 앞에 다카나오의 빼마른 長身이 서 있었다.

「기다리고 있었다.」

다카나오는 그 女 앞에 우뚝 멈춰 서면서, 낮게 속삭이듯이 말했다.

「事務室에 電話했더니, 退勤했다고 하길래, 예까지 달

려 왔지만, 너의 집에 들어 갈 勇氣가 없어서 말이야. 어쩌면, 네가 나올는지도 모른다고 생각하고, 벌써 한 時間이 지나도록…….」

「이젠 만나지 말자고 했을텐데요.」

아끼꼬는 相對의 말을 되받았다.

「그것은 너 혼자만의 말이겠지. 난 헤어질 마음 없어.」

「自己 아버지께서 우리집에 오셨어요. 알고 계시죠.」

「아버지에게서 들었다. 謝過 할께. 허지만, 그건, 나의 意志와는 關係 없는거야. 길 가에서 이야기가 되지도 않아. 하나무라(旅館)에 가서 천천히 이야기 하자구.」

「싫어. 더 以上 할 이야기도 없어.」

「있구말구. 너도 하고싶은 말이 많이 있겠지. 천천히 相議해 보자구.」

하고, 다카나오는 아끼꼬의 어깨에 손을 얹었다.

그 女는 그 손을 뿌리치고 달리기 始作했다.

「기다려 줘. 아끼꼬…….」

하고, 목소리가 뒷쪽에서 들려 왔으나, 아직도 밝은 거리 한가운데서, 사람 눈도 아랑곳없이 달려 올만한 勇氣같은 기, 다카나오에게 있을 턱이 없었다.

只今의 아끼꼬에게는, 다카나오의 父親께서 中間에 끼어 들었다는 것이, 그의 獨斷이었건, 다카나오의 意志도

덧붙쳐졌건, 그런것은 아무래도 좋았다. 다카나오의 얼굴을 보고 있자니, 그에 依해서 또 한사람의 『유끼꼬』를 몸속에서 자라게 하고 있는 自身의 어리석음을, 참을 수가 없었다. 태어날 애를 생각만해도 두렵기 짝이 없었다.

아끼꼬는 목도리에 얼굴을 파묻고, 그대로 마당까지 달려 갔다. 뒷 門이 열려진채 그대로 있었다.

仔細히 보자니, 부엌의 널판지를 깔아 놓은 곳에, 고개를 푹 숙이고 앉아 있는 쇼타이의 뒷모습이 보였다.

「다녀 왔습니다.」

門을 닫고 목소리를 보냈으나, 쇼타이가 꿈쩍도 하지 않았기 때문에, 아끼꼬는 부엌으로 들어가서, 그의 앞으로 돌아가서 얼굴을 드려다 보았다.

쇼타이는 뚜껑을 한 물 桶의 兩끝을 붙들고, 목이 부러진것이 아닌가 할 程度로 깊숙히 숙인채로 있었다. 어깨가 어렴풋이 떨리고 있고, 물 桶의 뚜껑에 물방울이 방울지어 떨어지고 있었다. 울고 있었던 것이다.

「왜 그러고 있어요, 아버지.」

쇼타이는 말없이 고개를 옆으로 흔든다.

「異常하네요, 울거나 하면서. 무슨 일이 있었군요.」

「죽었다, 모두……. 도롱뇽이…….」

아끼꼬는 따돌림을 當한듯한 느낌 이었다. 도롱뇽이

그에게 있어서 얼마나 貴重한 意味를 가지고 있는 가를, 모를 理 가 없었지만, 그의 周圍에 그나름대로 괴로움을 겪고 있는 家族들의 일은, 이 사람의 마음속에는 손바닥만큼의 그림자도 드리우지 못한다는 것을 생각하니, 가느다란 反撥心이 가슴속에 울어 났다.

「안 되긴 했지만, 다시 잡아 오면 되잖아요. 울것까진 없잖아요, 다 큰 男子가……」

아끼꼬는 널판지에 무릎을 꿇고, 그렇게 말하면서, 물桶의 뚜껑을 열었다. 그 瞬間, 그 女는 짧은 悲鳴을 지르면서 뚜껑을 팽개치고, 벌렁 뒤로 넘어지는듯한 모습으로 뒤로 물러 났다.

桶속에, 세마리의 도롱뇽이 머리와 몸이 잘라진채, 몸을 뒤집고 떠 있었기 때문이었다. 가슴에 惡寒(오한)이 일어나서, 두번다시 눈을 들어 바라 볼 수가 없었다.

「어찌된 일이에요, 이거……」

「저녁 食事準備로 市場에 갔다가, 돌아 와서 보니……」

쇼타이는 소리를 지르면서, 自身도 볼 수가 없었는지, 뚜껑을 닫았다.

「都大體, 누가 이런 짓을……」

하고 말하고서, 아끼꼬는 食堂房을 돌아다 보았다.

그곳에는 쇼타로가 있었다. 팔베개를 하고서 天井을 向해 반듯이 누워서, 꼬고있는 발끝을 천천히 흔들고 있었다.
「쇼타로.」
아끼꼬가 일어 섰다. 亦是 顔色이 달라져 있었다.
「모르는 일이야. 내가 아니야.」
無表情으로 天井을 바라본채로, 그는 말했다.

그날 밤, 아끼꼬는 유끼꼬를 안고 잤다.
「유끼짱은, 엄마와 언니 中 누가 더 좋아?」
아끼꼬가 낮은 목소리로 물었다.
「둘 다.」
「둘 中에 어느쪽이 더 좋으니?」
「엄마.」
「亦是 엄마가 더 좋으니?」
유끼꼬는 고개를 까딱까닥하며 끄덕인다.
「그럼, 萬一에 말이다. 언니와 유끼짱과 둘이서, 아주 멀리 멀리가서 살자고 한다면, 어떡하겠니? 함께 가 주겠니?」
「언니, 어디에 가는거야.」
「萬一에 말이다. 거짓말로.」

「엄마와 같이 간다면 가지.」

「언니 혼자라면 싫으니?」

「응, 싫어.」

얼굴은 웃고 있지만, 그 對答에는 斷乎함이 있었다. 말만으로서는 表現이 不足하다는듯이, 유끼꼬는 아끼꼬를 쳐다본채로, 목소리와 함쎄 強하게 고개를 져었다.

「그래……. 그렇겠지.」

잠깐 後에, 아끼꼬가 중얼거리듯 말했다.

「유끼짱은 언제까지나 엄마곁에 있는 것이 훨씬 幸福할거야. 유끼짱은 強한 애니까, 무슨 일이 있더라도 氣가 꺾이면 안 되지.」

「언니, 카사마氏한테 시집가는거야.」

「바보같이. 가지 않아.」

아끼꼬는 굳은 微笑를 띄우면서 유끼꼬의 凝視로부터 눈을 돌렸다.

「유끼짱, 그치가 싫어.」

「걱정 마, 언니, 아무데도 가지 않을테니까.」

「정말이지.」

「응. 그러니까, 그만 자사구나.」

유끼꼬는 온 얼굴에 웃음을 띄우면서 끄덕이고서는, 그 얼굴을 아끼꼬의 가슴으로 드리 밀어 왔다. 아끼꼬는 그 女의 쬐그마한 등에 팔을 두르고 꼭 껴안았다. 눈이 말똥말똥할 뿐, 언제까지나 잠이 오지 않았다.

날이 밝을즈음, 電報가 왔다. 유바리로 부터 였다.

『모토에氏 죽다. 遺骨을 가지고 來日 正午쯤 出發.
　　　　　　　　　　　　　　　　쓰루요』

쇼타이도 일어 났다. 그는 몇번이고 되푸리해서 電文을 읽어 보았지만, 아무런 말 한마디 없었다.

그 날은 日曜日 이었다.

아끼꼬는 아침 食事의 뒷설거지를 끝내고, 얼른 市場에 가서 저녁밥 찬거리를 사 왔다. 솥에 쌀을 얹쳐놓고, 生鮮을 조리고, 菜蔬를 다듬어서 냄비에 불만 붙이면 되겠끔 해 놓았다.

「벌써 저녁밥 準備냐. 오늘은 너무 일찍부터 서두르는구나.」

부엌으로 들어온 곤노가 그렇게 말했으나, 아끼꼬는,

「네 네…….」

하고 微笑만 띄을 뿐이었다.

쇼타로의 일로서, 釀造場집에 들렸다 오겠다고 하고서, 옷을 갈아 입고 나간 것은 正午가 조금 지나서 였다.

그길로, 해가 지고 어둠이 짙어가도 아끼꼬는 돌아오

지 않았다.

　밤이 되어서, 쓰루요가 모토에의 遺骨을 안고 돌아오자, 집에서는 유끼꼬로부터 어젯밤의 아끼꼬와 나눈 이야기를 들은 쇼타이가, 顔色을 잃고 있었다.

　釀造場집에는 져녁무렵 쇼타이가 찾으러 가 봤으나, 아끼꼬는 오지 않았다고 했고, 쓰루요도 모토에의 最近의 모습을 報告하고 있을 때가 아니었다. 좀 後에 쇼타로도, 흰百合館에서 숨을 헐떡거리면서 되돌아 왔다. 다께꼬의 곳에도 모습은 보이지 않았다. 亦是 쇼타로도 緊張된 表情으로 바뀌었다.

　아끼꼬가 가졌거나 使用하고 있는 物件들을 調査해 보았으나, 거의 그대로 있었고, 便紙도 보이지 않았다. 아니라면 좀 지나친 생각일는지도 모르는, 아무일 없어 주었으면 하고 바라면서, 쓰루요들 뿐만이 아니라, 여러분의 下宿人들도 서로 나눠서 생각나는대로 갈만한 곳을 찾아 보았으나 虛事였다.

「설마하니, 바보같은 생각을 한것은 아니겠지……」
「걱정 마세요. 그 애는 그런 못난이가 아니에요.」

　쓰루요는 쇼타이의 아픈 마음을 달래주려는 心算 이었다. 허나, 스스로 생각해 봐도 목소리는 빌고 있는듯한 氣分이 들었다. 그날 밤을 뜬눈으로 지새웠다.

아끼꼬로부터 쓰루요 앞으로 便紙가 到着한 것은 그 다음 다음날 아침 이었다.

달겨들듯이 封套를 뜯어 보니, 漢字를 많이 알지 못하는 쓰루요를 爲해서, 거의 히라카나(일본글의 필기체)로, 한자 한자 똑바르게 쓰여진 그 女의 筆跡이 나타났다.

"어머니께"

많은 생각을 해 보았습니다. 하지만, 아끼꼬에게는 이렇게 하는것이 제일 잘하는 일이라고 생각됩니다. 아끼꼬는 또다시, 애비없는 자식을 낳지 않으면 안 되게 되었습니다. 슬퍼하지 말아 달라고 부탁드려도 무리라는 것을 알고 있습니다. 죄송스럽기 짝이 없습니다. 허지만, 무책임한 마음으로, 이렇게 된것이 아니라는 것은 알아 주시기 바랍니다. 이런 버러지 같은 놈이 말 할 수 있는것도 어머니밖에 없습니다.
 아끼꼬는 무슨 일이 있더라도, 태어나는 자식과 함께 살아 갈 것입니다. 하지만, 그때문에 아끼꼬의 주위의, 내가 가장 사랑하는 여러 사람들에게, 더 이상 폐를 끼치고 싶지 않습니다.
아끼꼬와 애비없는 자식이, 한쪽 구석에서 살아 가

더라도, 사람의 폐가 되지않는, 보다 넓은 장소가 있게 마련입니다.

유끼꼬를 남겨두고 떠나는 것이 너무 가슴이 아프지만, 그 애는 그러는 편이 더 행복하리라 믿고 있습니다. 어머니께서는 유끼꼬를, 아끼꼬라 생각하시고 보살펴 주시기 바랍니다.

알려 드릴 일이라도 생기면, 편지 올리겠습니다. 그때까지, 찾거나 하시지 말아 주십시요. 어느곳에 살든지, 여러분의 행복을 마음속으로 빌겠습니다. 어머니! 아끼꼬는 어머니의 딸 입니다. 지금도, 너무도 잘 알고 있습니다.

아끼꼬로부터

便紙紙 두장에 整然하게 쓰여진 그 便紙 封套에는 하꼬다데(函館)의 消印이 찍혀져 있었다.

-3-

 아끼꼬는 쬐그마한 보퉁이 하나만을 안은채, 도쿄 우에노(上野) 停車場의 홈에 내렸다.

 앞으로 二, 三日만 지나면 十二月인데도, 밝은 午前의 햇볕이 거리에 흘러 넘쳐서, 두르고 있는 목도리가 거치장스러울 程度 였다. 첫째, 이런것을 두르고 걷고 있는 女子들이 없었다. 아끼꼬는 벗어버린 목도리를 보따리와 함께 안고서, 停車場 앞의 廣場을, 사람들의 往來가 頻繁한 시끌벅적한 電車길쪽으로 걸어 갔다.

 도쿄를 目標로 잡은 것은, 갈곳이 있어서가 아니었다. 나무를 숨기려면 숲이 제일이다. 사람 눈에 띄지않고 살아가려면, 人間이 密集해있는 넓은 場所가 좋다. 더군다나 도쿄는 亦是, 낡은 慣習에 얽매이지 않는 새로운 時代가 열리고 있는듯한 印象마져 있었다. 그것만으로서도,

도쿄를 選擇한 充分한 理由라고도 할 수 있겠다.

넓다란 전찻길 한쪽켠에 좁다란 마당이 몇개로 나뉘어져 있고, 그곳에는 게이안(桂庵=職業紹介所)이나 仲媒쟁이집들 그리고 낡은 看板을 단 商店들이 줄을 지어 늘어서 있었다. 그 中에, 제법 터도 넓직하고, 商店앞이 깨끗한 집이 눈에 띄이자, 아끼꼬는 처음부터 그집을 겨냥하고 찾아 온것처럼, 아무런 躊躇없이 商店안으로 들어갔다. 에치고옥(越後屋)이라는 이름의 商店 이었다.

도쿄 市內에 身元保證人도 없고해서, 처음에는 商店主人도 탐탁찮게 여기고 있었으나, 아끼꼬가 女學校를 卒業했었고, 珠算實力도 만만찮은 것을 알고서는, 쿄바시(京橋)에 있는 換錢商이나 치사구마정(芝佐久間町)의 家具店등 제법 이름있는 商店들을 일러 주었다. 허나, 아끼꼬는 아사쿠사(淺草)의 치다바정(千束町)에 있는 쇠고기 專門飮食店의 從業員을 選擇했다.

妊娠이 사람눈에 띄이지 않을때까지 不過 몇달동안밖에 일을 할 수 없다고 한다면, 收入이 조금이라도 많은쪽이 아니면 안 되있고, 收入의 적잖은 額數를 房貰나 食費로 쓴다는 것이 너무도 아까웠기 때문이었다.

도쿄의 地理에는 東西南北도 모르는 아끼꼬도 『이시가쓰(石勝)』라 하는 쇠고기 專門料理店을 얼른 찾을 수 있었다. 十二層짜리라 하는 確實한 標的이 있었기 때문이었다.

아사쿠사(淺草)公園으로 들어 서면, 보단연못(瓢簞池)에 面한 六區의 興行街를, 正面으로 맞닿는 位置에 우뚝 솟아있는 凌雲閣의 十二層의 塔은, 公園 入口에서뿐만 아니라, 아사쿠사, 시모야 近方 어디에서도 잘 보였다. 이시가쓰는 凌雲閣의 바로 뒷쪽에 있었다.

아끼꼬는 一週日 程度 허드렛일을 했을 뿐, 곧 座席에 나가게 되었다.

이시가쓰(石勝)는 아사쿠사에서는 『마이히자(米久)』와 어깨를 겨루는 쇠고기專門 料理店이었고, 도쿄에서도 이름이 通하는 商店이므로, 손님 種類도 多樣했다. 그리고 場所도 場所니만치, 미야도옥(宮戶屋)의 職員들이나 六區의 藝術人들, 電氣館(映畵劇場)의 活動弁士 等等 돈 잘쓰는 단골손님들도 많았다.

아끼꼬는 곧, 그러한 손님들의 注目을 끌게 되었다. 二十五歲라면 그렇게 젊다고는 할 수 없지만, 二, 三歲 程度 어리게 보이는 얼굴모습이라든지, 性品이 밝고 確實한 것이 손님들을 끌었다. 그 女는 學力을 감추고 있었지만, 언제인지도 모르게 그것이 綻露(탄로)가 났었고, 그것이 오히려 人氣의 씨가 되었다. 女學校 出身의 料理店

의 從業員이라는 것은, 亦是나 神奇한 일이었다. 나이많은 同僚들 中에서는, 半은 猜忌心으로 심술궂게 對하는 者가 없는것은 아니지만, 大槪는 그 女에게 親密感으로 對해 주었다. 그러니만치 젊은 同僚들은 그 女를 欽慕하기까지 했다.

固定給料가 없기 때문에, 손님들의 마음 씀씀이가 收入의 全部였지만, 다달이 받는 月給보다 훨씬 좋았다. 때마침 陰曆 섣달이 들어서고 부터는 눈알이 빙글빙글 돌 程度로 바빴고, 그러는만큼 實收入도 짭잘했다.

主人 마담인 이시게 이네(石毛いね)는 四十을 조금 넘긴 若干 오동통한 女子로서, 아무리 商店이 바쁘더라도, 언제나 計算臺에 쭈구리고 앉아 있기만 했으나, 그러면서도 부엌에서부터 客席은 勿論, 複道의 구석구석에까지 눈을 돌리고 있었다. 어린 時節에 요시죠(葭町)에서 나왔다는 것으로, 결코 만만한 主人은 아니었지만, 어덴가 사람을 쓰는데 洗練된 点이 있었다.

어느날 밤, 이네가 너무 늦게까지 帳簿整理를 하고 있는 것을, 보다못해 아끼꼬가 珠板으로 도와 주었다. 計算이라면 한솜씨 깆고 있으므로, 빠르고 正確했다. 이네는 홀딱 반해버린 얼굴 모습이었다. 그 以後로, 아끼꼬는 三日에 한번 程度 帳簿整理次 불려가게 되었다.

이해도 거의 저물어가는 어느 날, 이네는 볼일 보러 가는데 함께 가 달라는 투로 말하고선, 아끼꼬를 니혼바시(日本橋)의 미쓰코시 옷맞춤집으로 데리고 가서, 自身이 골라 座席用 기모노와 오비를 마춰 주었다.

帳簿整理를 도와 준 報答人事인것 같았으나, 아끼꼬가 同僚들로부터 물려받은 한벌옷으로 지나고 있는 것이, 마음이 쓰였던 것 같았다.

이시가쓰에서는 自己가 입는 옷같은 것은 自費로 處理하고 있었다. 從業員들도 衣裳을 競爭하고 있다. 그러므로, 從業員들 中에서도 實收入이 많은 便인 아끼꼬가, 同僚들이 넘겨 준 낡은 옷으로 지내고 있다는 것은, 어떻든간에 눈에 띄이지 않을 수 없었다. 至毒한 구두쇠라든가, 마쓰마에(松前)의 開墾地 近處에서나 볼 수 있는, 가난뱅이 根性이 뼈에서 몸통에까지 배어 있다고 한다든가 뒷전에서 흉을 보는 사람도 없지 않았다.

「난, 무언가 까닭이 있다고 알아채고는 있지만.」

하고, 이네는 돌아오는 電車속에서 말했다. 電車라는 것을 타 보기는, 아끼꼬로서는 난생 처음 이었다.

「萬一 괜찮다면, 會計를 맡아 주어도 괜찮아. 座席으로 나가지 않는다면 입는 옷에 신경쓰지 않아도 되고, 첫째 女學校까지 나와서, 從業員 일을 할것까진 없잖아. 珠

算도 대단한 實力이고. 너무 아까워.」

「感謝합니다. 허지만 저요, 돈이 必要합니다. 그것도 急히……」

「그런것 같네. 그렇네, 마음이 내킬때는 언제나, 相議해요. 힘이 되지 않는것도 아닐테니까. 그리고, 이것은 自身이 산걸로 해요. 난 帳簿整理를 도와준 고마움에 對한 人事로 한것이지만, 商店 사람들이 자네만을 庇護한다는 式으로 보인다면 困難하니까.」

「네에. 대단히 고맙습니다.」

아끼꼬는 무릎위에 놓여있는 꾸러미에 이마가 닿을 정도로 머리를 숙이고, 낮은 목소리로 人事를 했다. 생각치도 못한 일이었고, 마담의 마음 씀씀이가 몸 구석까지 스며들어 기쁘기 짝이 없었다.

해가 바뀌고, 다이쇼(大正) 四年의 봄이 되었다.

설날은 商店도 쉬게되므로, 그 女는 그 기모노를 입고, 젊은 同僚들 두 사람과 함께 六區의 興行街로 놀러 나갔다. 電氣館에서 처음으로 活動寫眞을 보았다.『크레오파트라』라 하는 外國物로서, 하야시 소라가세(林天風)라는 弁士가 나오자, 拍手나 소리를 지르면서 歡迎했다.

二日 부터는, 商店은 文字 그대로 숨돌릴 틈도 없이 바빴다. 대낮부터 손님이 밀려오기 始作 했으므로, 從業員

들은 淸掃가 끝나면 서로 交代로 머리손질을 하기 爲해서 나가거나 했지만, 어쩌다보니, 그런 틈도 없었다.

正月 初이레도 지난 어느날 밤, 두 사람의 손님이 商店으로 들어 왔다. 한 사람은 洋服에다 外套차림이었고, 다른 한 사람은 하오리에다 인버네스(男子用 外套의 一種)를 걸친, 두 분 모두 三十을 넘긴 紳士였다. 헌데, 房이 全部 차버려서 豫約을 하지 않는 손님은 받을 餘裕가 없었다. 案內擔當이 罪悚하다는 人事와 함께 꾸벅거리자, 和服차림의 紳士가 웃으면서,

「작은 구석진 房이라도 좋으니 자리 좀 봐 주게나. 먹을만한 商店들은 어느곳이건간에 꽉 차서, 더 以上 배가 고파 찾아 나서지도 못하겠네.」

하고, 팁까지 쥐어 주려고 했다.

마침 그곳에 아끼꼬가 複道를 지나가고 있었다.

「도우미 아줌마」

도움을 請하려는듯이 案內擔當이 그 女를 불러 세웠다. 아끼꼬는 商店內에서 그렇게 불리어지고 있었다.

「구석 房이라도 좋다고 말씀 하십니다만, 이 두 분 어떻게 하실 수 없을까요.」

아끼꼬는 무심코 玄關앞에 서 있는 손님에게 눈을 돌렸는데, 바로 그 瞬間, 그 女와 和服의 男子의 입술에서,

同時에 놀라움의 목소리가 새어 나왔다.

「자네는…‥스기가 아닌가.」

「고마끼 先生님!……」

出征하는 고마끼 테쓰오를, 아끼꼬들 學生들이 삿포로 停車場에서 餞送하고부터 於焉間 十年 歲月이 흘러갔다. 고마끼는 三十七-八歲 程度 되어 있을텐데도, 아직도 그 모습이 조금도 흐트러지지 않았으므로, 얼핏 보아서는, 그때의 그가 그곳에 서 있는 것 같았다.

아끼꼬는 안으로 들어가서, 그 女 擔當인 작은 房에 들어 있는 손님에게 모처럼의 許諾을 받고서, 칸막이로 막아서 두 사람 분의 자리를 마련했다.

「놀랬지 뭐냐……. 이런 곳에서 자네를 만나다니. 진짜 스기가 틀림없는 거지.」

같이 온 분을 上座에 앉치고 자리를 잡은 뒤에도, 고마끼는 아직도 믿기지 않는다는 모습으로, 食卓의 準備를 하고 있는 아끼꼬를 바라보고 또 다시 보곤 했다.

「無事히 돌아오신 先生님을 뵈오니 이보다 더 기쁜일이 어디 있겠습니까만, 困難하네요, 부끄러워서. 이런 모습으로…….」

「부끄럽다니, 그런 말이 어데 있어. 確實히 自身이 努力해서, 自身이 먹고 살아가고 있다. 너무 자랑스러워. 언제, 이곳에 왔었느냐.」

「十一月 이에요. 아직 두달도 채 안 돼요. 先生님께서는 도쿄에서 學生들을 가르치고 계신가요.」

「先生이라고, 어울리지도 않아. 戰爭에서 돌아 와서, 小說家가 되어 보려고 힘을 쏟아 보았지만, 結局 才能이 없지 뭐냐. 物件이 되지 못하고 말았지 뭐야. 只今은 博文館이라는 出版社에서 雜誌의 編輯을 맡고 있단다.『文藝俱樂部』라는 雜誌지.」

고마끼는 그렇게 말 하고서 같이 온 분을 바라 보고서는,

「이니와(伊庭)氏. 이 사람은 스기 아끼꼬(杉明子)라하는, 내가 삿포로의 女學校에서 敎鞭을 잡고 있을때의 弟子 였습니다. 이쪽은 이니와 다카시(伊庭孝)氏. 音樂批評家로서는 有明한 先生님이시라네.」

하고, 두 사람을 紹介했다.

하고싶은 이야기는 가슴에 넘쳐 흘렀지만, 마음놓고 한쪽 座席에만 앉아 있을 수가 없었다. 얼른, 아끼꼬는 불리어서 일어 섰다.

돌아 갈 무렵, 玄關앞까지 바래다 주러 나온 아끼꼬에게 고마끼가 말했다.

「천천히 만나서 이야기 하고 싶구나. 대낮이라면 나올

수 있으려나.」

「그럼요. 그렇지만 可能한한 이른 時間이 아니면…….」

「그럼, 빠른 時日內에 다시 오겠다.」

고마끼는 하얀 이를 들어내어 보이면서 끄덕였다.

그러고 나서 一週日程度 지나서, 고마끼는 다시 찾아왔다. 아직 點心때가 되기에는 이른 時間이었다. 아끼꼬는 主人마담에게 許諾을 받고서 밖으로 나왔다.

바쁘긴 해도, 初正月 같지는 않았지만, 그렇다고 멀리 가서도 안 되었다.

「자네 十二層에 올라가 본적이 있나.」

고마끼는 凌雲閣을 쳐다보고선, 웃으면서 물었다. 아끼꼬도 微笑를 지었다.

「아니에요, 아직까지.」

「올라가 볼거나. 나도 실은 처음이거든.」

八錢의 登攀料(등반료)를 支拂하고 展望臺에 올라가 보니, 別다른 變化도 없는 거리가, 바다처럼 눈아래 펼쳐져 있다. 구로다江의 緩慢한 꿈틀거림이 午前의 햇볕을 받아서, 江이라기보다, 히안 천을 펴 놓은것처럼, 停止해 있는 모습이 되어서, 거리의 東쪽 끝을 不規則的으로 가르고 있다.

「지붕 뿐이네요. 이끼가 地面을 덥고 있는것 같애.」

「妙한 感想이로군. 도쿄는 넓다던가 어떻다던가 할 줄 알았는데.」

「넓다고 한다면, 전 이보다 百倍나 더 넓은 곳에서 태어 난걸요.」

「허긴 그렇네.」

고마끼는 웃었다.

「전 높은 곳에서 내려다보는 景致는 그렇게 좋아하지 않아요. 죽어 보이기 때문이죠.」

「그것은 자네다워서 좋아.」

고마끼는 담배에 성냥을 그었다.

「자네는 혼자서 나왔단 말인가.」

「네에.」

「結婚은 하지 않았단 말인가.」

아무 말없이, 아끼꼬는 고개를 左右로 흔들었다. 그다음의 質問에 어떻게 對答해야 좋은지를 생각하고 있는것 같았다. 헌데, 고마끼는 그 以上 아무것도 묻지 않았다.

바로 아래의 에가와(江川)마스톤 一座의 공굴리기 曲藝가 걸려있는 大盛館의, 爽快하고 興겨운 音樂소리가, 멀리서 기어 오르듯이 들려 왔다.

「스기. 자네는 出版社 事務는 싫은가.」

欄干에 몸을 비스듬히 기대고선, 먼 景致를 바라보면서 고마끼가 말했다. 갑작스런 質問에 當惑感을 느꼈다. 되물어 보려는 눈매로, 아끼꼬는 고마끼를 바라 보았다.

「只今 내가 勤務하고 있는 博文館이라는 곳은, 雜誌만 해도 『太陽』을 爲始해서 十數種 나오고 있고, 出版社로서는 글쎄다, 손가락을 꼽을 程度다. 實은 자네를 만나고 나서 곧, 營業部에 잠깐 비쳐 보았는데, 한사람 程度라면 어떻게 될것같더구나. 좋다면 勤務해 보지 않겠나.」

아끼꼬는 視線을 떨구었다.

「料理店의 從業員이 나쁘다고 말하는 것이 아니란다. 허나, 스기는 女學校까지 卒業했거니와, 그것을 살려 나가는 것이 좋지 않은가하고 생각되어서 말이다. 勿論, 옛날 敎師였다는 것을 빌미로 밀어 붙이는 것은 아니다. 자네 생각 나름이지.」

「只今 이대로가 좋아요. 까닭이 있습니다.」

아끼꼬는 눈을 내리 뜬채로 말했다.

「물어봐도 괜찮겠나, 그 까닭이라는 것을.」

아끼꼬는 아무 말이 없었다.

「내려 가시 뭐.」

하고, 고마끼는 雰圍氣를 바꾸려는듯이 말하고선, 欄干에서 몸을 바로 세웠다.

觀賞用 花壇을 돌아 公園으로 들어 가니까, 연못을 사이에 두고 건너편 興行街의 小樂團이 『카츄-샤의 노래』를 演奏하고 있는 것이, 갑자기 시끄러울 程度로 가까이에서 하는것처럼 들려왔다.

  두 사람은 보단연못의 다리를 건너서, 빽빽하게 심어져 있는 나무사이를 지나서, 천천히 아와시마堂(淡島堂) 쪽으로 걸어 갔다.

「그러니까, 마음이 내키면 언제든지 이야기 하거라. 그런데, 그 사이, 난 博文舘을 그만 둘는지도 모르겠지만….」

「무슨 일이라도 있으신가요.」

「요전번의 이니와氏가, 함께 일 해 보자고 해서 말이지. 자네, 오페라가 뭔지 알고 있나.」

「帝國劇場에서 하고 있는, 노래를 부르는 外國의 演劇 같은 거 아닌가요.」

「그거다. 帝劇에서는 總監督으로 英國의 롯시니라는 先生을 招聘해서 벌써 四年동안, 어떻게 해서라도 成功시키려고 公演을 繼續하고 있었으나, 確實하게 成績이 오르지 않기 때문에, 斷念하고, 가까운 時日內에 公演을 끝내려 하고 있단다. 이니와氏는 그것을 아사쿠사로 가져오면 어떨까 하고 생각하고 있단다.」

「帝劇의 오페라를 아사쿠사로 말입니까?」

「그렇단다. 이니와氏는, 아사쿠사는 사람으로 친다면 胃臟에 該當하는 땅이므로, 무엇이든 消化를 시킬 수 있는 곳이라는구먼. 昨年에도 藝術座의 마쓰이 수마꼬가, 그곳의 常盤座에서 『復活』을 했었다. 이름있는 演劇이라고는 하지만, 原作이 톨스토이이고, 外國趣向이므로, 아사쿠사의 觀客에게는 글쎄다하고 危險하다는 사람들이 많았는데, 그게 記錄的인 大成功을 거두었단다. 이니와氏는 藝術座의 舞臺監督도 하고 있었으므로, 實際로 그當時의 아사쿠사의 觀客의 反應을, 直接 皮膚로 느꼈었고, 그 사람의 自信感도 바로 그것에서 오는것 같애.」

觀音堂에 두손을 合掌하여 禮를 드리고, 仁王門으로 해서 境內 商店街를 빠져 나와서, 고마끼는 우메소네(梅園)의 단팥죽 집으로 들어가 자리를 잡았다.

「勿論, 帝劇의 舞臺를 그냥 그대로 아사쿠사로 가져온다는 것은 無理이므로, 內容이나 歌詞나 演出을, 좀 더 알기쉽고, 재미있게 고칠 必要가 있다네. 그러한 일을 함께 하지 안겠냐는 것이지. 해서 只今 생각 中이다.」

단팥죽이 날라져 왔으나, 아끼꼬는 순가락을 들려고도 하지 않고, 무릎위에 눈길을 떨어뜨리고 있을 뿐이었다.

「未安하게 됐구나. 나의 일에 關해서만 지꺼려서.」

하고, 고마끼는 아끼꼬의 찻컵에 葉茶를 따르면서 말했다.

「말하자면, 그런 까닭으로, 아니라면 빠른 時日內에 勤務處를 바꿀는지도 모르고 해서. 자네의 就職件에 對해서도, 내가 勤務하고 있을때가 아무래도 좋을것같애서 말일세.」

「先生님.」

아끼꼬는 고개를 들어 고마끼를 쳐다 보았다. 그 눈은 아무렇지도 않는듯이 웃어 보이려고 했다. 헌데도, 意思에 反해서, 그것은 異常하게 비뚤어진 빛을 가득 채우고 있었다.

「저요, 妊娠中입니다. 여름이되면 애기가 태어 납니다.」

아끼꼬는 단숨에 그렇게 말했다.

고마끼는 입으로 가져가던 茶盞을 멈추고, 暫間동안, 그 女를 凝視했다. 그러고선, 말없이 차를 마셨다. 아끼꼬의 눈속에서, 빛이 흩으러지려하고 있었다. 그것을 꾹 참으면서 그 女는 얼굴에 웃음을 띄우려 했다.

「準備를 하려다보니, 돈도 必要하고, 이제 일 할 時間도 얼마 남지도 않았어요. 그러니까 저요….」

「알겠다.」

고마끼는 말을 막아버리는듯이 말했다. 아무 말 하지 않아도 알겠다고, 그의 눈이 말하고 있었다.

「너는 性品이 確實하고, 純眞하여 외곬으로 行動하는 아가씨였는데, 只今도 옛날 그대로인것 같구나. 理由는 묻지 않아도 알것같은 氣分이다.」

 고마끼는 품속에서 스타-(담배)를 갑채로 꺼내어서 불을 붙이고선, 두 세번 천천히 煙氣를 내어 뿜었다.

「헌데, 몸이 사람 눈에 띠여서, 일을 할 수 없게 될때에는 어쩔 셈이냐. 이시가쓰에 있을 수도 없을테고.」

「싸구려 旅館이나, 싼 셋방이라도 빌리렵니다. 무언가 집안에서 할 수 있는 일을 찾아야지요.」

「스기답긴 하지만, 若干 좀 甚한것 같구나. 그렇게 되면 無事하게 애를 낳을 수가 없겠구먼.」

 고마끼는 구김살 없는 웃음을 띄우면서 말했다.

「그보다도 아이를 낳을쯤해서 우리집으로 오거라.」

「先生님 宅으로요…….」

「보잘것없는 셋집이지만, 나와 어머니 단 둘이서만 살고 있으니까 辭讓할 것 없다. 어머니도, 이야기 相對가 없어서 쓸쓸해 하고 계시고, 그렇지, 出産을 할때에도 나이가 많은 사람이 곁에 있으면, 意外로 依支가 될지도 모르는거다.」

「夫人께서는 안계신가요.」

「한번 같이 살았지만, 죽어 버렸다. 어린애도 없고, 홀가분해서 좋아.」

「허지만, 그렇게 할 수가 없어요. 先生님에게 弊를 끼친다는 거, 저로서는…….」

「스기. 그런 式으로 우물쭈물 하는 것은 너답지 않아. 와아-, 살았다, 하고 손바닥이라도 한번쯤 두들겨 줘야지. 김이 빠져버리잖아.」

아끼꼬는 아무 말없이 사람의 往來가 頻繁한 큰길에로 눈을 던졌다. 가슴에 벅차오르는 생각들이, 눈에 넘쳐 흐를것 같았다. 뺨이 痙攣을 일으키고 있었다.

「첫째, 西도 東도 모르는 도쿄에 와서, 어딘지도 모르는 싸구려 旅人宿 같은데서, 解産을 하려하는 無謀한 弟子를, 적어도 先生이라는 者가 내버려 둘 수가 있겠나. 이것은 命슈 이다. 들어야만 한다.」

그는 스타-의 담배갑 뒷쪽에 혼쿄류오까정(本鄕龍岡町)의 自宅의 番地와 略圖를 적고, 博文館의 電話番號도 같이 써서, 아끼꼬앞에 밀어 놓았다.

「나도 이따끔씩 이시가쓰에 와 보겠지만, 무슨 急한 일이라도 생기면, 언제든지 찾아 오거라. 어머니에게도 이야기 해 놓을테니까.」

우메소네를 나와보니, 벌써 正午 가까운 商店거리는 실을 짜듯 사람의 往來가 煩雜했다. 이제부터 出勤하겠다고하는 고마끼가, 商店街를 비껴서, 넓다란 길의 停留場에서 電車를 타는 것을 바래주고서, 아끼꼬는 이시가쓰로 돌아 왔다.

그날 아침, 파나마 運河의 開通式과, 파나마 太平洋 萬國博覽會에, 日本代表로 出發하는 海軍大將 다시바네 오모도오(出羽重遠)의 一行을 신바시(新橋)에서 餞送하고 돌아오는 사람들이 商店의 座席을 꽉 메우고, 벌써 興겨운 酒宴이 벌어지고 있었다.

유끼꼬를 배고 있었을 때도 그랬었지만, 이번에도 아끼꼬의 腹部는 거의 눈에 띄이지 않을 程度였다. 그러한 體質인것 같았다. 그러나, 二月 中旬이 지나고서부터, 男子손님이나 젊은 同僚는 勿論이고, 나이 든 女從業員들의 눈을 속일 수가 없게 되었다.

어느 날, 아끼꼬는 안으로 불려 갔다.

이네는 깊이 캐묻지도 않았다. 當分間, 主로 帳簿일를 맡아 하고, 漸漸 눈에 들니게 되면, 허드렛일 하는 할머니 집으로 옮겨서, 그곳에서 몸을 풀때까지 돌봐 주도록, 準備를 해 놓겠다고 했다.

職業紹介所 外에는 身元保證人도 없는, 말해서 이리 저리 흘러 다니는 남의집살이로서는, 分에 넘치는 厚意였다. 더군다나, 普通의 몸이 아닌 것을 숨기고 있었다는 것은, 이네를 속인 것이라고 꾸지람을 들어도 辯明할 餘地가 없는 處地였다. 그러니만치, 아끼꼬는 이네의 따뜻한 마음을 그냥 받고만 있을 수가 없었다. 帳簿일을 도와드리는 것은 스스로 하고 있지만, 이것은 오로지 報答의 마음에서 였다.

　고마끼 데쓰오는 四日이나 五日 間隔으로 틀림없이 商店으로 찾아 왔다. 大槪는 혼자였지만, 이니와氏나 舞踊家인 이시이 히로이(石井漠)氏와 함께 올때도 있었다.

　帝劇에서는 하여튼간에 롯시니와 契約이 끝나는 今年末까지에는, 오페라를 繼續해 보기로 決定이 났기 때문에, 이니와들도 帝劇 오페라를 軌道에 올려 놓기 爲해서 最後의 努力을 傾注하기로 했다. 그래서 고마끼도, 아직 當分間은 只今의 勤務處를 그만두지 않기로 했었다.

　고마끼는 아뭇소리도 하지 않았으나, 그렇게 함으로서 頻繁(빈번)하게 얼굴을 보여주는 그의 氣分은 알고도 남을 程度였다. 허지만, 아끼꼬는 그의 厚意를 받아 드릴 수가 없는 것이다. 이것은 自身만의 問題인 것이다. 可能하다면 自身의 責任下에서 끝을 맺고 싶었다. 머리손질

차 밖으로 나갈때 틈을 보아서, 집을 찾아 보고 있었다. 그러나, 몇집을 찾아보고 있는 中에, 생각치도 못한 障害가 있다는 것을 아끼꼬는 알게 되었다.

어디에 가든지간에 먼저 勤務處를 묻는다. 아사쿠사의 飮食店에서 일하고 있다고, 그 女는 對答한다. 애비없는 自息을 배고 있기 때문에, 商店의 이름을 대지 않는다. 이시가쓰의 이름에 傷處를 입히지 않기 爲해서 였다. 하면 相對方은, 아사쿠사의 어느쪽 近方이냐고 되묻는다. 아끼꼬는 十二層 近方이라고 말하면, 갑자기 相對의 應對가 싸늘하게 變한다. 判에 박은듯이, 언제나 그러했다. 어째서 그러는건가, 아끼꼬로서는 알 수가 없었다.

어느 날, 시모야하쓰온町(下谷初音町)의 빈터에서, 셋방있음이란 標札을 붙여 놓은 막菓子店으로 들어 갔다. 對答을 하고 나온 분은 관자놀이에 頭痛膏藥을 붙인 六十余歲의 외눈박이 老婆였다.

「十二層 近方에서 왔다고?」

할머니는 더러운 것이라도 보고 있는것처럼, 아끼꼬의 腹部를 외눈으로 노려 보았다.

「놀아가 주세. 몸파는 女子에게 房을 빌려 줄 程度로, 아직은 零落하지 않았다네.」

「그런게 아닙니다. 食堂에서 심부름을 하고 있습니

다.」

「술집에서 일하는 從業員이겠지. 十二層 近方에서 왔습니다 하는것은, 전 賣春婦 올시다하고 밝히는 것과 진배 없는거다. 그런 더러운 배를 하고서, 벌건 대낮에 거리 한복판을 잘도 휘젓고 다니는구먼.」

외눈박이 老婆는 門地枋에 침을 뱉으면서, 안으로 들어가 버리고 말았다.

十二層 近方의 치다바정(千束町) 境界에는, 二十余군데의 술집이 있다는 것은 아끼꼬도 알고 있다. 헌데, 그것이 술집 看板을 내걸고 있는 私娼街라는 것은, 그 女는 몰랐었다.

이시가쓰의 이름을 말했다면 問題는 없었겠지만, 그것은 그 女의 氣分이 容恕치 않았다. 그렇다고해서, 相對가 納得할 수 있겠끔, 適當한 거리이름을 말하려 해도, 도쿄에 온 以來로 十二層 周邊에서 한발자욱도 나가 본 일이 없는 그 女로서는 그런 知識조차 없었다. 그때부터, 아끼꼬는 집을 빌리기 爲해서는, 只今까지 생각지도 못했던 特殊한 勇氣가 必要하게 되었다.

그날도, 아침부터 미노와(三の輪) 近處까지 갔다가. 正午前에 商店으로 되돌아 온 아끼꼬는, 안쪽에서 부름을 받았다.

가 보니까, 이네는 六十前後의 品位가 좋은 老婦人과 마주 앉아 있었다. 半白의 머리를 잘라 늘어뜨리고, 짙은 色깔의 옷을 입고, 若干 고양이등처럼 굽은 姿勢로 앉아 있는 몸집이 자그마한 老婦人의 柔和한 風貌 어디엔가에, 아끼꼬는 본 적이 있는것처럼 느껴졌다.

「이쪽은 말이다, 고마끼氏의 慈堂님이시라네.」

하고, 이네가 말하자, 뒤따라서,

「스기 아끼꼬氏군요. 데쓰오의 에미되는 시루노라 합니다.」

하고 老婦人이 말했다.

말솜씨가 도쿄 야마노테(山の手) 토박이라는듯이 반듯했지만, 마음이 쓰이지 않는 허물없는 微笑가, 潤氣있는 皮膚의 엷은 뺨에 번지고 있었다. 그렇더라도, 아끼꼬는 몸이 기둥처럼 굳어져 왔다.

「아끼꼬氏, 데리러 왔어요.」

고마끼 시루노(小牧志乃)는 微笑를 띄우면서 말했다.

「이제부터 슬슬 準備도 해야겠고, 몸도 操心하지 않으면 안 되겠고, 나도 하루빨리 이야기 相對가 생겼으면 기쁘기 限量 없으니까요. 主人마님의 許諾도 내리셨으니까, 休暇를 얻어서 함께 가자구요.」

「자네는 幸福한 사람이네. 누구하나 依支할 곳 없는

도쿄에서, 고마끼氏나 慈堂님 같으신 분을 만나다니. 이런 親切을 拒絕한다면, 罰 받아요.」

하고, 이네가 말했다.

「몸을 풀고 나서도, 우리집에서 일 하고싶다면, 언제든지 오라구. 여하튼간에, 그런 몸으로는 일하는데 無理일테니까, 이쯤에서 모든 것을 慈堂님께 맡겨 버리는거야.」

아끼꼬는 다다미에 손을 짚은채, 얼굴을 들지 못하였다.

고마끼 自身이 아니고, 惶悚하게도 그의 어머니가 데리러 오게 한, 조그마한 곳에까지의 마음 씀씀이에, 感動하지 않을 수 없었다. 房 한간 救하는데도, 이렇듯 困辱을 치뤄야만했던 이마당에, 고마끼와 그의 어머니의 넓은 度量이 몸속에 스며 들었다.

아끼꼬는 입술을 깨물면서 참으려 했으나 어쩔 수가 없었다. 다다미를 짚고있는 손등에 눈물이 방울지어 떨어졌다.

「뭐하고 있는건가. 자네, 只今 울고 있는건가.」

이네가 말하자, 그 女는 어린애처럼 고개를 左右로 흔들었다.

「아니에요. 너무 기뻐서요…….」

이네가 人力車를 불러 주어서, 아끼꼬는 同僚들에게 別離의 人事를 하고 고마끼 시루노의 뒤를따라 人力車에 몸을 실었다. 혼쿄류오까정(本鄕龍岡町)의 고마끼가 살고 있는 집은, 아랫層에 房 세개, 二層에 房 하나인 자그마한 셋집이었으나, 세 사람이 살기에는 안성마춤 이었다.

저녁때, 退勤하는 고마끼는, 마중 나온 아끼꼬를 보자,

「야아, 왔구나.」

하고 웃음을 띄었다.

二層 自己 房에서 옷을 갈아 입고 食堂房으로 내려오는 고마끼앞에, 아끼꼬가 새삼스러이 다다미에 손을 짚자, 그 女가 아직 입도 떼기 前에 强하게 손을 휘저으면서 말렸다.

「우리 거북살스러운 人事는 省略하자구나. 보시다싶이 개집같은 오막살이니까. 辭讓이나 操心은 一切 無用이다. 제멋대로 딩굴면서 册이나 읽으면서 지내는거다. 그보다, 어머니, 배고파요. 밥 먹읍시다.」

저녁밥상에는, 아끼꼬를 맞이한 마음 씀씀이로 찹살팥밥에 生鮮구이가 놓여졌다. 고마끼는 늘 하던 飯酒를, 어머니 시루노에게 한병 더 졸라서 追加했다.

고마끼가 그러했듯이, 시루노도 그 後 몇 日이 지나도

아끼꼬의 相對 男子에 對해서 한마디도 묻지 않았다.

七月도 初旬의 어느날 밤, 甚한 陣痛이 와서, 고마끼가 産婆를 데리러 달렸다. 밝아오는 다섯 時 頃, 아끼꼬는 男子애를 낳았다. 고마끼가 이름지어 주는 아버지가 되어서, 어린애는 나오기(直記)라는 이름이 지어졌다.

어디에서 들었는지, 반달쯤 되자 이시가쓰의 이시게이네와, 옛 同僚들로부터 祝賀의 膳物이 到着했다. 시루노는 自身에게 孫子가 생긴것처럼 사랑해 주었고, 유끼꼬에 比한다면, 이 애는 얼마나 幸福한지 모른다고, 아끼꼬는 그들 여러분의 厚意를, 마음속으로 엎드려 절을 하고싶은 心情 이었다.

가을이 되자, 이시가쓰로부터 帳簿 일을 도와달라는 傳喝이 왔다.

二年째에 접어 든 유-럽 戰爭이, 限없이 불 붙쳐져 갔고, 언제 그칠는지도 모르는 진흙투성이를 뒤집어 쓰고 있는데도, 日本은 飛躍的으로 伸張되어 가는 輸出好況에 便乘해서, 이제는 大戰景氣가 틀어 오르기 始作했다. 이시가쓰도 增築을 하게 되었고, 가까운 시바사끼에 分店을 新築하기도 했지만, 밀려드는 손님을 處理하는데 눈코 뜰새가 없을 程度 였다.

아끼꼬는 躊躇했지만, 시루노가 나오기를 돌봐 줄테

니, 도와 주는 것이 좋겠다고 말했으므로, 午後부터 나가는 것으로 하고, 本店 이시가쓰의 經理자리에 앉게 되었다. 이네에게는 그 程度의 일은 도와드리지 않을 수가 없는 義理가 있었다.

十一月 十日, 다이쇼(大正=1901)天皇 卽位의 大祝祭가 교토에서 열렸고, 只今까지의 好景氣도 있고해서, 祝賀 氣分은 日本 全域을 휩쓸었다. 이시가쓰도 連日連夜 戰爭을 치루듯이 奔走했고, 아끼꼬도 밤이 늦을 때가 繼續 되었다.

그러는 어느날 밤, 고마끼가 벼란간에 商店으로 찾아왔다.

「지나는 길에 데리려 왔단다.」

하고, 아무렇지도 않는듯한 모습이었으나, 어딘가 여느때와는 다른 緊張된 氣分이 느껴져 왔다.

暫時 後, 두 사람은 나란히 公園으로 들어 갔다.

水族館의 뒷편까지 가자, 미야도가와(宮戶川)라는 茶房이 아직까지 商店門을 열고 있었다.

고마끼는 椅子에 앉자마자 뜨거운 葉茶와 찰떡을 注文했다.

「歲月 참 빠르기도 하지. 자네와 함께 살아 온지도 그럭 저럭 一年이 다 되어 가는구먼.」

「진짜…. 厚意에 빠져버려서 드릴 말씀이 없어요. 더 以上 弊를끼쳐서는 안 된다고 생각은 하고 있습니다만….」

「困難하구먼. 그런 式으로 말한다면, 漸漸 이야기 하기가 어렵잖아.」

「念慮마시고 말씀 하세요. 저에게 辭讓할게 없잖아요.」

류오까町을 나와서, 혼자서 獨立해 달라는 말이겠지, 하고 아끼꼬는 생각했다.

「實은 말이야, 어머니께서 장가를 가라고 한단다.」

「어머, 그러세요. 祝賀드려요. 어쩐지 先生님 답지 않게, 머뭇거리고 계신다고 생각 하였습니다.」

고마끼가 夫人을 맞이하게 된다면, 勿論 아끼꼬는 하루라도 빨리, 그의 집을 비워드리지 않으면 안 되는 것이다.

「아니 잠깐, 남의 일처럼 말하지 마. 어머니께서 며느리로 삼고싶어 하는 사람은 바로 자네란 말이야.」

아끼꼬는 어이가 없어서, 고마끼의 옆얼굴에 눈을 못 밖았다. 고마끼는 스타-를 입에문채, 밤하늘을 쳐다 보고 있다.

二百 二十尺 높이의 十二層의 불빛이, 하늘의 한곳, 높

다란 周圍를 물드리고 있었다.

「只今 弄談을 하시고 계시는 겁니까.」

「이런 일을 두고 어떻게 弄談을 할 수 있겠나.」

고마끼는 담배를 버리고 아끼꼬를 向하여 몸을 돌렸다.

「난 來年이면 설흔아홉이 된다. 弄談이라도 젊다고는 할 수 없겠지. 자네와는 열 두살이나 많고, 더군다나 옛날에는 자네의 先生이기도 했었다. 그런 내가 자네에게 求婚을 하는 것이 뻔뻔스럽다고 생각하겠지만, 난 자네가 너무 좋아. 只今에 와서 생각해 보니까, 삿포로에서 자네들을 가르치고 있던 그때부터, 난 자네를 좋아 했었는지도 모르지. 勿論, 나오애기는 나의 子息이다. 어머니도 그것을 願하고 계신단다. 생각해 봐 주지 않겠나.」

「고마끼 先生님. 전 先生님의 夫人이 될만한 그런 女子가 아닙니다.」

긴 沈默이 흐른 다음, 아끼꼬가 말했다.

「전 더렵혀진 女子에요.」

「그런 自身을 卑下하는 말은 치워. 더렵혀진 人間이라는 말은 마음이 썩어빠진 人間을 두고 하는 말이다. 過去가 있다는 것을 두고 하는 意味라면, 나에게도 女子經驗이 있다. 첫째 再婚이 되는거다. 問題는 자네의 只今의 마음 뿐이야. 자네가 나와같은 男子에게도, 愛情을 가질 수 있는지 어떤지, 그것만을 깊이 생각해 보면 되는거다.」

「先生님. 전, 이런일만큼은 어떤 일이 있더라도 秘密로 지켜가고 싶었습니다. 어머니와도 그렇게 約束 했구요. 허지만, 先生님에게만은 말씀 드리지 않을 수가 없네요. 그렇게 하지 않는다면, 제가 너무나도 卑劣한 人間이 되어버리니까요. 제가 私生兒를 낳은 것은 나오기가 처음이 아닙니다. 또 한 사람, 계집애가 있습니다.」

고마끼는 아끼꼬를 凝視했다. 自身의 귀를 疑心하는듯 한 表情 이었다. 아끼꼬는 必死的인 생각으로, 그의 視線을 받아 드리고 있었다. 그러는 그 女의 눈동자속에서 퍼져가고 있는 조용하고 깊은 肯定의 색깔을 確認하고서, 드디어 고마끼의 얼굴에 놀라움이 나타났다.

「그것은, 그 女子애는……」

하고 그는 말을 더듬거렸다.

「나오애기의 父親 그 사람의 애란 말이지.」

「아닙니다.」

아끼꼬는 分明한 語調로 말했다.

「하면, 자네는 똑같은 失敗를 두번이나 했단 말인가.」

「나오기의 아버지 일은, 저의 責任입니다. 하지만, 유끼꼬라는, 그 계집애를 낳게 된것은 저와는 아무런 相關이 없는 일이라고 생각하고 있습니다. 하지만, 結局은, 제가 낳게 된것은 事實 이지요. 어쩔 수가 없잖아요.」

「그러나, 자네는 그 女子애의 아버지를, 사랑하고 있었는 것은 아니었나.」

「사랑하고 있었다니요? 전 길에서 지나치던 사람에게 暴力으로 當하고 말았어요. 이름도 모르고, 얼굴을 본것은 그때 뿐이었어요.」

고마끼는 무언가를 말하려 하고 있는듯 했다. 헌데, 그는 아끼꼬에게서 視線을 떼고서, 다시 꺼낸 스타-에 불을 붙이고선, 말없이 하늘을 쳐다 보았다.

「그 女子애는 只今 어쩌고 있는거지.」

暫時 後, 그는 하늘을 쳐다 본채로 조용히 물었다.

「아버지와 어머니가, 自身들의 애로서 기르고 있어요. 그러니까, 戶籍上으로 봐서는 저와는 姉妹之間이죠. 유끼꼬도 只今은 그렇게 생각하고 있습니다.」

「그 애, 나이가 얼마지.」

「여덟살이에요. 今年부터 小學校에 들어갔을 꺼에요.」

「그런가. 그럼, 只今 이대로, 가만히 놔 두는 게 좋을 것 같구먼. 急히 도쿄로 불러 올려서, 내가 언니가 아니고 너의 엄마란다, 고 말해도, 어리둥절 할 뿐일테니까.

오히려, 그 애를 爲해서도 좋지 않다는 생각이 드는구면.」

「그거, 무슨 말씀이세요. 先生님께서는 무엇을 생각하고 계시는 건가요.」

「뻔한 일 아닌가.」

고마끼는 되려 異常하다는듯이 그 女를 돌아다 보았다.

「萬一, 자네가 나의 아내가 되어 주기로 許諾 했다고 하고, 그 유끼꼬라는 애도, 나오애기와 함께 키우는 것이 自然스런 일이라고 생각이 들지만, 여덟살이나 될때까지 자네를 언니라고 생각하고 자라 왔다는 것을 생각하니, 이쪽 생각대로 갑자기 서두를 일은 아닌것 같애. 그러는 中에 自然스럽게 그러는 날을 기다리는 것이, 賢明할것 같구면.」

「先生님께서는 取消할 수 없겠습니까.」

아끼꼬는 呻吟하듯 말했다.

「제가 어디에 사는 누군가도 모르는 男子에게…, 그래서 유끼꼬를 낳게 되었고……, 그런 女子라는 것을 아시고서도, 저와 結婚 하고싶다고, 夫人이 되어 달라고, 그런 말씀이신가요.」

「고마끼 테쓰오를 잘못 보지 말어, 짜아식. 그것은 말 그대로의 災難이다. 그거야말로 자네가 알바 아니지 않는가. 좋은 對答을 해 줄때까지, 끈덕지게 기다릴테다.」

 고마끼는 그렇게 말하고, 멋적다는듯이 하얀 이를 내어 보이면서 웃었다.

-4-

 유럽 戰爭(第一次 世界大戰)이 四年째에 들어 선 大正 七年은, 明治 二年에 北海道에 開拓使가 設置되고부터, 꼭 五十年째에 들어 섰던 해이기도 했다.
 이해를 期해서, 以前부터 오랜 期間의 懸案이었던 農科大學의, 東北帝大로부터 分離獨立이 實現되어서, 北海道에도 帝國大學이 誕生하게 되었고, 八月에는 삿포로의 나가시마 公園과, 停車場길과, 오타루(小樽)에도 第三의 博覽會場이 設置되어, 五十周年 記念의 博覽會가 華麗하게 그 幕을 올렸다. 그리고 그 停車場 大路에는, 馬鐵 代身에 처음으로 電車가 다니게 되었다.

※【1.人車鐵道=鐵道 레일위의 자그마한 客車를 사람이 밀고 가는 것으로서 明治時代 오다하라에서 아타미까지 무려 四時間이 걸렸다.
　2.馬鐵=레일위에 設置된 자그마한 客車를 말이 끄는 交通手段

으로서 大正時代 삿포로 停車場 大路에 設置 되었었다.】

大戰景氣는 頂点에 到達해 있었다. 생각지도 못한 돈이 풀려, 花柳界등은 매일 밤 돈의 비가 내릴 程度로 異常한 活況을 띄우고 있었지만, 그와는 反對로, 一般 庶民의 生活은 急激한 物價上昇에 매달려 날이 갈수록 窮乏해져 가는것이 예삿일이 아니었다.

그 中에서도 特히, 쌀값의 暴騰은 致命的이라해도 좋았다. 이 해 一月에, 쌀 한되의 小賣價가 二十三錢 이었던 內地 中等米가, 六個月 後에는 四十六錢三厘로 껑충 뛰어 올랐다. 當然히 그와 함께, 된장 간장에서부터 副食物, 日常生必品에 이르기까지, 깡그리 오르기 때문에 道理가 없었다. 小學校 敎員의 全國 平均給料가 二十一円. 巡警은 諸手當을 包含해서 十五, 六円 程度 였다. 이 程度의 庶民의 收入으로, 쌀값이 한되에 五十錢 가까이 한다는 것은, 살아 간다는것 마져도 普通 일이 아니었다. 이러한 跛行景氣(파행경기)의 餘波는, 어느 境遇를 莫論하고 가난한 者들에게 그 衝擊이 커지게 마련 이었다.

스기의 집에서도 例外가 아니었다.

元來부터 스기家의 下宿人들은, 富裕하게 사는 사람이 없었다. 物價가 높게 되고 生活費가 늘어나게 되자, 下宿을 하면서 病院에 다니는 餘裕있는 사람이 없었다. 한사람 줄고 두사람 줄고하여, 이 해 봄쯤에는 남은 下宿人이라고는 곤노 혼자 뿐이었다. 곤노는 변함없이 持病인 胃腸病이 잘 나아지지 않았지만, 그것을 참고 活版所에 나가고 있었다.

五十周年 記念博覽會가 始作되자, 그나마 地方에서 올라온 구경꾼들이 몇사람씩 들 나곤 했는데, 그것도 一週間이나 十日程度의 손님 뿐이었다.

旅館만해도 極히 一部分, 이름있는 高級旅館은 景氣가 매우 좋았다고 했으므로, 下宿집도 高級으로 꾸며서, 公務員이나 會社員, 富者ㅅ집의 大學生을 相對한다면, 멋들어지게 波濤를 탈 수 있을 可能性이 없는것도 아니었다. 허나, 그렇게 하자면, 그럴만한 집이 있어야 하고, 房의 設備나 內裝도 꾸며야 하며, 심부름애도 하나쯤 두지 않으면 안 된다. 不過 一年사이에 賃貸料가 다섯倍로 뛰어오른 現在에 있어서, 그것은 도저히 쓰루요의 힘으로는 不可能한 일이었다.

쇼타이는 히라도마에에서, 北海道에서는 未發見이라고 알려져 있는 키타도롱농에 비슷한 것을 採集한 以來, 그 再發見에 미쳐버린듯, 다른 일은 눈에도 귀에도 들어오지도 않았고, 中學校를 卒業하고 裁判所에 勤務하고 있던 쇼타로도 昨年 徵兵檢査에 合格해서, 쓰키삿푸의

聯隊에 入隊하고 없었다.

五十歲가 되어서, 오직 女子 손 하나로 살림을 꾸려 가고 있는 쓰루요를, 意外로 强하게, 더군다나 부담없이 받쳐 주고 있는 것은, 小學校 四學年인 유끼꼬 뿐이었다.

비만 내리지 않는다면, 쓰루요는 道路工事場이나 建築工事場에 날품팔이로 나가는 것이다. 當然히 家事의 거의 全部를 유끼꼬 혼자서 해 내고 있다.

곤노氏 外에 한 두사람 묵어가는 손님밖에 없기 때문에, 아침 저녁 食事準備로서 이것 저것 가르쳐 놓기는 했다 하더라도, 열 한살의 어린애가 學校 다니는 틈틈이 하는 일로서는 亦是 相當한 負擔이 되기도 했다. 유끼꼬는 그것을, 몸을 아끼지 않고 이리저리 바지런하게 움직이면서, 콧노래를 흥얼거리고 있다.『카츄-샤의 노래』代身에,

　　　人生은 짧은것,
　　　　사랑을 하세요 아가씨들.
　　　　　………………….

이라는『콘도라의 노래』를 즐겨 부르고 있다. 밤에는 낫도우(納豆=삶은 메주콩을 띄운 食品)를 팔며 다녔다.

쌀 한말 程度는 아무렇지도 않았다. 아무렇지도 않을 턱이 없겠지만, 적어도 옆에서 보기에는 그렇게 보일 程

度였다.

 헌데, 그러한 유끼꼬도 學校에 도시락을 가져가지 못하는 날이 많은 것이 괴로웠다. 親舊들이나 先生님 눈앞에서 부끄럽기도 했거니와 그보다도 배가 고파서 참을 수가 없었다.

 한되박의 쌀로서는 下宿人들에게 내어 놓는 것이 고작이었다. 그럴때에는, 집 식구들은 남은 밥을 乾燥시킨 非常食用의 말린밥을 끓이고, 무우잎을 잘게 썰은 것을 섞어서 죽을 쑨다. 말린밥으로 쑨 죽으로서는 도시락으로 가져 갈 수가 없는 것이다.

 九月 初旬의 日曜日 이었다.

 그날 아침도 말린밥의 씨래기죽으로 아침 食事를 끝내고난 直後, 수와 나나로(諏方七郞)라 하는 놀이 親舊가 유끼꼬를 부르러 왔다. 같은 學校의 같은 學年으로서, 그 女와는 特히 親한 사이 였다.

「놀다 오너라.」

 半나절의 休暇를 얻어서 돌아오는 쇼타로를 기다리면서, 일도 나가지 않고 있는 쓰루요는 두개의 다짐을 놓았다. 유끼꼬가 그 나이또래의 애들처럼, 놀러 나가거나 하는 것이, 요즈음에 와서는 別로 없었다.

「허지만, 될 수 있는대로 빨리 돌아 오는거다. 오빠가 오는 날이니까.」

「응, 고우텐쇼지노쓰케(合点承知之助)다.(잘알아 모셨습니다.).」

곤노로부터 빌려서 愛讀하고 있는 다찌가와문고(立川文庫)의 豪傑이 말하는 흉내로서, 유끼꼬는 힘차게 對答하고서는 밖으로 뛰어 나갔다.

「무얼하며 논다지?」

「모두 불러내어, 칼싸움 놀이 하자. 유끼짱은 아직도 頭目인 마쓰짱이지. 난, 자와무라 시로고다.」

「응, 글쎄다……」

유끼꼬는 시무룩한 表情을 지었다. 칼싸움의 主役은 恒常 바라는 바이지만, 그보다 배를 꺼지게 한다는 것이 마음에 내키지 않았다.

「싫으니?」

「응.」

「왜 그러는데?」

「그냥 그래.」

유끼꼬가 火가 나는듯한 목소리를 내었으므로, 나나로는 若干 풀이 죽은 얼굴로 잠자코 있다가, 얼른 氣分을 바꾸었다.

「좋아. 그럼, 道廳의 연못에 가보지 않을래.」

나나로의 아버지는 道廳 土木部의 課長으로서, 廳舍와 道路를 사이에 둔 西쪽 官舍에 살고 있다.

「그런 곳에 따분하게스리 뭣하러 간다니.」

「따분하지 않아. 소라를 줍자구. 宏壯히 많이 있단다.」

「소라라는 거 뭔데.」

「뭐라고, 모른다고. 조개의 一種이지. 맛있다, 너. 삶아서 먹으면.」

「헤에, 먹는거니. 좋아, 잡으로 가자.」

유끼꼬는 打算的으로 되어서, 앞서서 잰걸음으로 걸어 갔다.

그 연못은 道廳構內의, 붉은 벽돌 建物의 앞에, 若干 傾斜를 이룬 잔디에 둘러 싸여 있었다. 유끼꼬가 연못의 둑에 서서 기다리고 있자니, 나나로가 자기 집에서 바케츠를 가지고 달려 왔다. 그러고선 두사람은 아랫도리를 허벅지까지 말아 올리고서, 연못속으로 들어 갔다.

水面은 바닷말 色깔로 검푸르게 드려져 있고, 둑 가까이로는 물이 얕고, 反對로 뻘쪽이 더 깊은것 같았다. 나나로가 시키는대로, 뻘속으로 손을 넣으니까, 미끈미끈 하고 단단한 조개같은 것이 몇개 손가락에 닿았다. 유끼꼬는 兩손을 뻘속에 넣고서는 잡은 조개를 밖의 잔듸위로 집어 던지는 作業에 精神이 없었다. 소매끝이나 입고 있는 옷자락이 물에 젖는 것도 모를 地境이었다.

約 한 時間쯤 되어서 물에서 나와서, 두 사람 모두 잡은 조개를 끌어 모아 보니까, 거의 바케츠가 하나였다.

「宏壯하구나, 나나로짱.」

연못의 물로 팔과 다리를 씻은다음, 소매자락을 쥐어 짜면서, 유끼꼬는 아직도 興奮을 가라 앉히지 못했다. 나나로도 相對方의 즐거움이 豫想 外로 컷기 때문에, 매우 滿足스러운듯 했다.

「여긴, 얼마든지 있단다. 좀 더 한가운데쪽으로 가면, 연못 아래가 全部 소라란다. 나, 좀 더 잡아 줄거나.」

「이것으로 充分 해. 그보다, 무언가 넣을 그릇이 하나 더 있어야 겠는데. 이거 半씩 나눠야지.」

「난 괜찮아. 必要 없어야.」

「왜 그러는데? 둘이서 잡았으니까, 半은 나나로짱 꺼야.」

「나, 유끼짱에게 주려고 잡았던거니까, 必要 없어야.」

「허지만, 이렇게 가득 잡았고, 半씩 나누지 않으면 不公平 하잖니.」

「괜찮다니깐.」

나나로의 목소리가 부르퉁 해 졌다.

「유끼짱도 괜찮다니깐.」

「나도 괜, 괜 찮다니깐,」

「나도 괜, 괜 ,괜찮다니까.」

유끼꼬가 채 말이 끝나기도 前에 나나로도 괜찮다는 말을 連發로 하기 始作했다. 두 사람은 서로서로 相對方보다 한마디 더"괜찮다"를 많이 하려고 숨을 드러 마시고, 얼굴이 발갛게 되도록 빠르게 말을 했다. 그렇게 해서, 마침내 나나로가 참지를 못하고, 말을 끊고 숨을 들어 마실때까지, 유끼꼬는 힘차게 내어 쏟았다.

相對가 잠깐 물러서자, 유끼꼬도 숨을 실컷 드리키면서, 얼굴에는 웃음을 띄우면서, 입고 있던 겉옷을 벗어서 잔디위에 깔고서 그위에 뻘투성이의 소라를 바케츠에서 半씩 나누었다.

「나나로짱은 바케츠에 담겨있는 것을 가져 가는거야. 이쪽은 유끼짱이 가져 갈테니까.」

「이런 빌어먹을!」

나나로는 갑자기 유끼꼬의 머리를 쥐어 박았다.

「아퍼, 진짜 해 볼테냐!」

허리를 구부리고 소라를 싸고있던 유끼꼬는, 비틀거리며 잔디위에 兩손을 짚었다가 얼른 猛烈하게 일어 섰다. 헌데, 이미 그때에는 나나로는 兩손에 게다를 움켜쥐고, 단숨에 逃亡을 쳐 버렸다.

「야 임마, 서지 못해, 卑怯한 子息아!」

유끼꼬가 소리치며 맨발로 잔디밭을 뛰어 가다가 갑자기 발을 멈추었다. 그곳부터는 길에 자갈이 깔려있어 달리기 힘들었고, 억울하게도, 距離도 제법 떨어져 있었다.

유끼꼬가 뒤쫓는 것을 그만두자, 나나로도 멈춰서서 게다를 신었다.

「고집불통인 돌대가리, 선머슴애같은 계집애 이 바보 가시나야!」

「뭐라꼬, 이 겁쟁이 얼간아!」

서로 주고받으며, 유끼꼬가 자갈길로 두 세발짝 드리밀자, 나나로는 唐慌해서 다시 신발을 벗고 내리 달렸다. 달리면서도, "괜, 괜, 괜찮단말이야……"를 큰목소리로 먼저의 繼續인것처럼 되푸리하고 있었다.

그의 모습이 보이지 않자, 유끼꼬는 머리를 긁적거리면서 연못가로 다가가서 게다를 신었다. 나나로의 厚意를 알고는 있다. 때문에 이미 그의 얼굴에는 웃음이 번지고 있었다.

유끼꼬는 겁옷을 들어 올리서, 싸고있던 소라조개를 그대로 연못속으로 던져버릴까 망서리고 있다가, 얼른 생각을 고쳐 바케츠에 부었다.

걸음을 내디뎌보니까 바케츠가 무거워서 휘청거렸지만, 그것이 조금도 苦痛스럽지가 않았다.

삶아 먹으면 맛이 그만이라 했으므로, 이만큼 있다면 몇 日間의 반찬이 되겠다. 엄마가 얼마나 좋아 할까, 생각하니까, 바케츠의 무게로 다리가 휘청거리는데도 半다름질로 달려갔다. 그러나 숨이 차 왔기 때문에, 집에 到着할때까지에는 몇번이고 쉬어야만 했다.

「엄마, 膳物이야. 어-엄-마-아……」

부엌門앞에 到着하자, 유끼꼬는 겨우 門地枋에 바케츠를 드려놓고, 소매로 이마에 흐르는 땀을 씻으면서 소리를 질렀다.

食堂房에는 軍服모습의 쇼타로와 쓰루요의 얼굴이 드려다 보였다.

「얼른 올라 오너라. 오빠가 좋은 膳物을 가지고 왔단다.」

하고 쓰루요가 손짓한다.

「유끼짱도 좋은 膳物을 가지고 왔다니깐. 오빠에게도 삶아 줄께. 너무 맛있다니까……. 조개야, 소라라니까.」

하고, 유끼꼬도 門地枋에 선채로, 몸을 치켜 올리면서 손짓을 하는 것이다.

「하는 수 없는 애로구나. 조개가 어떻다고…….」

쓰루요가 웃으면서 부엌으로 내려 서자, 유끼꼬가 得意滿面의 모습으로 손가락질하는 바케츠를 보고서는, 갑자기 얼굴이 緊張되었다.

「이건 논고동이잖아.」

「소라야. 삶아 먹으면 맛있다니까.」

「너, 이거 어데서 났어?」

「잡아 왔다니까, 道廳의 연못에서.」

「얼른, 제자리에 갔다 놓지 못하겠니.」

쓰루요가 나무랬다. 유끼꼬를 바라보는 눈빛에는, 언제나와같은 柔和함은 털끝만큼도 없었다.

「왜 그러는데?」

「남의 物件을, 털끝만치라도 가져 온다면 도둑이다. 열살이나 먹었는데도, 그런것도 모른단 말이냐.」

「다른 사람 物件이 아니야. 道廳 연못 꺼야!」

暫間동안, 한대 얻어 먹은것처럼 어안이 벙벙해 져서, 쓰루요를 凝視하고 있던 유끼꼬가, 火가 치미는듯 抗辯하였다.

「道廳의 연못은 道廳꺼다. 너의 것이 아니잖아.」

「그렇다면, 노요히라江은 유끼짱 것이 아니니깐 그곳에서 낚시하면 도둑이겠네. 마루야마는 유끼짱것이 아니니깐, 그곳에서 나물이나 고사리를 꺾으면 도둑이겠네!」

「요런 개구장이 같은놈, 못된 辯明 뇌까리지 말고 얼른 되돌려놓지 못할까.」

「싫어, 삶아 먹을거야.」

「좋아, 固執을 부리겠다 이거지.」

쓰루요는 食堂房으로 들어가서, 佛壇의 서랍을 열고 그속에서 뜸쑥봉지와 線香을 꺼내어서, 부엌으로 가지고 나왔다.

門地枋에 서서, 搖之不動(요지부동)의 氣勢로 버티고 있던 유끼꼬의 얼굴이, 벼란간에 動搖하기 始作했다.

小學校도 四學年쯤 되면, 그럭 저럭 뜸에 對한 두려움을 능히 알만한 나이이다. 더군다나 유끼꼬는 지기 싫어하고 競爭心이 强한 아이라서, 若干 두들겨 맞거나 꼬집히거나 하는것쯤은 눈도 꿈쩍 하지 않았으나, 뜸 뜨는것 만큼은 참을 수가 없었다. 온몸에 닭살이 돋아나고 떨릴 程度로 두려웠다.

「되돌려 놓고 올테냐.」

쓰루요는 마루 앞귀틀에 걸터 앉으면서, 線香에 성냥불을 붙이면서 다짐을 한다.

유끼꼬는 아랫입술을 깨물면서, 그의 눈은 線香의 타오르는 불에 못박혀진채 움직일줄 몰랐다. 목소리가 나오지 않았다. 그래도 그 女는 온 힘을 다해서 도리질을 했다.

 헌데, 쓰루요가 아무말 하지 않고 종이주머니를 열고, 손가락 끝으로 솜씨도 좋게 뜸쑥을 말기 始作하자, 유끼꼬의 몸은, 저절로 머뭇머뭇 움직였다. 그 女의 視線은 두려움에 젖어서, 線香의 불과 뜸쑥과, 쓰루요의 얼굴을 唐慌스럽게 번갈아가며 바라보고 있었다. 쓰루요의 顔色은 그냥 怯만 주려는 것이 아니다 라고, 유끼꼬에게는 생각되었다.

「자, 남의 물건을 許諾도 없이 가져 온 손은 어느쪽이냐. 오른쪽이냐, 왼쪽이냐.」

 쓰루요가 兩손에 線香과 뜸쑥을 들고 무릎을 밀고 나오는 瞬間, 유끼꼬의 몸속에서, 只今까지 가까스로 버티고 있던 것이 사그라져 버리고 말았다.

「잘못했어. 되돌려 놓고 올께……」

 울음소리와 高喊소리가 同時에 목구멍을 타고 쏟아져 나왔기 때문에 스스로도 무었을 말했는지 들리지도 않았다. 그때에는 벌써 바케츠를 들고 바깥으로 달려 나오고 있었다.

 유끼꼬는 있는 그대로의 목소리를 높혀서 울면서 달렸다.

 뜸의 恐怖와, 納得도 되지않는 理由에 屈服 當했다는

억울함과, 쓰루요를 기쁘게 해 주겠다는 마음뿐이었는데, 생각지도 못한 結果가 되어버렸다는 슬픔이, 하나의 暴風이 되어서 몸뚱이를 휘감고 돌아 다니는 것이었다.

「어이, 꼬맹이. 기다려…….」

뒷마당을 달려 나와서 큰길로 나서려는 그때, 뒤에서 부르는 소리가 들렸다. 그렇찮아도 바케츠의 무게 때문에 숨이 차올라, 잠깐 쉬려든 참이었다.

뒤돌아 보니까, 軍服에 게다를 신은 쇼타로가 가까이 다가오는 것이 눈물로 지저분한 눈에 비춰 보였다. 여느 때 같으면, 바로 그 자리에서 "꼬맹이가 아냐, 유끼꼬란 말이야." 하고 대어 들었겠지만, 只今은 그럴만한 힘도 없었다.

「어데로 가는건데.」

쇼타로가 無表情하게 유끼꼬를 내려다 보았다.

「道廳의 연못에…….」

「바보로군, 넌 말이다. 요 近方 어디쯤에 버리고, 道廳 연못에 버린것처럼 하면 될것을.」

「싫단 말이야.」

「그럼, 네맘대로 해. 너같은 것을 두고 지나치게 고지식하다는 거다.」

쇼타이는 입술끝으로만 피식 웃으면서, 종이에 싼 것

을 유끼꼬의 손에 쥐어 주었다.

「뭔데, 이거……」

「쓰키샷푸(月寒) 빵이다. 배 고프지. 이거라도 먹으면서 갔다 와라.」

종이를 풀어보니, 圓盤과 같은 모양을 한, 커다란 빵이 두개나 들어 있었다. 빵이라기보다 饅頭에 가까울 程度다. 쇼타로들의 步兵 第二十五聯隊의 所在地인 쓰키샷푸의 名物이었는데, 그가 이런 土産物을 사 들고 온것은 只今까지 한번도 없었던 일이었다.

한개에 一錢씩하는 小型 떡은, 몇년 前인가, 유끼꼬도 親舊의 집에서 먹어본 일이 있었지만, 이렇게 큰것은 처음 보는 것이었다.

「우왓, 엄청 크네……」

유끼꼬는 눈을 휘둥그레 떳다. 自身의 손바닥위에 그런 멋지고 맛있는 커더란 빵이, 두개나 놓여 있다고 하는 느닷없이 나타난 幸福感이, 아직도 꿈만같아서 믿기지가 않았다. 한個에 五錢은 하리라 생각 되었다. 눈물이 뚝 그쳐버렸다.

「이거 두개 다 주는거야」

「그럼, 엄마꺼는 집에 있단다.」

쇼타로는 언제나 똑같은 人情머리없는 말투로 對答하

고, 집으로 向하여 뒤돌아 섰는데, 무언가 생각이 난듯이 다시 뒤돌아 섰다.

「오빠는 말이야, 이번에 멀리 떠나게 되었단다. 當分間 만날 수 없을텐데, 요다음 만날때에는, 좀 女子답게, 얌전한 아가씨로 되어 있거라.」

「멀리라고, 어덴데?」

「支那(中國)에.」

「뭣하러 간다지?」

「바보. 軍隊가 다른 나라에, 뭣하러 가는지 모른다는 거야.」

「戰爭하러 가는거야? 支那에는 戰爭같은 거 없는데.」

「只今은 그렇지.」

쇼타로는 더 以上 相對 하려고도 하지않고, 마당을 向해 걸어 갔다.

「오빠야, 얼른 돌아 올께. 아무데도 가지말고 기다리고 있어라.」

쇼타로는 뒷도 돌아보지 않았다.

「오빠야, 고맙다. 쓰키삿푸빵 고맙다.」

그래도 쇼타로의 對答은 없었다.

쓰키삿푸의 步兵 第二十五聯隊에, 滿洲駐屯을 爲한 出

動命令이 내린것은, 그로부터 十日이 지난 九月 下旬頃이었다.

　大正 三年에 始作되었던 유-럽戰爭은 滿四年이 經過되었고, 最近이 되어서야 드디어 獨·墺側의 敗色이 決定的으로 나타나게 되었다. 昨年 러시아에 革命이 일어나서 帝國이 崩壞되었고, 政權을 쥐게된 볼세비키의 新政府가 獨逸側과 單獨講和를 맺고 戰列로부터 脫落한다고하는 事件이 일어 났으며, 二月革命 바로 直後에, 아메리카가 聯合國側에 加擔하여 參戰하게 된것은, 이미 戰力의 限界点에 到達해 있는 獨逸側에게는 致命的인 打擊이 아닐 수 없었다. 戰爭이 獨·墺側의 敗北로 歸結된다는 것은, 이젠 時間問題 였다.

　假令 그렇지 않다고 해도, 유-럽 戰爭에 關해서, 聯合國側의 一員으로서 戰略的 行動이라면, 日本이 滿洲大陸에 兵力을 動員하는 것이 異常한 일이라는 程度는 쓰루요도 알고 있다. 헌데, 그렇다면 왜, 쇼타로들이 滿洲로 보내지고 있는가에 對해서는 想像이 되지 않았다. 任務는 滿洲에 깔아 놓은 鐵道 警備를 爲해서라 했다. 알것도 같았으나, 亦是 그 女로서는 잘 모르는 일이었다.

　첫째, 自身의 나라에 對해서 생각해 본다면, 다른 이웃나라가 日本으로 와서, 例를들어 北海道에 鐵道를 깔고,

그것을 經營하여 利益을 챙긴다. 더군다나 그 나라가 鐵道를 깔아 놓은 地方에는 日本鐵道를 깔지 못하게 한다. 그 中에, 鐵道沿線의 警備에 對해서, 그 나라의 軍隊가 밀어 닥치는 그러한 事態는, 아무리 생각해 봐도 尋常치가 않다. 그렇게 된다면, 北海道는, 事實上, 그 나라에 빼았긴것과 하나도 다름이 없다는 생각이 드는 것이다.

昨年에도 아사이가와(旭川)의 第七師團이 大擧 滿洲로 건너 갔지만, 그것이 쇼타로들과 交代해서 歸國했다는 消息은 들은바도 없다. 말하자면 增派인 셈이다. 滿鐵沿線에는 그만큼 危險狀態가 있는 것일까. 萬一 있다고 한다면, 얼마나 危險한 것일까. 무엇이 어떻게 돌아 가고 있는지, 알 수 없는 것은 쓰루요 뿐만이 아니었다. 그 女 周圍에 살고 있는 모두가 그랬다.

「支那(中國)라는 나라는 混亂스럽기 짝이없는 나라라구요. 馬賊이라든가 匪賊이라는 것이 있어서, 조금도 放心할 수가 없대는구먼요. 日本軍隊도 苦生이 이만저만 아닐거야.」

하고 곤노가 말했다.

文選工이니만치, 그에게는 新聞의 表題程度의 어설픈 知識은 있었다. 그만한 程度라도, 쓰루요의 周圍에서는 唯一한 消息通이라 해도 좋았다.

「馬賊이나 匪賊이 아니더라도, 다른 나라 軍隊가 들어오는 것은, 火를 내는것이 當然하다고 생각 듭니다만.」

「그거야 어쩔 道理가 없지요. 中國은 日本과 條約을 맺었고, 分明히 그런 約束을 했기 때문이죠. 이쪽은 約束한 그대로 하는 거 밖에 없는 겁니다. 當然한 權利라 하는 것 말입니다.」

「헤에. 그런 엎친데 덮친격인 約束을, 中國이라는 나라가 잘도 맺었군요. 설마하니 自身들이 自請해서 맺은 거는 아니겠습죠.」

「그야, 어쩐지 잘 모르겠지만……. 하여튼, 나라와 나라間의 約束이니깐요.」

그런 部分에 가서는, 곤노도 滿足스런 對答을 할 수가 없었다.

日本이 스스로 自請해서 聯合國側에 서서 參戰하고, 칭따오(靑島)를 占領할 時點애서는, 日本은 日英同盟의 의(誼=親分)를 尊重해서, 아무런 利害關係도 없는 義理戰爭에 나서고 있는것처럼 하고 있고, 山東省을 獨逸의 손에서 解放시켜 준 義軍처럼 되어 있다. 政府가 그렇게 말했고, 新聞들도 그렇게 宣傳했으므로, 國民들도 應當 그렇게 믿고 있었다.

헌데, 日本은 山東省 一帶를 占領하자, 갑자기 態度를

바꾸어서, 二十一個條項이나 되는 對中國要求를 袁世凱(원세개) 大總統에게 내어 놓았다. 그 要求는, 山東省을 解放시키게 된것을, 日本의 特殊權益으로 接受하고, 다시 南滿洲에서 內蒙古에 이르는 넓은 地域에까지, 治外法權的인 徹底한 利權을 擴張하려 하는 것으로서, 中國側에서 본다면, 그것을 받아 드리는 것은 自國의 領土의 東北部 一帶를 日本의 租界化 하는 것과 같은 것이다.

※【조계화=英國, 美國, 프랑스, 日本등 八個國이 十九世紀 後半에 中國에 進出하는 根據地로서 天津. 上海. 漢口. 等 開港都市에 마련한 外國人 居住地. 專管租界와 共同租界가 있었으며, 外國側이 行政權을 行事했음. 1845年에 英國이 上海에 創設한것이 그 始初로서, 한때에는 二十八個所에 達했으나 二次大戰中에 없어짐.】

當然히, 擧國的인 抵抗運動이 일어 났고, 袁世凱도 要求를 極力 沮止하려 하고 있었지만, 日本은 派遣軍의 增兵에 增兵을 거듭하면서 威脅하였으며, 大正 四年 五月, 一方的으로 最後通牒을 내어 보냈고, 드디어 袁世凱를 屈服시켰다. 그것은 中國이라하는 抵抗力이 弱한 巨大한 獲得物에 떼지어 몰려들었던 유럽 개들이, 즈그들끼리 물고뜯는 사이에, 한발 늦은 日本개가, 可能한한 많은 고기를 물어 뜯으려고 달겨 드는 꼴이었다.

그러나, 新聞의 報道는 『暴戾(폭려=人道에 벗어나게

모질고 사나움)不孫한 中國政府, 우리의 友好的인 要請을 拒絶.』이었고,『中國側, 우리의 誠意를 無視.』였으며,『하는 수 없이 最後通牒을 보내다.』였었다. 곤노가 아니더라도, 국민 누구나가 잘못된 狀況으로 받아 드려졌다는 것은, 當然한 歸結이라 하겠다.

쇼타로들의 動員도, 表面上으로는 對中國 二十一個 條約에따른 滿鐵沿線 警備를 爲해서라고 여겨지고 있었지만, 實은 北滿洲를 經由해서 러시아領 시베리아에로 보내지고 있다는 것은, 처음부터 아는 사람이 없었다.

러시아에서 革命이 일어 나 帝國이 崩壞됨과 때를 같이하여, 英國이나 프랑스는 재빠르게 口實을 붙여서 시베리아로 出兵하고 있었고, 日本의 出兵을 牽制하는 意味에서 出兵을 미루고있던 아메리카도, 昨年 八月初에, 日本과 派遣兵力의 協定을 맺고, 派兵을 서두르고 있었다. 勿論, 기다림에 지쳐서 더 以上 어쩔 수 없었던 日本도, 卽時 第十二師團을 우라지보스톡에 上陸시켰다.

그 當時의 兵力協定에서는 英, 佛軍 五千 八百, 아메리카軍 七千, 日本軍 一万二千을 넘지않는 線에서 約束되어 있었으나, 日本은 協定을 無視하고 그 派遣兵力은 不過 三個月도 되지않는 사이에 七万三千名을 넘어섰다. 革命政府의 基盤이 脆弱(취약)한 사이에, 시베리아를 러시아로부터 分離시켜, 日本의 傀儡政權을 樹立하는 것을 노렸던 것이다.

元來부터 計劃은 國民에게 새어 나가서는 안 되는 것이다. 아메리카는 強硬하게 協定違反을 抗議하고 나왔다. 이 以上의 시베리아 派兵은 公公然히 이뤄질 수는 없었다.

그날 아침, 쓰루요와 쇼타이는 아직도 어둠이 가시지 않은 새벽에 쓰키삿푸의 兵營으로 마지막 面會를 하러 가서, 그대로 삿포로 驛까지 行進하는 部隊를 따라 걸었다.

部隊가 이른 아침 市內로 들어 서자, 沿道는 萬歲 소리와 日章旗의 波濤에 휩싸였다. 市民은 勿論, 小, 中學生들도 總出動한 送別 이었다.

拓殖銀行 앞에서 部隊의 옆에 가까이 붙어서 걷고 있는 쓰루요를, 재빠르게 찾아 낸 유끼꼬가 小學生의 列을 벗어나 달려 왔다.

「오빠, 萬歲!」

천천히 달려 오면서, 유끼꼬는 隊伍속의 쇼타로를 向하여 소리를 지르면서, 國旗를 흔들었다. 쇼타로는 눈만으로 어렴풋이 끄덕여 보였다.

「너, 學生들과 함께 있지않아도 괜찮은거냐.」

쓰루요가 묻자,

「응, 先生님에게 許諾 받았는 걸.」

하고, 그대로 유끼꼬는 停車場까지 따라 왔다.

驛前 廣場에 到着하자, 兵士들은 걸총을 하고서 짧은 休息이 주어졌다. 그러는 사이에 餞送나온 사람들은 제각각 兵士들을 둘러 쌓고, 離別을 哀惜해 하고 있었다. 걸총을 하고 그 자리에 서 있는, 餞送人이 없는 兵士에게는, 愛國婦人會의 腕章을 두른 婦人들이, 뜨거운 葉茶를 接待하며 돌고 있었다.

가을이라고는 하지만, 아직 九月도 채 가시지 않았으므로, 防寒服에다 重武裝을 한 兵士들은, 햇볕에 그을린 이마나 목덜미에 땀방울이 송글송글 맺혀 있었다. 熱을 받은 가죽냄새와 기름냄새가 뒤섞여 振動했다.

「넌 感氣에 弱한 몸이니까, 몸에 對해서는 아무쪼록 注意를 하는거다. 滿洲의 추위는 北海道와는 比較가 되지를 않을테니까.」

軍帽를 벗고, 중대가리 머리에 찬 땀을 손바닥으로 씻고 있는 쇼타로에게 쓰루요는 말했다. 쓰키삿푸에서 繼續, 똑 같은 말만을 되푸리하고 있는 것이다. 좀 더 해 주어야 할 말이 가슴에 가득 차 있는데도, 쉽게 말로 表現할 수 없는것이 무척 안타까웠다.

「이봐라, 쇼타로.」

곁에서 우물쭈물하고 섰던 쇼타이가 사이에 끼어 들었다.

「이런것은 付託해서 未安하지만, 저쪽에서 어쩌면, 어느때에 妙하게도 도룡뇽을 發見하거들랑 알려주지 않을래. 地質이나 氣溫이나, 네가 느낀 棲息條件, 形態의 特徵 等等. 그려 두었다가, 보내주면 더욱 좋고.」

「아버지. 쇼타로가 도룡뇽을 찾으러 가는게 아닙니다요.」

갑자기 쓰루요도 가시가 있는 목소리로 變했다.

「그러니까 萬一이란다. 萬一, 눈에 띄이면 하는 이야기란다….」

쇼타로는 입술끝에 슬쩍 웃음을 띄었으나, 아무런 對答도 하지 않았다.

「언닌 못 맞추겠네. 반드시 온다고 했는데.」

유끼꼬가 쓰루요를 쳐다 보면서 말했다.

「너무 促迫해서지. 틀림없이 섭섭해 할거다.」

「괜찮아요. 戰爭에 나가는 것도 아니고, 그렇게 騷亂 피울것도 없어요. 누나의 幸福에 젖어 있는 얼굴이 어떤건지, 꼭 보고싶었는데.」

하고, 쇼타로는 손가락에 끼고 있는 담배의 煙氣속에

서, 살며시 먼 저쪽을 바라보는 눈매였다.

아끼꼬가 나오기의 出生과, 고마끼 데쓰오와의 結婚을 알려 온것은, 再再昨年 正月이었다. 그 後로 便紙도 자주 있었다. 유끼꼬의 입을 옷가지도 이따끔씩 보내 오곤 했다. 幸福하게 살고 있다는 것은 便紙와 함께 눈에 보이는 듯 했다.

쇼타로의 部隊가 滿洲로 派遣될것같다고 알려 주었더니, 얼른 答狀이 와서, 그때에 餞送을 兼해서, 오래간만에 食口들을 만나려 가겠다고 했다. 헌데 部隊 出發 날자를 알게 된것이 出發 三日前 이었으므로, 쓰루요는 電報를 쳤지만, 그것에 對해서는 아직 連絡이 없었다.

集合의 나팔소리가 울렸다. 어이없을 程度로 짧은 休息時間 이었다.

쇼타로는 피우고 있던 담배를 던져버리고, 擧手敬禮를 올렸다. 생각지도 못했는데, 얼굴이 緊張되어 보였다.

「그럼, 어머니, 몸조심 하세요. 아버지께서도 도롱농 찾는것도 알아서 하세요, 年歲가 年歲니만치.」

「너야말로 몸조심하고 잘 다녀 오거라. 집안 일일랑 걱정하지 말고.」

毅然(의연)하게 있으러 했는데, 쓰루요는 목소리가 떨려 나오는 것을 어쩔 수 없었다. 그냥 서 있을 수가 없을

程度로, 가슴이 세차게 벌떡이고 있었다.

「오빠, 힘내라.」

유끼꼬는 몸을 막대기처럼 꼿꼿이 세우고 舉手敬禮를 멋지게 붙이면서 소리쳤다.

「언니에게 安否 傳해 다오.」

하고, 쇼타로가 유끼꼬에게 말했다. 그러고 나서 재빠르게 세 사람을 훑어 보고서,

「그럼 다녀 오겠습니다.」

하고, 힘찬 짧은 말을 남겨두고, 빠른 걸음으로 걸총 있는데로 돌아 갔다.

兵丁들은 迅速하게 整列하여, 點呼를 했다. 쇼타로는 이젠, 그 카-키-色의 集團속에 파묻혀버린 한 点에 지나지 않았다. 모습은 눈앞에 있으면서도, 父母라하는 者들과 손가락하나 닿지 못하는 斷絶된 世界에로, 그는 끌려 가려 하고 있는 것이다.

어릴때부터 意氣銷沈하고 內向的 性格이었던 쇼타로가 兵丁이 되어서 武裝을 하고 있다는 것이 쓰루요에게는 거짓말처럼 느껴졌다. 옆에 서 있는 쇼타이가 살짝 눈시울을 찍어 누르는 것을 알았다. 쓰루요는 自身이 어떻게 되어서 눈물이 나지 않는가가 異常했다. 그 女의 눈은 바싹 말라 있는채로, 반짝반짝 타오르면서, 列中의 쇼타

로를 点찍고 있었다.

部隊가 小隊별로 驛 建物안으로 사라져 갈때, 廣場에서는 萬歲소리가 울려 퍼졌다.

*여기는 나라에서 數百里나
떠러진 먼 먼 滿洲의,
붉은 夕陽을 받으면서
親舊는 들녘 한곳의 돌 아래에…….*

벼란간 유끼꼬가 旗를 흔들어 대며, 소리치듯 노래를 불렀다.
「유끼꼬, 그만두지 못해. 재수없는 소리 그만….」
쇼타이가 唐慌해서, 유끼꼬의 소매자락을 붙들고 흔들었다.
「오빠들은 戰爭하러 가는게 아니란다.」
유끼꼬는 앗차 잘못되었구나 하는 心情으로 고개를 숙였다. 그리고선 쇼타이의 손을 뿌리치고, 停車場 안으로 들어가려하는 쇼타로를 向하여 마구 달리기 始作했다.
「빨리 돌아 와, 오빠!」
그 周圍를 意識하지않는 큰 목소리가 쇼타로의 귀에

틀림없이 들렸을텐데도, 그는 고개 한번 돌리지 않았다.

　그의 모습이 사라지고, 그 뒤를 따라 黃色의 띠가 움직이는듯이, 後續 部隊가 建物속으로 빨려 들어가고 있었다.

　아끼꼬가 네살 먹은 나오기를 데리고 달려 온것은 그 다음날 午後였다.

　東北方에 豪雨가 내려서, 물속에 잠겨버린 路線 復舊를 기다리느라 모리오까에서 이틀 밤을 묶어서 늦게 되었다고, 그 女는 쇼타로의 出發이 어제였다는 것을 듣고서 몹시도 아쉬워 했다.

　아끼꼬는 유끼꼬 뿐만이 아닌, 쓰루요와 쇼타이에게도 겨울옷은 勿論이고 珍奇한 먹을 것을 가지고 올만큼 가지고 왔다.

　「언니, 멋쟁이가 다 되었네. 루-즈·로-란드 같애.」

　하고 유끼꼬가 感歎에 젖어서, 아끼꼬를 넋빠진듯 바라보고 있다. 루-즈·로-란드란 요즈음 어린애들 사이에 人氣가 있는 連續 冒險活劇의 女俳優 였다.

　實際로는 아끼꼬가 그 程度로 멋쟁이가 될 턱이 없었다. 化粧도 뛰어나지 않았고, 입고 있는 옷이나 가지고 있는 物件이나 모두가 수수한 것들 뿐이었다. 허나, 어딘지 모르게 뗏국이 벗겨져 있었고, 表情에 生氣가 넘치고 있었다.

이 애는 진짜 幸福하게 살고 있구나. ----하고 쓰루요는 아끼꼬를 지긋이 바라보면서 생각했다. 그런 幸福한 나날의 返射가 그 女를 華奢(화사)한 氣分으로 물드려 놓았다고하는 생각에, 쓰루요는 무언가를 向하여 두손을 合掌하면서 感謝드리고픈 心情이었다.

「오페라라는 거, 只今 대단한 人氣인것 같더라. 고마끼氏가 얼마나 기뻐하고 있을는지, 언제나 이야기하곤 한단다.」

「헤에. 아사쿠사 오페라를, 엄마도 알고 계시나요.」

「유끼짱도 알고 있는 걸.」

하고 말하자, 유끼꼬는 벌떡 일어나서 허리에 손을 짚고서, 한쪽발을 쭉 뻗으면서 노래를 부른다.

　　*바위에 기대선 수많은 사람은
　　　　　총을 한쪽손에 굳게 쥐고서……*
「잘한다, 잘한다.」

나오기가 좋아하며 손바닥을 두드리자, 유끼꼬는 得意揚揚해서,

「시미즈 긴따로(淸水金太郎)의 디아보로(Diabolo=공

중팽이)란다.」

하고 어깨를 으쓱한다.

「유끼짱은 어떻게 되어서 시미즈 긴따로를 알고 있는 거니.」

「다누끼소로의 통조림 工場에서, 一錢을 내면 蓄音機를 들려 준단다. 그곳에서 여러 노래를 배워가지고 말이다.」

쓰루요가 유끼꼬를 代身해서 웃으면서 對答했다.

帝劇에서 五年間, 아카사카의 로-얄館에서 一年, 어디까지나 不振을 면치 못했던 歌劇이, 이니와와 고마끼의 손으로 넘어 와서 아사쿠사에로 가져 오자마자, 마치 突然變異라도 일어 난것처럼 人氣가 대단했다. 하라 노부꼬(原信子), 이시이 히로(石井漠), 시미즈 긴따로(靑水金太郎), 자와 모리노(澤モリノ)等의 大 스타-들 外에, 다야로꾸죠(田谷力三), 후지하라 요시에(藤原義江), 가와아이 수미꼬(河合澄子), 키무라 도끼꼬(木村時子)等의 新進 人氣者들이 續出해서, 아사쿠사(淺草)의 興行街는 거의 오페라 一色으로 빈틈없이 꽉 짜여 있었다.

고마끼들이 本據地로 삼고 있는 觀音劇場 外에, 不過 二年도 채 되기 前에, 日本館, 三友館, 金龍館들이 차례차례로 오페라의 宣傳燈을 달게 되었고, 그들의 舞臺에서 불려지고 있는 노래는, 卽時로 全國을 휩쓸었다. 西洋音樂의 未開地인 日本에서, 그것이 뿌리를 내리기 爲해서는, 먼저 民衆이 쉽게 消化 시킬 수 있도록, 알기쉬운 形態로 提供하는 것이 必須的이라는 이니와들의 主張이, 그 部分에 限해서는, 事實로 認定되어지고 있는 趨勢였다.

그러나, 이니와나 고마끼는 興行師가 아니다. 歌劇의 俗化를 노리는 것도 아니고, 그 興行的인 成功이 目的인 것도 아니었다. 民衆이 받아 드리는 것이 熱狂的이면 熱狂的일수록, 그 情熱을 무슨 方法으로, 어느 方向으로 끌고 갈것인가가, 커다란 問題였다.

고마끼는 요즈음에 와서, 깊은 생각에 빠지는 때가 많았다. 不安해서 견디기가 힘들다고, 아끼꼬에게 털어 놓을때도 있었다. 아사쿠사의 오페라에로 밀어 닥치고 있는 民衆의 에네르기의 强熱함에, 그가 壓倒 當하고 있다는 것은, 아끼꼬도 알 수 있었다. 그 에네르기에 밀려 나고 만다면, 歌劇의 俗化만이 꼬리를 물고 繼續되다가, 結局에는 아무것도 남지 않을는지도 모른다. 通俗的인 오페라에 爆發的으로 集中되고 있는 에네르기-를 이끌고 가는 方向과 能力이 고마끼들에게 없는 限, 只今의 隆盛은 不安한 열매하나 맺지 못하는 수꽃에 지나지 않는 것이다.

 허나, 그런것을 쓰루요에게나 쇼타이에게 이야기 해 보았댔자, 어떻게 되는것도 아니었다. 고마끼의 事業의 表面的인 成功을 그대로 받아 드리고 기뻐하고 있는 그들에게 북채를 쥐어 주면서, 아끼꼬는 아무런 不安과 걱정도 없는 幸福한 아내라는 扮裝을 흩으러 뜨리지 않았다.

「누나야, 뭣 하는거지.」

 이젠 完全히 유끼꼬와 親해진 나오기가 마루끝에서 뒤돌아 앉아, 디아보로의 노래를 부르면서 무언가 熱心히 손을 놀리고 있는 그 女의 등을 껴안아 왔다.

「응, 램프의 등피를 닦는거야.」

「램프라고, 그게 뭔데?」

「아아니, 나오기짱은 램프도 모른다는거니. 바보같구먼.」

 하고 유끼꼬가 웃었다.

 아끼꼬는 天井을 쳐다 보았다. 유리삿갓을 쓴 電燈이 내려뜨려져 있었다.

「유끼짱. 램프의 등피같은 거 닦아서 어디에 쓰게. 電氣가 있잖아.」

「있지만, 使用하지 않아. 電氣會社에서 끊어 놓았거

든.」

 자랑이라도 하는듯이 유끼꼬가 말했다. 아끼꼬 저편에서, 쇼타이가 慊然(겸연)스러운듯이 視線을 떨어뜨렸다.
 아끼꼬가 부엌으로 내려가 보니까 쓰루요는 선반아래에서 허리를 굽힌채로, 뒤주의 밑바닥을 쓸고 있는 中이었다.
「엄마.」
 아끼꼬는 지갑에서 十円짜리 紙幣를 꺼내어서, 자그맣게 접어서 쓰루요의 허리띠사이에 끼워 넣었다.
「깜빡 잊고 있었지만, 고마끼로부터의 膳物이에요.」
「이렇게 많이……. 안 된다, 아끼꼬.」
「괜찮아요. 고마끼는 只今 제법 景氣가 좋으니까……. 받으시지 않으신다면, 돌아가서 제가 고마끼에게 혼찌검이 나요.」
 쓰루요는 暫間동안 아무 소리없이 조용히 아끼꼬를 바라 보고만 섰다. 그리고 나서 兩손으로 紙幣를 받아 누르고서,
「고맙다…….」
 하고, 겨우 들릴 程度로 말했다.
 아끼꼬가 食堂房으로 들어 오려고 할때, 쓰루요가 부리나케 밖으로 달려 나가는 발소리가 들렸다. 쌀집에 가

는 것이 틀림없다.

「다께꼬 아주머니는 安寧 하신가요?」

食堂房으로 되돌아 와서 아끼꼬는 무언가 깊이 생각하고 있는 쇼타이에게 목소리를 보냈다.

「아아, 그 분도 야마지의 財産은 모두, 요시자와나 辯護士인 히라마쓰가 하고싶은대로 하라고 하고, 代身에 다카시루氏를 되돌려 받았단다.」

「그랬었나요. 그럼, 다카시루氏와 함께 살고 있겠네요.」

「戶籍上으로는 養子로 되어 있었는데, 다네하시家에서 籍을 파내어서, 이즈미 다카시루로 바꿨단다. 다카시루짱으로 봐서도, 그런 뱃속이 새까만 他人만이 법석대는 집은, 以前부터 싫어했었잖나. 이젠 16 살이나 먹었으니까. 그 代身에 야마지의 財産은 받지않고 끝났다. 成年이 되기 前에 다께꼬氏에게로 갈 境遇, 다카시루氏를 除籍시키고 相續權을 剝奪(박탈)한다고 하는 슈監님의 遺言이, 確實하게 公正證書로 되어 있었다던가 어쨌다던가 하는 이야기란다.」

「순 엉터리야. 그 히라마쓰라하는 辯護士는 信用할 사람이 못된다고 생각해요.」

「다께꼬氏도 그렇게 생각하고 있지만, 히라마쓰는 요

전번 選擧에서 政友會로 出馬해서, 대단한 돈을 썼다는 所聞이지만, 여하튼간에 當選 되었지. 只今은 威勢도 堂堂한 實力者일뿐 아니라, 제법 똑똑하다고 定評이 나 있는 다께꼬로서도 입금이 먹혀 들어가지 않았단다.」

「그래도 다카시루짱이 돌아 왔으니까, 그나마도 多幸이라 생각 해야 겠네요. 흰百合館은 아직도 하고 계신가요.」

「景氣가 좋은것 같더라. 쌀騷動이라든가 一家族 集團自殺이라든가, 日本國內가 뒤숭숭해 있는데도, 異常한 일로서, 그런 高級店들은 언제나 漸漸 繁昌하고 있으니 말이다. 진짜 까닭을 알 수가 없다니까.」

「다카시루짱은 제법 컷겠네요.」

「벌써 中學 四年生이니까.」

아끼꼬는 다카시루를 다네하시 邸宅으로 보냈던 그날을 回想해 보았다. 그때, 그는 自己만 두고 떠나버리는 不安 때문에, 아끼꼬 곁을 떨어지려고도 하지 않았다. 그런 그가 강아지처럼, 요시자와에 이끌려 갈때의, 자그마한 모습이 只今도 눈에 선하다.

내일 흰百合館을 訪問해서 만나 보리라 생각했다.

「아끼꼬, 말하기 困難한 일이지만……」

쇼타이는 말을 하면서 말꼬리를 흐렸다. 눈이 아끼꼬

의 視線을 避해서, 아래로 처지면서 무릎위에 맴돌았다.
「뭔데요, 아버지.」
「今年도 그럭저럭 추위도 다가왔고……. 그래서, 눈이 내리기 前에 다시 한번 쿠시로에 다녀오고 싶구나.」
「쿠시로라구요……. 그럼, 그 後로 다시 찾고 계셨던가요. 그 北도롱뇽인가 뭔가를…….」
아끼꼬는 無心코 쇼타이의 얼굴을 바라 보았다.
「그렇게 찾아 헤매고 다녔지만, 運이 나빠서 말이야. 헌데, 한번은 진짜로 있었기 때문에 只今도 어디엔가에 반드시 있을거야. 그 세마리만 하늘에서 떨어진 것은 아닐테고 말이지. 북도롱뇽은 틀림없이 北海道에도 棲息하고 있다. 그것을 다시 한번 確實하게 確認해 보고싶은 거다.」
「確認하면 어떻게 되는건데요.」
「되긴 뭐가 되겠냐. 도롱뇽의 棲息分布에 쬐그마한 새로운 事實이 하나 더 添加될 뿐이겠지.」
「그렇담, 아버지께서는 그 새로운 事實의 發見者라하는 名譽가 必要 한건가요. 그것에 自身을 걸어 본다는 意味?」
「그런것은 생각해 보지도 않았단다.」
쇼타이는 바보같은 생각에 빠져버린 모습으로 얼굴을

들었다.

「北海道에서 북도롱뇽을 發見 했다고 해서, 그것이 名譽와 무슨 關係가 있겠냐. 結局은 고작해야 도롱뇽이다. 自身을 걸고 있는 것도 아니다. 但只 내가 도롱뇽을 좋아하고 있다는 것 뿐이다. 北海道에서는 살고 있지 않다는 種類를, 한번 發見 했었다. 그러니까, 다시한번 찾아 보고싶다. 但只 이것 뿐이란다.」

「말하자면, 아무런 意味도 없는 일에, 精神을 빼았기고 있다는 셈이로군요.」

「글쎄, 그런 셈이로군……. 잘은 모르겠지만, 나로서는 뭐가 뭔지도 잘 모른다는 생각이 들지만…… 내 생각만을 말한것 같고, 알아 듣게 말 할 수 없지만…….」

「어쩔 수 없는 아버지시로군요. 좋아요, 다녀 오세요. 經費는 제가 어떻게 해 볼테니까요.」

하고 아끼꼬는 웃으면서 말했다.

「未安하구나, 아끼꼬. 넌 좋은 애다. 정말 좋은 애구말구.」

쇼타이의 얼굴에는 마음에 든 장난감을 손에 쥔 어린 애처럼 즐거움이 온 얼굴에 퍼졌다.

쓰루요는 그날 밤, 옥수수를 팔러 나가지 않았다.

어둑컴컴한 램프 아래에서의 食卓은 貧寒하기 짝이

없었으나, 食事時間 내내 밝은 웃음소리가 그치지 않았다.

「只今은 下宿人이 곤노氏 한사람밖에 없지만, 다음달부터 곤노氏 紹介로 같은 活版所에 勤務하는 사람이 두 사람 오게 되어 있단다.」

하고, 쓰루요는 樂天的 이었다. 四年만에 만난 아끼꼬에게 어두운 印象을 주지않기 爲한 配慮도 있었겠지만, 그 女의 타고난 性格이기도 했다.

그러는 단 혼자뿐인 下宿人 곤노는, 밤이 깊어 가도 돌아오지 않았다. 二, 三日 前부터 시라이시 遊廓에서 繼續 外泊을 하고 있는것 같다. 今年初에, 그때까지 거리의 남쪽켠 우수노에 있던 遊廓은 郊外인 시라이시로 옮겨졌던 것이다.

「스기(杉)로부터 고마끼(小牧)로 새 지붕을 올린 고마끼夫人께서 모처럼 올리는 食卓인데도, 給料만 들어 왔다하면, 언제나 이 模樣 이란다. 좋은 사람이긴 해도 말이지.」

부엌에서 아끼꼬와 나란히 뒷설거지를 하면서, 쓰루요는 곤노를 감싸주는 語調로 말했다

「엄마, 저요 유끼꼬를 도쿄로 데리고 가면 안 될까요. 이대로라면 엄마도 苦生이 될것같고…….」

생각한 끝에 말 하는것처럼 아끼꼬는 말끝을 흐리며 말했다. 대낮부터 줄곧 생각하고 있던 일이었다.

「反對는 하지 않겠다. 하지만, 잘 생각해서 해야만 된다.」

暫間 사이를 두고난 後에, 쓰루요가 말했다.

「어린아이에게는 가난이라는 게 괴롭지 않다고는 말할 수 없겠지만, 유끼꼬라면 그만한 일에 마음 傷하지 않을것이라 본다. 그러나 自身의 出生의 秘密을 안다면, 그 애는 말릴 수 없는 荒唐한 行動을 할는지도 모른다. 性質이 거센 아이니까 말이다.」

「전, 그 아이의 얼굴만 보면 괴로워 죽겠어요. 언니라고 거짓말을 하면서……」

「저 애가 어떻게 되든, 넌 正直한 사람이 되고싶냐. 事實을 알려 주어서 相對에게 깊은 傷處를 주는것 보다, 거짓으로 通하는 것이 훨씬 좋은 境遇도 있는 法이란다. 내가 너라면, 이 거짓말을 무덤까지 가지고 가겠다.」

쓰루요가 거기까지 말했을때, 집안이 갑자기 환해 졌다.

「앗, 電氣가 들어 왔다!」

食堂房에서 유끼꼬가 벌떡 일어 섰다.

「엄마, 電氣가 들어 왔다. 電氣가 들어 왔다. 電氣가 들어 왔단 말이야······.」

유끼꼬가 손바닥을 두드리며, 노래를 부르는것처럼 목소리를 높혔으므로, 나오기도 그 女의 흉내를 내면서, 함께 房안을 깡충 깡충 뛰면서 돌아 다녔다.

「네가 주었던 돈으로 제일 먼저 電氣公社에 가서 밀린 電氣料를 내고 왔단다. 거의 한달동안 램프生活을 해 왔으니까.」

쓰루요는 食堂房에서 뛰고 있는 유끼꼬와 나오기를 바라보면서 웃었다.

「只今 이대로가 저 애에게는 幸福하다고 생각하지 않느냐. 저 애에게 事實을 알려 주는것보다, 네가 거짓말을 믿고 사는 거다.」

「그렇네요. 엄마가 말씀하신대로 인지도 모르겠네요····.」

食堂房으로 눈길을 던진채, 아끼꼬는 어렴풋이 首肯하는 것이었다.

다음 날 아침, 쓰루요는 나오기를 쇼타이에게 付託하고서, 아끼꼬를 데리고, 집을 나섰다. 途中에서 꽃과 線香을 샀다. 어디에 가는가는 물어 볼 必要도 없이, 아끼꼬도 알고 있었다.

「너의 德澤에 쿠시로에 다녀 올 수 있게 되었다고 아

빠가 얼마나 좋아 하는지 모르겠다.」

나란히 도요히라 다리를 건너가며 쓰루요가 말했다.

「아버지 참 異常한 사람이에요. 집안이 이렇게 困難한데, 일 할 생각은 조금도 하지 않고, 해마다 年中 도롱농같은 것을 찾는데만 精神을 빼았기고 있다고 생각하고서, 처음에는 타일러 보려고 생각했어요. 헌데 얼굴을 보고 있자면, 어린애와 마주 앉아 있는 氣分으로서, 조금도 火가 나지 않아요. 더군다나 무언가 내쪽이 잘못된게 아닌가하는 氣分마져 든다니까요. 어쩔 道理가 없어요.」

「그렇지만, 네가 돌아가는 經費는 괜찮겠느냐.」

「걱정 없어요. 모자랄것같으면, 빌리면 되니까요.」

「너, 도쿄에서도 典當鋪를 드나드는 거냐.」

「내가 어떤 사람이라고 생각 하나요. 엄마의 딸이세요. 조금만 뜸하게 지내면, 쓸쓸하다고 典當鋪에서 마중까지 나올 程度라니까요.」

「엄마보다 한 술 더 뜨는구나.」

두 사람은 목소리를 높혀 웃었다.

이즈미農場의 門을 들어 서자, 쓰루요는 먼저 히로꼬를 만나서, 아끼꼬가 다니러 왔다는 人事를 드리고, 지로의 墓所에 人事 드릴 것을 許諾 받았다.

四十六歲의 히로꼬는 본디부터 柔和하고 매우 조용한

性品속에서도, 農園의 女主人다운 貫祿을 지니고 있었다. 起居에도 不便이 없고, 눈이 보이지 않는 사람같지 않았다.

나쓰기의 말이 나왔다.

그는 今年 봄, 그때까지 있던 이리노이州의 牧場에서, 위스콘신의 酪農試驗所로 옮겨서, 젖소의 飼育管理와 酪農業의 實際를 工夫하고 있다고 했다. 달에 한번씩, 소에 關한 말만 잔뜩 써서 便紙를 보내 오곤 한다고 했다. 돌아 오는대로, 구와쓰치 야수오의 고명딸과 結婚이 決定되어 있다고 했다.

「다에꼬(妙子)氏도, 벌써 스물 셋 이니까, 언제까지나 기다려 달라기가 罪悚스럽기 짝이 없습니다만, 그런데도 얼른 돌아 올것같지도 않아요.」

하고 히로꼬는 보이지 않는 눈에 微笑를 띠우고 있다.

히로꼬의 집을 나서서, 두 사람은 넓은 放牧場을 돌아서, 樹林속의 지로의 墓所앞에 섰다.

그 周圍는 옛날 그대로 였다.

墓의 둘레는 낙엾도 깨끗이 淸掃가 되어 있고, 꽂아놓은 꽃도 새것 이었다.

쓰루요는 가지고 온 꽃다발을 墓碑의 臺石위에 놓고, 線香을 피웠다. 아끼꼬도 그와 나란히 合掌했다.

아끼꼬가 감고 있던 눈을 뜨자, 쓰루요는 아직도 웅크리듯 등을 구부리고 合掌한채로 있었다. 그런 姿勢로 쓰루요는 오래동안 꼼짝도 하지 않았다.

「엄마……」

아끼꼬는 쓰루요의 등뒤에서 불렀다. 목소리에는 깊이 慰勞하는듯한 色깔이 번지고 있었다.

「이 분이 저의 진짜 아버지 이죠.」

쓰루요의 어깨에 가벼운 痙攣이 달렸다. 暫間동안의 사이를 두고, 그 女는 얼굴만을 반쯤 돌리고서, 천천히 아끼꼬의 눈을 바라 보았다.

「알고 있었어요.」

「그러냐. 나도 때때로 그렇지 않는가하고 생각할 때가 있었지만……」

「제가 어렸을때, 이 분이 저에게 거문고 假爪角을 사다 준 일이 있었죠. 그날부터 어쩐지 그런 氣分이 들었는지 모르겠어요. 洪水가 났을때 救함을 받고나서 그때부터 급작스럽게 알게 된것 같아요. 엄마가 언제쯤 이야기 해 줄것인가 오랜동안 기달리고 있었던 時期도 있었지만, 나 스스로 묻는것이 어쩐지 두려운 마음이 들어서……」

「너의 이곳의 아버지의 名譽와, 너의 矜持를 爲해서

말 해 두지만, 아버지께서는 네가 태어나고부터 오랜 期間동안, 아무것도 모르셨단다. 萬一 아셨다면, 假令일러 그 어떤 障碍가 있다손 치더라도 나도 너도, 이즈미家의 사람이 되지 않을 수가 없었겠지. 그것을 알고 있었기 때문에, 난 너를 배고 있다는 것을 숨기고 몸을 돌렸던 것이다.」

「어째서요? 아버지를 좋아 하셨잖아요.」

「좋아했기 때문에 나 스스로 付託해서 그 사람의 애를 낳았단다. 結婚 할 수 없다는 것은, 처음부터 알고 있었단다. 只今 時代에서 생각한다면, 낡아빠진 생각일는지는 모르겠지만, 이즈미家는 士族의 高等官으로서, 난 그 집에 남의집살이로 들어간 開拓移民의 꼬마 아가씨 였단다. 身分의 差異는 鐵壁과 같았단다. 只今도 그렇지 않다고 斷言할 수는 없겠지만 말이다.」

「엄마는 只今도 後悔하지 않나요?」

「글쎄다…….」

쓰루요는 線香의 煙氣에 눈길을 避하면서, 천천히 허리를 들어 올리면서 중얼거리듯 말했다.

「假令 結婚은 할 수 없을지라도, 그 사람의 아이를 낳고, 生涯 그 사람을 생각하면서 살아 간다. 그러한 形態의 愛情도 있다. 아니 있어도 좋다고, 젊은 때니만치, 외

곧으로 기를 쓰며 支撑하고 있었다고 생각한다. 只今 도리켜 생각해 본다면, 부끄럽다는 생각이 들지만, 허나, 내가 잘못했다던가 하는것은, 죽어서 閻羅大王(염라대왕) 앞에 가 보지 않고서는 알 수 없는 일이란다. 다만, 이 분의 墓所 앞에 서서 너와 너에 關한 이야기를 하면서, 나는 쬐끔만이라도 너에게 부끄러운 생각이 들지 않는다는 것이다. 너도 異常한 생각이나 풀이 죽지 않은 눈으로 正面으로 나를 보고 있다. 그것은 네가, 自身의 出生을 부끄러워할 必要가 없다는 것을 알고 있기 때문이겠지. 엄마는 그것이 너무나 기쁘단다.」

「유끼꼬는 언젠가 나를 부끄러워하게 될까요.」

「유끼꼬도 어른이 되면, 네가 不幸한 被害者라는 것은, 勿論 알아 주겠지. 그렇지만, 自身의 出生 바로 그것을 부끄러워 하지 않을 까 몰라. 그애로 봐서도 너를 봐서도, 두려운 것은 바로 그곳에 있단다.」

아끼꼬는 아뭇 소리없이 密林 저쪽에 펼쳐져 있는 드넓고 프르른 들판에다 視線을 던지고 있었다.

飼育場의 이곳 저곳에 멋들어진 젖소들이 무리를 지어서 풀을 뜯고 있는 한가로운 風景이 펼쳐져 있었지만, 아끼꼬의 눈은 그것들을 비추면서도, 아무것도 보고 있지 않았다.

유끼꼬를 배고서, 이 農場에 숨겨져 있을 때에도, 解産을 하고 나서도, 유끼꼬를 죽이고 自身도 죽어 버리자고, 몇번이고 생각 했는지도 모른다. 그것이, 어젯일처럼 鮮明했다.

바로 그때, 아끼꼬가 유끼꼬의 죽음을 생각했다는 것은, 아무것도 모르고, 등에다 汚辱의 烙印을 받고 태어나는 갖난아기의 어둡고 불쌍한 人生을 생각해서가 아니었다. 自身을 破滅시킨 男子의 破片으로서, 自身에게 엎혀진 十字架로서, 유끼꼬가 미웠기 때문이었다.

헌데, 只今은 다른 意味로서, 그때, 그 애를 죽여 버리는 것이 좋았을는지도 모른다는 생각이 들어서, 아끼꼬는 몸이 후들후들 떨려 왔다.

「자아, 구와쓰치氏에게 人事나 드리고 돌아 가자구나. 나오기가 기다림에 지쳐 있을게야. 할아버지가 아무리 데리고 놀아봤자 別 볼 일 없을테니까.」

쓰루요가 살짝 아끼꼬의 등에 손을 돌려 토닥겨렸다.

「유끼꼬의 一生은 유끼꼬 것이다. 假令, 그것이 어떤 것이건간에 말이다. 누가 그것을 어떻게 하지도 못할 뿐 아니라, 그럴 權利도 없을테니까 말이다.」

천천히 어깨를 나란히 하고 걸으면서, 쓰루요가 말했다.

아끼꼬의 마음 구석에 明滅하고 있는 어두운 想念을, 쓰루요는 꿰뚫어 보고 있는듯 했다.

「무언가가 그 애를 크게 흔들리게 하는 일만 없다면, 그 애는 어떤 일에도 絕對 지지 않는, 自身의 마음과 눈을 가진 人間으로 자라날 수 있는 애란다. 그것이 그 애의 生涯를, 苦生스럽게 만들지는 모르겠지만, 여하튼간에, 適當하게 平凡한 生活을 할 애는 아니란다. 마음껏 살아 가도록 보살펴 주지 않겠냐.」

쓰루요는 아끼꼬의 등을 가볍게 쓸어 주면서, 그렇게 말했다.

-5-

 大正 七年(1919) 八月부터, 十一月末까지 繼續되었던 시베리아 出兵에서의 最大의 悲劇은, 大正 九年 五月 二十四日, 니코라이에프스크에서 蘇聯의 빨치산이 日本의 居留民團과 捕虜 百二十二名을 慘殺했다는, 말해서 『尼港事件(니항사건)』이었다

 유럽의 大戰爭은 大正 七年 十一月, 무려 四年 三個月 余만에 獨逸의 無條件 降伏으로 幕을 내리게 되었고, 러시아에 對한 派兵의 口實을 잃은 英國, 프랑스, 아메리카에서는 차례 차례로 撤兵으로 들어 갔으므로, 當時 거의 七萬 五千余名의 大軍을 시베리아 各地에 駐屯 시키고 있는 것은 日本 뿐이었다.

 舊帝政派의 諸 勢力을 應援하고, 革命政權을 打倒하는 希望은 거의 없어져 버렸지만, 더·바이칼州, 沿海州, 黑

龍江州, 北사가렌, 캄자카半島, 및 東支鐵道 租借地帶를 包括하는 地域을 소비에트·러시아로부터 잘라내어, 傀儡政權(괴뢰정권)에 依한 獨立國을 만들려 했던 秘密謀議를, 그 當時 日本은 버리지 못하고 있었다. 그래서, 한때에는 그것이 成功되는것처럼 보였다.

헌데, 革命軍은 廣範圍한 民衆의 支持를 모아서, 時間이 흐를수록 漸漸 强大하게 되었고, 한때에는 暫時동안 옴스크에 新政府를 樹立했던 反革命軍의 코르챠크 海軍 中將과 그 軍團도, 大正 八年 十一月에는 옴스크를 버리고 일크-쓰크로 敗走했고, 다시 치타로 逃亡쳤으나, 九年 二月쯤에 革命軍에 逮捕되어 死刑을 當하고 말았다.

코르챠크를 代身해서, 反過激派軍(反革命軍) 極東總司令官이 된것은, 본래 코사크 騎兵大尉 세미요-노푸로서, 日本은 繼續해서 그에게 武器나 軍資金을 提供하면서 援助했고, 北滿洲로부터 시베리아로 攻擊해 가도록 했으나, 그들은 革命政府의 正規軍인 붉은軍隊와만 싸우면 되는 것이 아니었다. 이미 시베리아에서도, 民衆의 거의 大部分이 革命政權을 支持하고 있었고 빨치산化 되어 있있기 때문이었다.

反革命軍은 前途에 對한 不安과 焦燥感마져 겹쳐서, 無抵抗인 民衆과 빨치산(革命軍)과를 區別하는것 마져도

困難하였으므로, 戰況이 不利함에 따라서는 無差別的으로 民衆을 殺戮하였고, 거리나 部落을 불태워 버리기까지 했다. 더군다나 日本軍이 그들의 行動을 부추기면서 同調 하고 있었다. 러시아의 民衆의 눈으로서는, 反革命軍은 單純한 反革命軍이 아니고, 外國 軍隊의 앞잡이가 된 賣國奴로 비춰진 것은 當然하다 하겠다. 日本軍에 對해서는, 內政에 對한 武力干涉이었고, 侵略者로서밖에 받아 드려지지 않았을 것이다. 反革命軍과 日本軍은 러시아 民衆의 憎惡의 적(的)이었다.

『我國의 出兵은 露國 六百余萬의 共産黨員을 刺戟해서, 그 對外的 自覺을 促發시켰고, 도리어 人民의 旺盛한 敵愾心(적개심)마져 불러 일으키는 結果가 되었으며, 國民的 結束을 부추겨서 勞農政府의 地位를 堅實하게 만들게 하였다.』

하고 日本의 新聞에서까지 報道치 않을 수 없는 狀態였다.

『尼港事件』은 이러한 情況속에서 일어 났다.

이 해 二月 初旬, 니코라이에프스크의 自衛軍(反革命軍)과 日本軍 守備隊는, 토리아피-친을 隊長으로한 四千

余名의 壓倒的인 優勢의 빨치산에 包圍되었다.

이시다(石田)領事와 海軍部隊의 責任者 미타쿠 신고(三宅駿伍) 少佐로부터, 緊急 陸戰部隊의 派遣을 要求하는 飛電이 外務省과 海軍 軍令部에 날라 들었지만, 때마침 嚴冬期라서 派兵할 길이 없었다.

하는 수 없이 日本軍 守備隊는 反革命軍과 함께 빨치산의 停戰條件을 받아 드렸고, 빨치산은 니코라이에프스크市에 들어 왔다.

그것이 三月 十二日의 未明, 突然, 甚한 戰鬪가 벌어졌는데, 그 原因은 分明하지가 않다.

日本側의 發表를 본다면,

『二月末, 勞農軍(革命軍)은 이미 休戰을 約束한 反革命軍을, 檢擧하는대로 全部 죽였고, 곁들어서 三月 十一日에는 來日 十二日 正午를 期限으로 우리 日本軍의 武裝解除를 要求해 왔다. 일이 여기에까지 와서는, 우리 陸海軍 守備隊도 戰鬪를 避할 수 없다는 것을 알아차리고, 十二日 우리 軍隊가 進擊 하여 그들의 本營을 攻擊하게 되었지만, 衆寡不敵으로…….』

라고 하였고, 소비에트側의 新聞報道를 보면, 當日은

祝祭日로서, 빨치산側이 마음놓고 있는 틈을 노린 日本軍이, 不意에 빨치산 司令部를 急襲해서, 그 首腦部의 壞滅을 策하였다고 傳하고 있었다. 그러나, 어떻든간에 日本軍이 먼저 先制攻擊을 했다는 것은 숨길 수 없는 事實이었다.

戰鬪는 처음에는 隊長인 토리아피-친까지 負傷을 입었을 程度로, 日本軍이 優勢한것처럼 보였으나, 곧바로 形勢逆轉 되어서, 陸軍守備隊는 中隊兵營으로 退却했고, 海軍部隊도 領事館으로 後退하였으며 避難하고있던 居留民도, 함께 銃을 들고 抗戰했지만 어쩔 수 없었다.

이시다 領事가 아야꼬夫人과 두 아이를 拳銃으로 射殺하고, 미자와 海軍少佐와 서로 받아 찔러 自決한 것을 始作으로, 將兵과 居留民도 거의 全部가 죽거나 負傷을 當했었다. 남은 小數의 兵士들도, 兵營에 갇혀있는 陸軍守備隊와 合流하기 爲해서, 砲擊으로 벌집처럼 되어버린 領事館을 脫出하였지만, 兵營에 到着한 兵士는 한사람도 없었다.

陸軍 守備隊의 남은 兵士들은 居留民과 함께, 五日 밤낮을 頑强하게 抗戰을 繼續하며 버텼으나, 將兵의 大部分이 戰死했고, 살아 남은 者도 負傷을 입지 않은 者가 없는 狀態가 되어서, 三月 十八日, 革命軍의 降伏勸告를

受諾해서, 그의 軍門에 投降했다. 百二十二名의 生存者는 太半이 居留民이었으나, 武裝을 解除 當하고 모조리 市의 監獄에 收監되었다.

한편, 봄의 融雪期를 기다리고 있던 日本政府는 四月의 소리를 듣자마자, 一齊히 救援部隊를 니코라이에스크로 向하여 發進 시켰다.

먼저, 아사이가와의 第七師團을 主軸으로 하는 混成部隊가, 四月 十九日 아렉산드로부스크港에 到着한 것을 始作으로 해서, 第三艦隊의 主力과, 第三水雷戰隊에 依한 北部 沿海州 派遣隊도, 니코라이에프스크로 向했고, 黑龍江 方面으로 부터는 臨時 海軍 派遣隊가, 다시 파파로부스크方面에 駐屯하고 있는 陸軍部隊도 尼港을 向하여 急進擊을 開始했다.

이러한 陸海로 부터의 日本軍의 大部隊를 沮止하는 것이 不可能 하다고 判斷한 革命軍은, 退却하면서 日本軍의 追擊을 沮止하기 爲해서 焦土化 戰略을 썼다.

五月 二十四日의 야밤부터 二十五日에 걸쳐, 革命軍은 捕虜로 잡은 反革命派, 및 日本軍人, 在留 日本人 二百二十二名을 모조리 獄舍에서 끌어내어 銃殺시켰고, 숲 市街地를 불사르고 나서 退却했다.

六月 三日, 最初에 니코라이에흐스크市에 到着한 日本

軍의 救援軍은 파파로흐스크 方面에서 달려온 陸軍部隊였다.

스기 쇼타로는 그 部隊에 있었다.

우라지보스토크에 上陸해서, 牧丹江, 黑龍江省의 치야무수(佳木斯), 쉐뚱(綏東), 부엔(撫遠)으로 해서 파파로흐스크, 다시 아무-르江을 따라 北上해서 포로니 湖畔의 포로니와, 北滿洲와 시베리아를 轉轉하는 二年동안의 歲月속에, 그는 步兵 伍長(우리나라 하사)으로 昇進되어 있었다. 빨치산을 相對로 한 實戰經驗도 쌓았고, 只今은 銃彈의 흐르는 소리에 고개를 숙이는 것도 없어졌다.

그는 下級者에게는 苛酷한 反面, 巧妙하게 上官의 顔色을 읽을 줄 알았고, 敵에 對해서는 徹底的으로 非情한 下士官 이었다. 그러한 그에게 있어서는, 軍隊만큼 살기 좋은 世上은 없었다.

쇼타로의 部隊가 바라본 니코라이에흐스크市는, 바다를 등지고 있는 한결같은 廢墟였다. 市街地 뿐만이 아니고, 그 市와 隣接해 있는 쟈온, 푸론게, 오젤바흐 沿岸의 거리나 村落마져도 깡그리 타버린 허허벌판 이었다.

처음 二, 三日間에는 한 사람의 人間도 볼 수가 없었다. 住民들 大部分은 革命軍에 投降해서 같이 가 버렸고, 나머지 사람들은 猛火에 쫓겨 逃亡쳐 버렸다. 反革命派

로 몰려, 죽임을 當한 사람도 不知其數였다. 港口의 棧橋付近이나, 아무-르江의 물가에는, 反革命派라 여겨지는 死體가 겹겹이 포개져서 떠오르고 있었다.

日本人 捕虜가 收監되어 있던 市의 監獄의, 六棟의 獄舍의 타다남은 벽에는,

새벽녘 생각에 젖은 몸에 들려오는 子規소리

라던가,

읊어줄 사람 있어 즐거운 꽃 그림자

라는 죽을때 남겨놓는 말인듯 연필로 휘갈겨 쓴 글씨에 섞여서, 時計文字盤위의 時計 바늘이 十二時를 가르키고 있는 그림옆에,

大正 九年 五月 二十四日 午後 十二時를 잊지 말거라.

라고 손톱으로 눌러 쓴것도 있었다.

救援部隊가 해야할 最初의 일은, 領事館과 陸軍守備隊의 兵營과, 市 監獄의 火災터에서 邦人의 死體를 發掘하는 作業 이었다. 거의 全部가 白骨 뿐이었다.

領事館의 火災터에는, 서로 마주보면서 찌른 채로의 姿勢로 白骨化 되어버린 이시나 領事館과 미자와 海軍少佐의 遺骸가 發見 되었다. 遺骸 곁에는, 領事의 勳六等瑞寶章(훈육등서보장)과 大正天皇卽位의 大典記念章, 미

자와 少佐의 軍刀의 刀身등이 있었고, 조금 떨어진 곳에 領事의 둘째딸 우라기꼬의 小學一年生用 國語讀本, 日本製의 玩具, 앞치마등이 반쯤 타다 남은채 이리저리 널려져 있었다.

러시아人 住民들이 白旗를 흔들면서 불타버린 市街地로 되돌아 오기 始作한 것은, 六日쯤 이었다.

그들은 불에타서 쫓겨난 市民들로서, 事件과는 無關係라기보다, 오히려 被害者 였으나, 그들속에 빨치산이 섞여있지 않다는 危險이 없는것도 아니었다. 憎惡와 復讐心으로 興奮되어 있는 兵士들의 눈에는, 러시아人은 모두가 殊常쩍게 비춰졌다.

監獄이 불탄 자리에 急히 外國人 取扱所가 세워졌고, 되돌아 온 市民들은 하나 남김없이 收容되어, 日本軍의 峻烈한 取調를 받았다. 殊常쩍게 보이는 자는 容恕없이 拷問이 주어졌다.

쇼타로도 外國人 取扱所에로 配置 되었는데, 大槪의 境遇, 그는 拷問이라 하는 번거로움을 줄이는 方向으로 處理 했다. 若干만이라도 殊常하게 보이면, 빨치산 아니면 革命派의 同調者로서, 部下에게 넘겨버리는 것이다. 넘겨진 者는 아무-르江邊으로 데리고 가서, 銃殺 시키든가, 銃劍으로 刺殺되었다. 屍體는 江에 버려졌다.

軍屬의 日本人 通譯이 없는 것은 아니었지만, 서로의 意志나 感情이 通하기 어려운 것이다. 더군다나 市民들은 異常한 事態에 恐怖를 느끼고 떨고 있었으므로, 沈着하게 手段껏 審問에 對答할 狀態가 아니라는 것은, 쇼타로도 알고 있었으나, 그는 그것을 無視해 버렸다. 死刑을 當하는 相對가 틀림없이 革命派인지 어떤지는, 結局, 그에게는 어떻든 相關 없었다.

革命派에는 一目瞭然하게 들어나는 肉體的 特徵이라도 있다면 몰라도, 識別이 困難하다고 한다면, 投網을 치는것과 다름이 없다고, 쇼타로는 斷定해 버렸다. 投網의 目的은 도미를 잡기 爲한 것이지만, 그물에 걸리는 것은 도미 뿐만이 아니다. 다른 물고기들이 함께 걸렸다고해서, 氣分 나쁘게 여기는 漁夫는 없다. 한 사람의 革命派를 놓치지 않기 爲해서는, 열 名의 그렇지 않은 市民을 犧牲시킨다 하더라도, 그만한 價値가 있다고, 그는 믿고 있는 것이다.

外國人 取扱所로 配置되고 나서 四, 五日쯤 된 어느 午後, 쇼타로의 앞에 五十歲 程度의 몸집이 작으마한 러시아人과, 그의 딸인듯한 젊은 女人이 서 있었다.

男子는 港口의 倉庫會社에 勤務했던 市民으로서, 女子는 亦是 그의 딸이었다. 니·나· 스스로와라 했다.

續石狩平野 ■ 上 169

쇼타로는 그 女子의 얼굴을 보는 瞬間, 누군가와 닮았다는 氣分이 들었다. 凹凸이 分明한 얼굴에, 黃褐色의 머리채, 밝게개인 하늘색깔의 눈이 아름다운 調和를 이루고 있었다. 그러나, 그 態度는 차가와 보이기 限이 없었다.

그 女는 通譯이 代身하는 쇼타로의 質問에, 한마디 對答도 하려 하지 않았다. 곁에서, 父親이 熱心히 헛웃음을 띄우면서, 代身 對答하고 있는데도, 그 女는 豊富한 가슴 위에 팔짱을 끼고 서서, 말없이 쇼타로를 내려다보고 있었다. 그는 그 눈에서 輕蔑의 느낌을 받았다. 그의 反抗的인 態度는, 革命派의 態度다, 고 그는 생각 했다. 假令 일러 그렇지 않다 하더라도, 日本의 軍人인 自身 앞에서, 確實하게 敵意를 품고, 그것을 감추려고도 하지 않는다는 것은, 그것만으로서도 充分히, 이 女子는 아무-르江으로 보내는데 充分 했다.

「男子는 좋아. 女子만 江으로 데리고 가라.」

그는 차갑게 女子를 쳐다보면서, 곁에 서 있는 一等兵에게 命令했다.

通譯은 아무말도 하지 않았으나, 아버지와 딸에게는 그것이 不幸한 宣告였다는 것을, 그곳의 雰圍氣로 봐서 漠然하나마 알 수 있었는 것 같았다.

아버지는 冊床에 兩손을 집고서, 悲鳴같은 목소리로 무언가를 哀願하는 것 같았다. 着劍을 한 軍人이 女子의 어깨를 붙잡았다.

그때, 女子는 어깨를 붙잡힌 그대로 奮然히 얼굴을 들고, 쇼타로를 向하여 밝고 豊富한 목소리로 무언가를 말했다.

「무어라고 말하고 있는건가.」

通譯은 멋적은듯이 躊躇 躊躇 했다.

「여기는 러시아로서, 自身은 러시아人 이다. 外國軍人의 命令이나 制裁를 받을 까닭이 없다. 當身은 여기서 무얼 하고 있는가, 라고 하는 말입니다.」

쇼타로는 椅子에 비스듬이 등을 기대고 가늘게 눈을 떳다. 그런 모습으로 하고 있자니, 그의 눈은 爬蟲類(파충류)에 恰似한 차가운 빛을 發하고 있는것처럼 보였다.

니-나의 아버지가, 兩손을 내저으면서, 얼굴이 벌겋게 달아 올라서 무언가를 빠른 말로 지꺼리고 있었다. 딸을 爲해서 必死的으로 辯明과 哀訴를 되푸리하고 있는것 같았다.

니-나가 다시 쇼타로를 凝視한채로, 무언가를 말했다. 쇼타로는 그 女에게서 눈을 떼지 않은채, 通譯에게 턱을 끄덕였다.

「自身이나 아버지는 分明히 革命派가 아니다. 그러나, 假令일러 그렇다 할지라도, 當身들과는 아무런 關係가 없잖은가. 이것은 러시아와 러시아人의 問題로서, 當身들같은 外國人이 나설 場所가 아니다……. 건방진 女子로군요.」

中年인 通譯官은 氣分을 바꾸려는듯이 自身의 意見을 곁들어서 말했다.

「애비도 함께 끌고 가.」

쇼타로는 입술끝에 엷은 비웃음을 띄면서 말했다.

父女가 끌려 가고 나서, 그는 交代하러 온 先任 下士官에게 뒤를 맡기고. 建物 밖으로 나왔다.

그 子息은 過激派임에 들림없어….

쇼타로는 불타버린 거리를 천천히 港口쪽으로 걸어 내려 가면서, 憎惡때문에 가슴이 달아 올랐다.

그렇지 않다면, 아무리 洋놈이라 할지라도 열 아홉 이나 스무살 밖에 되지않은 계집애가, 그렇게 反抗的으로 나올 理가 없는 것이다. 女子라도 信念이 確固한 過激派는 얼마든지 있다. 現在 이 니코라이에흐스크의 日本軍 守備隊와 居留民을 모조리 죽이고, 全市街地를 불태워버린 빨치산의, 토리아피-친軍의 參謀長도, 저 계집애와 같은 姓氏인 니-나라는 女子다. 過激思想에는, 人間을 一變

시켜버리는 麻藥과도 같은 作用이 있다. 저런 귀여운 아가씨 일지라도, 도무지 어쩨볼 道理가 없는 處置困難한 不良輩와 똑같이 變해버리고 만다. 그들은 惡質的인 傳染病 患者와 같다. 躊躇할것없이 處分해 버리지 않는다면, 다른 사람에게 傳染시킨다…….

쇼타로는 길에다 퉤- 하고 침을 뱉었다.

棧橋周邊에서는 陸軍의 兵士들이, 水兵들과 어울려서 作業을 하고 있었다.

이 近方 一帶의 海中에는 水雷가 設置되어 있어서, 오가는 배들이 沈沒하는 事故가 많았는데, 海軍部隊는 그 水雷를 處理하는 掃海作業이 한창 이었다. 埠頭에는 倉庫나 建物의 殘害를 헐고 있었으므로, 이따끔씩 爆雷소리와 함께 흙먼지가 솟아 오르곤 했다. 저멀리 바다만이 午後의 햇볕을 잔뜩 빨아 들이고, 늦은 봄 色깔을 띄우면서 잔잔하게 깔려 있다.

쇼타로는 軍服 윗호주머니에서 호마레담배를 갑채로 꺼내어서 성냥을 그었다. 마침 그때, 그의 옆에 사람 그림자가 비쳤다.

「스기氏가 아니십니까…….」

소리가 들려서 고개를 돌려 보니까, 눈앞에 兵士 한명이 擧手敬禮를 하면서 서 있었다. 목깃의 빳빳한 붉은 모직판에 二十五와 쓰끼삿푸(月寒)의 聯隊徽章을 붙인 一等兵 이었다.

「오오, 야마오 아닌가.」

쇼타로도 눈이 휘둥그레 해졌다. 分明히 생각지도 못한 만남 이었다.

「亦是 스기氏였군요. 아까부터 닮은 사람이 있구나 했었는데….」

야마오 오우지는 반갑다는듯이 웃었다.

「너, 언제 왔었니?」

「어저께 到着 했습니다.」

어저께, 아렉산드로흐스크로부터 第七師團의 混成部隊가 到着했다는 것은 쇼타로도 들어 알고 있었다.

야마오의 班은 只今 作業交代時間으로서 暫時동안 休息을 取하고 있었으므로, 두 사람은 깨어진 벽돌더미 위에 앉았다.

「엄청나게 發狂을 하고 떳군요.」

야마오는 周圍를 휘둘러 보면서 말했다.

「좀 前에도 저쪽 미쓰이物産의 倉庫자리에서, 陸軍의 將校와 日本兵 세 사람의 燒死體가 發見 되었습니다. 將校는 守備隊의 쓰카모도 마사이찌(塚本正一)라하는 中尉였다 하더군요.」

「過激派 새끼들은 人間이 아니야. 미친 짐승들이라니까.」

「그럴는지도 모르겠지만, 허나, 이쪽도 가는 곳마다 제법 甚한 짓을 하고 있잖습니까.」

「그건 그치들이 人間이 아닌, 過激派이기 때문이다. 危險한 病原菌을 退治시키는데, 甚하고 자시고가 어데 있어.」

「過激派 뿐만이 아니고, 純眞한 러시아人까지도 十名씩 한줄로 세워서 죽이고 있다는 所聞, 事實 입니까. 러시아人은 무서워해서, 우리들에게 다가 서려고도 하지 않아요.」

「너 어제 到着했다고 했겠다. 하루 이틀사이에 무엇을 안다는게야. 우리들은 二年도 더 넘게 過激派와 싸워 왔단 말이다. 그치들의 正體도, 取扱하는 方法도 너무 잘 알고 있단 말이야.」

「네에, 그것은 잘 알고 있습니다. 허지만, 帝國이 넘어지건, 過激派가 新政府를 세우건, 이건 러시아의 이야기가 아닙니까. 왜? 그때문에, 日本軍隊가 시베리아까지 달려와서 過激派와 싸우시 않으면 안 되는 겁니까. 木土에서는 모두가 고개를 갸웃거리고 있습니다.」

쇼타로는 피우고 있던 담배를 발앞에 떨어뜨리고, 그

것을 軍靴 뒤쿰치로 비벼 끄면서, 야마오를 凝視하고 있다.

 야마오가 中學 同窓이라는 옛날의 關係에 戀戀해서 아무렇게나 말하고 있다는 것을 그는 잘 알고 있다. 허나 그것만큼, 쇼타로는 새삼스럽게 容恕 하지 않겠다는 氣分이 드는 것이다.

「야마오. 이 子息 보게, 무었을 들러 쓰고 있구나.」

 쇼타로는 눈을 가늘게 뜨고, 낮고 어두운 목소리로 말했다.

 야마오의 얼굴에, 狼狽가 흘렀다. 그와 이야기하고 있는 相對가 허물없는 中學 先輩가 아니라는 것이 그때 가서야 알것같은 氣分 이었다.

「아니, 그게 아닙니다. 제가 결코, 그런…….」

「조금 前에 너와 똑같은 말을, 내게 말한 사람이 있었다. 過激派인 러시아 사람 이었다. 아마도 只今쯤은 아무르江에 죽은 屍體로 떠 있을 것이다.」

 쇼타로의 목소리는 거의 柔和하게까지 들렸다.

「이웃집에 페스트가 發生했지만, 그집 혼자서는 自力으로 退治시킬 能力이 없다. 그냥 내버려 둔다면 家族 全體에게 傳染되고 만다. 그래서 우리들은 이웃의 페스트를 全力을 쏟으면서 退治하며 돌아 다니고 있다. 그런데,

自己 집안에서도 保菌者가 있다는 것을 알았을 땐, 假令 그것이 擬似患者라 할지라도, 내버려 둘 수가 없는거다. 잘 생각해서 떠들고 다니라는 말이다.」

야마오는 直立不動의 姿勢를 取했다.

「自身이 잘못 생각 하였습니다.」

下士官과 卒兵사이로 되돌아 가는 瞬間 이었다. 그는 차가운 語調로 말했다.

「너의 생각이 틀렸다는 건가, 아니면, 깜빡잊고 아무렇게나, 本心을 털어 놓았다는 게 틀렸단 말이냐.」

「생각이 말입니다. 저의 생각이 모자랐습니다.」

「그럴까……」

쇼타로는 엷은 비웃음을 흘리면서 천천히 자리에서 일어 나, 暫時동안, 찬찬히 相對의 두려움에 떨고 있는 눈을 드려다 보고 있다가,

「좋아, 가.」

하고 턱을 끄덕 했다.

緊張된 모습으로 右向右 해서, 自身의 部隊의 作業場으로 되돌아 가는 야마오의 뒷모습에, 쇼타로는 瞬間的으로 차가운 視線을 넌시고 있다가, 친친히 발걸음을 돌려 그 場所를 떠났다.

그는 아끼꼬를 侮辱한 야마오의 도시락에 유리부스러

기를 집어 넣었던 그때를 回想하고 있었다. 야마오의 腦裡에서도, 입속이 傷處 투성이가 되었던 그때의 일이, 새로운 不安이 되어서 되살아 나왔음에 틀림 없었다.

　더군다나, 一般社會로부터 隔離된 軍隊라 하는 特殊한 世界에서는, 階級差는 絕對的인 重壓이었다. 上級者는 下級者의 生死與奪權을 쥐고 있다고 해도 좋았다. 一旦 찍혔다 하면, 입속의 傷處程度로서 끝나지 않을것이라는 것은 야마오도 알고 있음에 틀림 없을 것이다.

　쇼타로는 야마오를 흔히 말하는 『主義者』라거나 『主義에 물든者』라고 생각할 理가 없었다. 헌데, 그가 요즈음 流行하고 있는 디마크러시-라는 것에 얼이 빠져 있는 것은 틀림 없는 것 같았다. 거기에서 危險思想까지에는 종이 한 杖 差異다, 고 쇼타로는 생각했던 것이다. 쉽게 病原菌을 받아 들이지 않는 抵抗力이 强한 體質이 있는가 하면, 한시도 支撐하지 못하고 넘어지는 肉體도 있다. 精神도 마찬가지다, 고 생각했다.

　軍隊라하는 組織에 있어서는, 디마크러시-는 매우 좋지못한 危險思想이고, 最高의 治療는 完璧한 豫防일 뿐이다. 病原菌을 完全히 도려 내어야만 한다.

　난 軍人으로서도 國民으로서도, 當然히 생각하지 않으면 안 되는 것을 생각하고 있는 것 뿐으로서, 個人的인

感情에 휘말려 있는 것이 아니다. 그 子息이 싫은것 만은 事實이지만, 오로지 그것만이라면, 서로가 軍服을 벗고, 男子대 男子로서 한판 어울리면 되는 것이다. 난 그程度에는 公明正大한 것으로서, 공과私를 區別할 줄 아는 的確한 人間이다---고, 쇼타로는 自身을 믿고 있었다.

外國人 取扱所 앞에는 아직도 몰골이 초라한 러시아人들의 行列이 늘어져 있었다.

벼란간, 그가 아까번에 니-나·스스로와가 누군가와 닮아 있다고 생각했던 것은, 아끼꼬 였다고 생각키워졌다. 그 女의 處刑이 벌써 끝났을거라고 생각하고선, 瞬間的이긴 했지만, 그의 가슴 깊숙히에 鈍한 아픔과 같은 것을 느꼈다.

그는 늘어 서 있는 러시아人에게 눈도 돌리지 않은채, 허리에 찬 칼을 번득거리면서, 큰 걸음으로 建物안으로 들어 갔다.

그의 所屬部隊에게, 사가렌(北樺太)進駐의 命令이 下達된것은, 그날 저녁때 쯤이었다.

나머지 救援部隊는, 繼續해서 니코라이에흐스크市와 그 周邊에 머무르면서, 事件의 事後處理와 過激派軍의 侵攻에 對備하도록 되어 있었으나, 第七師團의 混成部隊 中에 步兵 第二十五聯隊 所屬의 一個中隊만이, 사가렌

進駐部隊에 轉屬編入 되었다. 야마오 오우지는 그 中隊 속에 있었다.

　北樺太는 이미 軍隊가 派遣되어 있긴하나, 日本은 尼港事件을 契機로, 그 地方의 完全占領을 企圖하고 있었다. 니코라이에흐스크에서의 兵力增强은 그런 意味에서였다.

>『이 해 三月 十二日 에서부터 五月末에 걸쳐, 니코라이에흐스크港에서 居留民이 男女 區別없이 그곳 過激派에게 無差別 虐殺 當했다. 그 慘狀은 눈을 뜨고 볼 수 없을 程度로 悲慘했다. 帝國政府는 國家의 威信을 爲해서, 必要한 措置를 取하지 않으면 안 되었다. 그런데, 目下 實際上으로 交涉할 相對政府도 없고, 어떻게 하면 좋을지 모르는 情況에 놓여 있음으로 해서, 將來 正當한 政府가 樹立되고, 本 事件에 對해서 滿足할 수 있는 解決을 볼 때까지, 사가렌州 內에있어서 必要하다고 認定되는 地點을 占領할 수 밖에없다.』

　하고, 日本政府는 聲明을 發表했다. 말해서『사가렌州 保證占領聲明』이다. 또한, 이 聲明의 다음 段階는, 朝鮮

을 威脅 한다는 口實로, 우라지보스톡 周邊에 머무르고 있는 軍隊를, 또한 尼港方面을 制壓하는 要衝地를 理由로 파파로흐스크 地方의 駐屯兵力을, 各各 相當期間 繼續 駐屯한다는 要旨를 添附했다.

시베리아에의 當初의 出兵理由가 解消되고, 共同出兵國의 全部가 撤兵했는데도 不拘하고, 日本만이 駐屯兵力을 繼續하고 있었으므로, 무언가 새로운 理由를 붙잡을 必要가 있었다. 尼港事件은 그런 適切한 口實中 하나를 日本政府에게 提供한 셈이 되는 것이었다.

다음 날 아침, 사가렌 進駐部隊를 실은 輸送船은, 니코라이에흐스크을 出港해서 레네베리스크海峽을 北上해서, 사가렌灣을 向하여 東쪽 方向으로 나아가고 있었다. 目的地는 바이칼灣의 마스카리보였다.

六月이 半이나 지났는데도, 바이칼灣의 海風은 한겨울처럼 차가웠다.

쇼타로는 船尾의 甲板에서, 混成部隊로부터 編入된 中隊의 어떤 分隊長을 불러 내었다.

노소쓰키 야노요시(望月失之吉)라하는 伍長勤務 上等兵으로서, 中隊에서는 古參 下士官이라도, 그에게는 한 발짝 讓步하고 있었고, 卒兵들 사이에서는 그의 발걸음소리만 들려도 움추려드는 形局이었다.

「노소쓰키. 자네, 제니바꼬(錢函) 出身 이라고.」

쇼타로는 호마레를 꺼내어 노소쓰키에게 한까치 勸하면서, 自身도 한까치 빼어 물었다.

「네에. 가난뱅이 漁夫의 子息입니다.」

노소쓰키는 솜씨도 좋게 성냥불을 손바닥으로 가리고, 쇼타로와 自身의 담배에 불을 붙이면서, 굵고 텁텁한 목소리로 對答했다.

쇼타로는 천천히 호마레의 煙氣를 빨아 들이면서, 눈을 가느다랗게 뜨고서 노소쓰키를 바라 보았다. 兩빰이 홀쪽하고, 턱뼈가 납작한 야비한 모습이었다. 相對方의 눈을 向하여, 꿰뚫어 버리려는듯한 빛을 쏟는듯한 가늘고 위로 向한 눈꼬리와, 冷酷하게 보이는 얇은 입술을 갖고 있다. 小學校를 卒業한것뿐인 現役兵으로서 伍長勤務 上等兵이라는 것은, 그가 얼마나 軍隊라하는 特殊한 世界의 適格者인가를 말 해 주고 있는 것이다.

그이와같은 適格者에게 있어서는, 軍隊만큼 살기좋은 環境은 없는 것이다. 轉役하여 社會로 되돌아 간다면, 그는 일개 가난한 漁夫에 不過하다. 그날 그날의 生活에 쪼들려서, 몸이 가루가 되도록 일하면서, 社會 最下層을 버러지처럼 기어 다니면서 一生을 마치게 될것이다.

허나, 軍隊에서 그는 많은 兵卒의 支配者이다. 그는 命

슈하고, 사람은 그에 服從한다. 두려워하고, 阿諂(아첨)을 떨게하며, 그것을 當然한것처럼 받아드리면서, 確信에 꽉 찬 生活을 하고 있는 것이다.

萬一, 그의 樂園이라 할 수 있는 軍隊生活을, 威脅하는 不安한 그림자를 意識한다고 한다면, 그는 무슨 手段을 쓰더라도, 그것이 實體를 들어내지않는 그림자 狀態에서, 사라져 버리게 措置할 것이 틀림없다. 쇼타로는 그렇게 計算하고 있었다.

「宏壯한 不景氣인것 같더구면, 日本은 只今. 쌀 한됫박에 五十錢 도 더 한다던데.」

쇼타로의 語調는, 아무렇지도않은 世上 이야기 같았다.

「가난뱅이에게는 地獄입죠. 전 歸還 되더라도 이대로 聯隊에 남고싶은 心情 입니다. 下士官 任用試驗이라도 봐 두라고, 中隊長님의 말씀도 계셨구요.」

「그거 좋은 생각인데. 자네처럼 優秀한 兵卒이라면, 틀림없이 合格 되고도 남을거야.」

쇼타로는 그렇게 말한 다음, 스크류가 뿜어내면서 하얀 泡沫을 만들고 있는 뱃꼬리를 끌어가고 있는 검은 海面에 눈을 던지고 있었다.

「자네 分隊에 야마오 오우지라는 卒兵이 있겠지.」

「있습니다. 잘 아는 사이인가요.」

「응, 나의 中學校 下級生이었던 子息인데, 그 子息에게는 操心하는게 좋아.」

「可도 없고 不可도 없는 그저 그런 平凡한 兵士인데요. 溫順한 앱니다.」

「主義者들은 겉으로는 다 멀쩡하게 보이지.」

「主義者……」

猖披라도 當한듯한 모습으로 노소쓰키는 쇼타로를 凝視했다.

「야마오가 社會主義者라고 말씀 하시는 겁니까.」

「中學生일때부터, 껍데기를 쓰고는 있었지만, 이번 尼港에서 만나서 보니, 그냥두면 안 되겠다고 생각했다. 尼港에서 日本人을 모두 죽인 로쓰께의 過激派와 그 무리들, 그 子息은 完全히 똑같은 생각을 갖고 있다.」

※【로스께=일본사람들이 러시아 사람을 비하해서 부르는 말】

노소쓰키는 찢어진 눈꼬리를 다시 치켜 올리면서 눈을 가늘게 뜬채로, 말을 하지 못했다. 손가락 사이에 끼워져있는 담배에서, 재가 海風에 휘날렸다.

쇼타로는 검으스레한 바다에 눈을 던진채, 感情을 들어내지않는 조용한 語調로 繼續했다.

「主義者는 반드시 同僚를 만들게 되어 있다. 軍隊속에

過激思想이 번지거나 한다면, 큰 일이 일어 나는거다. 分隊長으로서, 자네에게도 重大한 責任問題가 따르게 된다. 그렇게 된다면, 只今까지 모처럼 쌓아 올린 拔群(발군)의 成績으로 勤務해왔던 자네의 將來도, 只今까지처럼 되리라는 保障도 없는거다.」

「…………..」

「그 子息은 나의 部下도 아니고, 아직은 아무것도 한 것은 없기 때문에, 處分할 수가 없다. 嚴重하게 訓戒는 해 두었지만. 허나 노소쓰키, 그 子息이 무언가 일을 이르킨다면, 바로 자네에게 떨어지는 거다. 그렇게 되면 이미 늦다고 생각되기에, 只今 자네에게 注意를 해 두고 싶었던 거다.」

「이런 빌어먹을…. 귀찮은 子息을 꿰차고 있게 생겼구먼….」

노소쓰키는 피우고 있던 담배를 甲板에 내동댕이 치면서 이를 갈았다.

「問題가 問題니깐 말이야. 무슨 일이 일어나면, 便치 않는것은 자네 뿐만이 아냐. 聯隊 全員의 不名譽다. 자넨 제일 많이 損害 보는 제비로서 불쌍하지만, 글쎄디 操心해서 눈을 떼지 말거라.」

「잘 알겠습니다. 아아니, 제멋대로 흥내라도 내게 할

것같습니까. 根性을 뜯어 고쳐야지요.」

「껍데기는 얌전한척 해 보이지만, 만만찮은 놈이라서, 달콤하게 보였다간 꺼꾸로 當할는지도 몰라.」

「그런 毒蟲같은 子息에게는 그나름대로 달래주는 方法이 있걸랑요.」

노소쓰키는 가늘은 눈 깊숙히에 殘忍한 빛을 모았다가, 흩트러 버리는듯한 語調. 그러고나서 찰그덕 소리가 나도록 軍靴 뒷쿰치를 갖다 붙이고선 차렸 姿勢로 姿勢를 곧바로 고치고서,

「注意말씀, 대단히 感謝합니다.」

하고, 正確한 角度로 허리를 굽혔다.

輸送船은 그날 中으로 바이칼灣으로 들어 가서, 部隊는 마스카리보에 上陸했다. 그곳에서 部隊는 몇개로 나뉘어져서, 제각각 目的地를 向하여 進駐해 갔다.

兵力이 그렇게 많지 않은 것은 五十二度 以北이기 때문에, 駐屯하는 곳은 北쪽 끝 部分으로 限定되어 있다. 쇼타로들의 駐屯地는, 네베리스크 海峽을 사이에 두고, 니코라이에흐스크와 마주한 位置에 있는 루이부노흐스크라하는 마을 이었다.

「그럼, 健康하십시요. 쭈욱 함께 있을거라고 생각했는데….」

出發前의 짧을 틈을 엿봐서, 야마오 오우지는 別離의 人事次 쇼타로의 部隊로 달려 왔다.

「자네도 健康하게나.」

하고, 쇼타료는 氣分좋게 應對했다.

「너의들은 어디로 가기로 決定되었나?」

「오하라는 곳이랍니다.」

「그렇담, 여기에서 멀지 않은 곳인데.」

그곳은 사가렌의 最北端 에리자베스갑(岬)의 中心部의, 오호쓰크海쪽에 있는 작은 마을이다.

「暫間동안이나마 뜻밖의 만남 이었다. 허나, 만난것 만으로도 뜻밖의 所得 이었다.」

「네에. 저도 그렇게 생각합니다. 實은 제가 삿포로를 떠나 올때, 스기 伍長님의 家族들이 餞送나와 주셨습니다.」

「어머니께서.」

「네에. 女同生분도요. 萬一, 스기 伍長님을 만나게 되면, 모두 健康히 잘 있으니까 걱정하지 말라고 傳해달라 하셨습니다. 女同生분은 副級長이 되었다고 하더군요.」

「유끼꼬가 그렇게 傳하라고 하던가.」

「네에. 그러고, 그때의 쓰키삿푸의 빵, 그 맛은 잊을 수 없을거라고 하셨습니다.」

續石狩平野 ■ 上 187

「쓰잘데 없는 말을…….」

쇼타료는 吐해버리듯이 중얼거렸다.

「어저께, 傳해드리는 것을 잊어버렸기에…….」

잊어버린 것이 아니었다. 그때의 空氣에서는 그런 미적지근한 話題같은 것을 들고 나올 수가 없었다. 쇼타로는 아무도 모르게 살짝 微笑를 띠었다. 그리고,

「고맙다.」

하고 말했다.

야마오의 눈에는, 기쁨에 젖은 色깔이 솟구쳐 올랐다.

♣

-6-

시베리아 出兵은 完全히 失敗로 끝났다.

國內의 世論도, 헛되이 多額의 軍事費와 軍隊의 犧牲을 쌓은것밖에, 아무런 實益도 얻지 못했을 뿐더러, 名分마져도 墜落시킨 出兵을 攻擊하였고, 派遣軍 歸還措置를 强力히 要求하겠끔 되었다.

大正 十年(1922년) 一月, 일찌기 열린 議會에서도, 野黨인 憲政會 總裁인 카토오 다카아키(加藤高明)가 『尼港事件에 對해서는, 日本의 理由없는 駐屯兵力에 起因하는 自然發生的인 事件 이었다. 卽時 乃至는 完全히 시베리아에서 撤兵하라.』하고, 世論을 背景으로하여 政府를 壓迫했다.

처음부터 日本의 出兵에 警戒的이었던 아메리카가, 日本의 執拗(집요)한 駐兵뒤에, 領土的 野心이 介在해 있다고 하는 疑惑을 깊게한 것은 當然한 것이었다. 아메리카의 排日熱은 急激히 높아져 갔고, 政府間의 對立은 尖銳化 되었다. 안으로나 밖으로, 四面楚歌였다. 그런데도 政府는 頑强하게 駐屯을 固執했다. 다만 駐屯師團의 一部 兵力을 交替(교체)시켜서, 凋落(조락)해버린 派遣軍의 士氣를 새롭게 바꾸는데 그쳤다.

이 交替에서, 步兵 第二十五聯隊의 一部도, 大正 十年 七月에 사가렌으로부터 歸還했지만, 쇼타로는 歸還部隊 속에 없었다.

유끼꼬는 봄부터 女學校에 다니고 있었다.

그 女는 初等 四學年이 거의 끝날 무렵부터, 갑자기 積極的으로 工夫를 하더니만, 곧장 頭角을 나타내더니, 六學年이 되고 나서부터는 三學期를 內內 首席으로 卒業했다.

家計도 꾸려 나가기가 어렵다는 것을 알기 때문에, 유끼꼬 自身은 進學을 斷念하고, 곧장 就職을 할 생각이었고, 쇼타이도 그것에 贊成했지만, 쓰루요는 極口 反對였다.

어두운 出生을 등에 짊어지고 있는 유끼꼬인만치, 萬一의 境遇라도, 그런 物理的인 不幸에 눌려 찌그러지지 않을만큼의 思考力과 理性을, 몸에 지니도록 해 주고 싶었다. 그러기 爲해서는, 그 어떤 苦難도 쓰루요에게는 問題될게 없었다.

그 女는 다께꼬에게 付託해서 돈을 빌려, 只今보다도 2정보쯤 西쪽켠에 房이 일곱개 있는 二層짜리 집을 얻어 移徙 했다. 그리고 나서 안베 다마노쓰케의 紹介를 받거나, 곤노의 活版所 主人에게 付託하거나 해서, 거의 房數字만큼의 下宿人을 모으게 되었다. 아끼꼬에게서도 學費를 보태겠다는 連絡도 왔었다.

유끼꼬는 유끼꼬대로 牛乳配達의 일을 가지고 왔다. 이즈미牧場이 始作하게 된 구(區)내의 牛乳販賣所 였다.

이즈미 牧場에서는 再昨年 가을, 나쓰기가 아메리카에서 돌아 와, 구와쓰치의 딸 다에꼬(妙子)와 結婚 했었다. 그는 요 二年사이에, 다른 酪農業者와 糾合해서 煉乳會社를 發足시키거나, 牛乳의 宣傳에 힘을 쏟거나 해서, 이즈미牧場의 業績은 눈에 보일 程度로 向上되고 있었다. 도쿄에서 進出해 있는 큰 煉乳會社에도 多量의 牛乳를 提供하고 있었다.

유끼꼬가 每日 아침 登校前에 牛乳를 配達하러 돌고 있는 곳은, 같은 女學校에 다니고 있는 아가씨들의 집도 있었지만, 그 女는 아무렇지도 않았다.

처음에는, 크라스 안에서도 輕蔑的인 險談들이 들려

오거나, 所聞의 主人公이 되기도 했지만, 유끼꼬가 아무렇지도 않는듯이 시치미를 뚝 따고 있으니까, 오히려 그것이 一種의 人氣를 끄는 것이 되었고, 個中에는, 自身도 해 보겠다고 付託이 들어 올 程度 였다.

二十五聯隊의 一部가 사가렌으로부터 歸還해서 얼마 後, 그때의 首相이었던 하라 우야마우(原敬)가 삿포로를 訪問했다.

하라內閣은 日本에서는 처음으로 誕生한 政黨內閣이었고, 爵位를 갖지않는 首相도 하라가 처음이었으므로, 世上은 그를 『平民宰相』이라 불렀으며 人氣가 있었다. 그러니만치, 聯隊의 一部 歸還과 더불어 하라의 來訪으로, 삿포로의 여름은 생각치도 못한 일로 因하여 술렁거리고 있었다.

그러는 어느 날 아침, 牛乳配達을 끝내고 돌아 온 유끼꼬가,

「엄마. 큰 일 났어요. 釀造場집 주인이 憲兵隊에 끌려갔어요.」

釀造場집 主人이라면, 야마오 오우기찌를 말하는 것이다. 아끼꼬와 女學校때 同級生이었던 하쓰꼬가 그의 夫人이 되어 있지만, 애초에는 아끼꼬를 願했던 집이었다.

아직, 牛乳를 每日 아침 받는 집은 그렇게 많지가 않았

는데, 釀造場집은 다섯병이나 配達하고 있다. 유끼꼬로 봐서는 대단한 단골 顧客이었다.

「정말이냐. 오우기찌氏가, 무슨 일로.」

쓰루요는 놀라서 되물었지만, 詳細한 事情을 유끼꼬가 알 턱이 없었다.

쓰루요도 듣고 흘려버릴 수가 없었다.

큰마님이라 불려지고 있는 야마오 기요꼬에게는, 지로 일로해서 엇짢은 記憶을 불러 이르키거나 했지만, 그것은 이미 먼 옛날 일이었다. 每年 술을 빚어 넣을때에는, 기요꼬의 配慮로 쓰루요가 臨時로 부엌 總責任者기 되어서 모든 것을 指揮하곤 했다. 벌이가 매우 좋은 일이었다.

유끼꼬를 學校에 보내고 나서, 쓰루요는 기모노로 갈아 입고 집을 나섰다.

큰길을 東쪽으로 꺽어서 반마장쯤 가고 있을때, 氷水를 팔고 있는 商店의 布簾(포렴)사이에서,

「아주머니 아니십니까.」

하는 男子 목소리가 들렸다.

뒤돌아 보니까, 술집 女子처럼 머리를 틀어 올린 女子와 나란히, 하얗고 꿰세제힌 여름옷을 설치고, 햇볕에 검게 탄 얼굴을 하고서, 麥藁帽(밀집모자)를 쓴 여윈 男子가, 눈에 반가운 微笑를 띄우면서 쓰루요를 바라보고 있

었다.

「카사마氏……」

쓰루요는 無心결에 숨이 막히는듯한 목소리가 되었다.

「只今, 아주머니집 近處까지 갔었지만, 그냥 지나치고 말았어요. 사는 집이 너무 높은 곳이라서….」

카사마 다카나오(笠間隆治)는 먹고 있던 우무보시기를 卓子위로 밀어 놓고 하얀 이를 내어 보였다. 볼이 홀쭉하고, 눈에는 氣力조차 보이지 않아서, 웃으니까 오히려 슬픈 表情으로 보였다.

「어쩐 일이세요, 都大體…….」

쓰루요는 마주한 椅子에 앉으면서도 다카나오의 초최한 얼굴에서 눈을 떼지 않았다.

「보시는 바와 같죠.」

自身의 초라한 몰골을 눈으로 가리키며, 그는 던져버리듯한 語調로 말했다.

「떠나려는 此際에, 아주머니 얼굴이 보고싶었는데, 多幸이네요. 좀 먼곳으로 가게 되어서.」

「멀리라구요, 轉勤이라도 되셨나요.」

「銀行은 그만 두었죠. 목이 떨어 졌습죠. 벌써 一年도 넘었는걸요.」

다카나오는 기침을 했다. 乾燥한 가벼운 기침 이었다.

같이 있는 女子가 急히 소매속에서 손수건을 꺼내어 그에게 쥐어 주면서, 등을 문지르러 했다. 그 손을 다카나오는 매정스럽게 뿌리쳤다.

「다카나오氏. 當身 몸이 좋지 않은거 아닌가요.」

「술이 좀 過해서 그래요.」

기침이 멈추자, 그는 대수롭지도 않은듯이 말했다. 쓰루요가 알고 있는 그는, 술을 마시지 못하는 男子였다.

「아끼짱은 잘 지내는가요.」

「네, 네에…….」

對答을 하면서도, 쓰루요는 함께 있는 女子가 마음이 쓰였다. 女子는 쓰루요의 視線을 避하려는듯이, 若干 몸을 틀어 앉으면서 얼굴을 숙였다. 그 女의 목언저리에 疲勞가 겹겹이 쌓여 있었다.

「이 사람은 괜찮아요. 모두 이야기 했습니다. 도쿄암의 從業員 였습니다. 모든게 저때문으로 해서, 只今은 저처럼 失業者세요.」

다카나오는 無神經일 程度로 冷淡한 語套로 말했다.

「銀行을 그만 두었다고 하지만, 아버지 會社가 있잖아요. 戰爭으로 많이 버셨다는 所聞을 들었는데요.」

「因緣을 끊기로 했습니다. 무엇보다, 그것은 제쪽에서 願했던 일이지만…….」

「어째서, 그런일을 하셨어요.」

「여편네와 잘 지내지도 못했구요. 外道에다, 술을 배워서 每日 술집 出入이죠, 銀行돈을 마구 썼으므로, 여편네는 즈그네 집으로 가 버렸으니, 아버진들 因緣을 끊지 않고 배기겠어요. 이 世上에 體面이나 家門같은 것 外는 마음속에 두지 않는 사람이니까요…… . 저의 애는 잘 자라고 있는가요.」

「다카나오氏의 애 라니요, 전 그런 애 몰라요.」

쓰루요는 다카나오의 눈을 쏘아 보았다.

다카나오는 부신듯이 그 視線을 避하면서, 멋적은듯한 웃음을 흘렸다.

「아니요, 아닙니다. 그냥 물어 본것밖에 없으니까요…….」

「그런것을 물을 資格은 當身에게는 없는것 같네요.」

「옳은 말씀입니다. 弱해빠진 놈입니다, 전 말입니다……. 허지만, 아주머니를 만나서 정말 기쁩니다.」

「멀리라구요, 어디로 가시려는데요.」

「쓰루요는 일어 서면서 물었다.

「이시하다(石畑)가 도쿄에 살고 있어서, 그 子息 있는데에 가 보렵니다.」

「이시하다氏 만나거든 安否나 傳해 주세요.」

쓰루요는 아무렇지도 않는듯이 말했지만, 稀微하게나마 가슴이 두근거렸다.

그가 도쿄로 간다는 것은, 어쩌면, 아끼꼬나 나오기에 이끌린것이 아닌가하는 우려마져 드는 것이다. 假令 그렇다 하더라도, 도쿄는 넓다. 아끼꼬와 結婚한 相對도, 그의 집도 모르는 다카나오가, 찾아나설 턱이 없을거라고 생각하면서도, 마음 한구석에 잔물결이 이는듯한 不安이 있었다.

쓰루요는 다카나오와, 같이있는 女子에게도 人事를 하고 큰길로 빠져 나오려다가, 멈춰 서서,

「다카나오氏, 몸을 아무렇게나 하지 마시고, 操心 하세요.」

하고, 말했다. 벼란간에, 다카나오가 불쌍하게 보였다.

그리고, 그것에 곁들어, 같이있는 女人의 애처로움이 가슴속으로 스며 들어 오는 것이다.

도쿄암이라면, 이 거리에서의 料亭으로서는 一流中에 一流였다. 카사마 때문에 그곳을 그만두었다는 事情도, 大略은 알것도 같다. 職場을 잃고, 집에서 쫓겨난, 病까지 들이있는 카사마에게, 自身노 함께 몸을 던져버린 女子 앞에서, 아끼꼬와 子息 消息을 묻고있는 그의 態度는, 無神經이라기 보다는 殘虐的이라는 느낌마져 들었다. 그런

데도 헤어질 수 없을 程度로, 女子는 카사마를 사랑하고 있는 것일테지. 아무리 그렇더라도, 곁에서 보기에는 不幸한 만남으로 밖에 보이지 않았다. 男子도 女子도, 서로가 悲慘하기 짝이 없었다.

釀造場은 妙하게도 森閑했다.

뒷켠으로 돌아서 通用門으로 들어가니, 자갈을 깔아놓은 넓은 庭園 兩쪽에, 直徑만으로도 쓰루요의 키의 두倍나되는 술담그는 나무桶이 옆으로 나란히 뉘어져서 말려지고 있는 것은, 언제나 눈에 익숙한 風景이었지만, 저쪽켠에 나란히 세워져 있는 술 倉庫의 門앞에, 七, 八名의 男子들이 이마를 맞대듯이 서 있거나 쭈구리고 앉아 있다. 以前같으면 힘이 팔팔한 男子들이었는데, 이야기도 하지않고, 赤松의 높은 가지에서 쏟아내고 있는 매미 울음소리만이, 우렁차고 크게 庭園을 가득히 메우면서 들려 왔다.

쓰루요가 들어 가니까, 男子들 中에 얼굴을 아는 분이 안으로 들어갔다 나오자, 쓰루요는 야마오 기요꼬의 房으로 案內 되었다.

기요꼬는 複道에까지 달려 나와서 쓰루요를 맞이 했다. 大店鋪의 女主人답게, 턱 버티고 앉아 있는 姿勢를 取하고 있는 언제나의 그 女와는 다른 모습 이었다. 혼자서 不安을 참고 있는 것이, 무엇보다 괴로웠음에 틀림없었다.

「어쩌면 좋다지, 쓰루요氏. 오우기찌가 憲兵隊에 끌려갔지 뭐에요.」

기요꼬는 쓰루요의 손을 붙잡고, 떨리는 목소리로 말했다. 身分 差異를 確實하게 들어내며, 嚴格한 거리를 두고 있는 언제나의 態度를, 그 女는 잊어버리고 있었다.

「또, 무슨 일로 그렇게 되셨는가요.」

「나도 確實하게는 잘 모르지만, 二, 三日前에, 오우기찌가 오우지의 死因을 調査해 달라는 歎願書를 聯隊本部에 提出했다오. 分明히, 그게 잘못된것 같아요. 그 外는 마음에 집히는 일은 없으니까요.」

「오우지氏는 戰病死하신 것이 아니었던 가요.」

쓰루요는 異常한 생각이 들었다.

오우지의 戰病死는 이미 昨年 正月에 公報가 到着 했었다. 死因은 急性肺炎 이었다.

「그게 그렇지가 않았던 것 같아요. 오우지는 殺害 當했다고 하는 사람이 있어요.」

「殺害되어서……, 戰死 하셨다구요.」

「아니요, 殺害 當했대요. 같은 部隊의 兵丁에게…….」

하고, 기요꼬는 목소리를 낮추면서, 겁에 질린 눈으로

周圍를 휘들러 보았다.

쓰루요도 숨이 막혀 버리는듯한 모습으로, 구멍이라도 뚫릴 程度로 기요꼬를 바라본채로, 얼른 말이 나오지 않았다.

「오우지와 사이가 좋았던 戰友 한 사람이 歸還해서, 오우지의 무덤에 焚香을 하러 찾아 왔었어요. 그 분 한테서 들었어요.」

고다(戶田)라하는 그 戰友의 이야기로는, 十二月初의 어느날 밤, 야마오 오우지는 下士官室로 불려 가서, 얼굴에나 머리에 시퍼런 멍이 들어, 얼굴을 알아볼 수 없을 程度로 氣合을 받았다. 그는 두번이나 失神했고, 그때마다 찬물을 부었고, 깨어나면 다시 氣合을 넣었다. 그러고 나서, 문밖으로 끌려 나와 세워졌지만, 그때에는 이미 서 있을 힘이라곤 없었다.

오하는 사가렌에서도 最北端에 가깝다. 하물며 嚴冬雪寒 이었다. 꽁꽁 얼어붙은 오쓰크海에서 불어오는 밤바람이, 얼어 붙어 있는 雪面위를 無數한 피리소리를 내면서 달리고 있다. 健康한 사람일지라도, 防寒裝備가 없으면, 조금이나마도 견딜 수 있는 狀態가 아니었다.

겨우 班長의 許可가 내려져, 고다들이 오우지를 끌고 들어 갔을때에는, 이미 그는 意識이 없었다. 그대로, 단

한번도 깨어나 보지도 못하고, 完全히 숨이 끊어진 것은 그날 밤중 이었다.

그러한 狀態였기 때문에, 直接死因은 肺炎이었는지는 모르겠으나, 兵士들의 사이에서는 腦內出血이 진짜 死因이라고 수군대고 있었다. 여하튼간에, 오우지가 班長과 그들 同僚 下士官들의 暴行에 依해서 죽었다는 것은 事實인것 같았다.

그 理由는, 그 날, 오우지가 炊事場에서 통조림을 몇개 빼내어서, 젊은 러시아 女人에게 주었다는 것이 綻露가 나서였다고 했고, 그가 죽자, 그 러시아 女子를 붙잡아서 족쳤더니 果然 過激派 였다는 것이었다.

그러나, 班長인 노소쓰키 伍長勤務上等兵이 그렇게 말한것 뿐, 事實을 아는 사람은 部隊內에 아무도 없었다.

「오우지는 班長의 눈에 나서, 언제나 눈에 가시였으니까요. 호되게 걸려 들었다고 할 수 있겠죠.」

하고 고다가 말했다.

銃의 손질이 늦다던가, 態度가 나쁘다던가, 이런 저런 쬐그만한 일에서도, 그는 반죽음을 當할 程度 였다. 疲困해서 늘어져 있는 상판때기가 마음에 늘지 않는다는 等等. 노소스키는 얼마든지 口實을 찾아 내었다.

特히 오우지만이 그 程度로 班長의 눈에 났다는 것은

무언가 理由가 있었는 것은 아니었냐고, 오우기찌가 물었으나, 고다는 苦笑하면서 고개를 져었다.

「주는것없이 밉다, 그것뿐이라고 생각합니다.」

「그것은 理由가 되지 않아.」

오우기찌는 憤怒를 삼키지 못했다.

「그런 곳이랍니다, 軍隊라는 곳이. 노소쓰키 班長은 자주 오우지를 主義者라 부르곤 했습니다만, 그것마져도 確實한 理由는 조금도 없으니까요.」

「主義者라고? 오우지가 社會主義者 였다는 말인가.」

「누가 보더라도, 야마오만큼 그런 사상으로부터 因緣이 먼 男子는 없을 程度ㅂ니다. 苦生 모르고 자란 마음착한 도련님이니까요. 班長은 야마오를 닥달하는 口實로, 主義者라 부르고 있었습니다. 그만큼 效果的인 誹謗은 없으니까요. 特히 軍隊 內에서는 致命的 입니다.」

다음 날, 오우기찌는 聯隊本部로 달려 갔었다.

기요꼬도 하쓰꼬도 말렸지만, 그는 듣지 않았다.

軍隊에 끌려간 오우지가, 戰死나 戰病死했다면 斷念할 수 밖에 없겠지만, 假令일러 上級者라 할지라도, 私情때문에 部下를 죽게 만들 權利같은 것은 있을 턱이 없다. 이것은 그냥 사람을 죽인 것이다. 聯隊本部는 眞相을 調査해서, 萬一 事實이라면 加害者를 處罰할 義務가 있다---라는것이 오우기찌의 主張 이었다.

오오기찌는 軍隊의 經驗이 없었다.

그래서, 어느 程度 無謀한 点이 없다고는 볼 수가 없다. 그러나, 一般的으로도, 아직 그 時代의 軍人은, 그 程度로 무서운 特殊世界라는 印象은 稀薄했고, 그런 權力은 一般社會의 價値判斷이나 法律마져도 簡單하게 飜覆시킬만큼 絶對的 强權으로 變해 있다는 것도, 國民에게는 曖昧한 認識밖에 없었다. 反對로, 一般的인 印象으로서는, 日露戰爭 以後, 軍隊는 漸漸 그림자기 稀微한 存在로 밖에 보이지 않게 되어 갔다.

現地 駐屯軍으로 부터의 報告에 依하면, 야마오 오우지는, 思想劣惡, 意志薄弱, 덧붙여서 身體虛弱으로서, 聯隊의 名譽에도 影響을 줄 程度로 不良한 兵士였다는 것은 分明하고, 持病은 本人의 不注意와 不規律에 그 原因이 있었음. 戰病死로 取扱한 것은, 本人 및 家族의 名譽를 考慮해서 特別히 恩典을 베푼 것임. 上官으로부터 暴行을 當한 事實 없음.----라는것이 聯隊本部로 부터의 應答 이었다.

聯隊本部로부터 되돌아 온 後로 부터의 오우기찌는, 무언가 매우 두려워 하고 있는 것 같았다. 오우기찌는 仔細한 모습은 이야기 하지 않았으나, 本部로 부터의 應答

이 너무 威脅的이었다는 것은, 그의 모습으로 부터도 想像할 수가 있었다.

그것이 집안 사람들에게도 感染된듯이, 집안이 妙하게도 不安스럽고 安定되지 않은 空氣에 둘러 쌓여 있었는데, 벼란간 오늘 아침에 數名의 憲兵들이 들이 닥쳐서, 다짜고짜로 오우기찌를 憲兵隊로 끌고 갔다는 것이다.

「오우지氏의 死因을 밝혀 달라고, 付託하러 갔던 것이고, 무슨 要求같은 것을 들어 달라고 한것이 아니므로, 곧 돌아 오실거에요.」

하고, 쓰루요는 기요꼬를 慰勞도 해 보았지만, 마음이 가라앉지 않는 것은 自身도 마찬가지 였다.

「萬一을 爲해, 누가 憲兵隊에 가 보는 것이 어떻겠어요.」

「하쓰꼬가 뒤따라 가 있어요.」

「聯隊의 윗분 中에 아는 분이라도 안계신가요.」

기요꼬는 어찌 할바를 모르는듯이 고개를 져었다.

쓰루요는 안베 다마노쓰케를 떠올렸다. 이런 境遇에 힘이 되어 줄만한 人物로서, 그 女가 알고 있는 사람은 안베 밖에 없었다. 안베는 二年前까지 區廳長을 하고 있었고, 只今도 몇개의 公職을 갖고 있어서, 이 地方에서는 알아주는 第一級 名士이기도 했다. 그이라면 어떻게 해서든 힘이 되어 줄지 모른다고 생각 했다. 허나, 안베에게는 新聞社라하는 背景을 갖고 있다. 그것이 效果的으로 使用된다면 좋겠으나, 相對方에 따라서는 오히려 逆效果를 가져올 危險도 있는 것이다. 함부로 나설 일이 아니었다.

하쓰꼬가 되돌아 온것은, 저녁때가 거의 다 되어서 였다.

「언제 돌려 보낼는지 모른다는구먼,」

房으로 들어 와서, 무너지듯 털썩 주저 앉으면서, 하쓰꼬는 떨리는 목소리로 말했다.

周圍에 옅은 어둠이 깔릴무렵, 쓰루요는 釀造場집을 나섰다.

下宿人들의 저녁 食事準備가 늦을 것 같아서, 夕陽으로 발가스름하게 물든 거리를 발걸음을 빨리 하면서, 쓰루요는 暫時동안 便紙 한장없는 쇼타로의 安否를 걱정하였다.

그가 出征하고 나서, 滿 三年이 되었다. 단 하루라도 걱정되지 않는 날이 없었으나, 그나마도 部隊가 사가렌으로 移動하고 나서 부터는, 北滿洲나 시베리아를 轉轉하고 있을때보다 얼마간 마음이 놓이는 것이었다.

이쪽에서는 끊임없이 便紙나 慰問品을 보내고 있었는

데도, 잘 받았다고 하는 葉書 한장도 보내지 않는 것은 變함 없으나, 그러나 北樺太(사가렌)와 滿洲나 시베리아와는 距離感이 달랐다. 그곳까지 와 있다면, 北海道와는 코나 눈앞에 있고, 半은 돌아 온것과 같은 氣分마져 드는 것이었다. 그러나, 그런 똑같은 北樺太(사가렌)에서, 야마오 오우지가 異常한 죽음을 當했다는 事實에는, 그러한 쓰루요의 마음의 慰安같은 것은, 훌훌히 날아가 버릴 程度로 衝擊이 있었다.

쇼타로의 性格은 內攻的으로서 閉鎖的 이었다. 陰險하고 음큼한 性品으로서, 남에게 好感을 받을만한 人間이라고는 생각되지 않는다. 야마오 오우지와같은 率直한 靑年마져도, 꼬집혀서 목숨을 잃을 程度라면, 비뚤어지고 어두운 性格의 쇼타로가, 無事하게 넘어 갈것같지가 않다는 氣分마져 드는 것이다.

下士官이 되었다는 것은, 제법 오래전에 듣고 있었으므로, 바람막이도, 卒兵程度까지는 되지 않으리라 생각되지만, 軍隊라하는, 外側으로 부터서는 받아 드리기 힘든 世界니만큼, 쓰루요는 不安한 나머지 몸이 떨려 왔다.

歸還兵 인듯한 낯선 靑年이, 쓰루요를 찾아 온것은, 그다음 날 午後였다. 목깃에 聯隊徽章을 떼어버린 軍服 모습의, 억세게 보이는 몸매의 그 男子는 노소쓰키 야노요

시라는 사람 이었다.

尼港에서 사가렌까지 쇼타로와 함께였다고 했으므로, 쓰루요는 이것저것 가릴것없이, 그를 食堂房으로 案內했다.

누구든지 먼저 歸鄕하는 쪽이, 남아있는 쪽의 집을 찾아가서 安否를 傳하기로 約束했기 때문이라 하면서, 그는 말했다.

「그런데, 쇼타로는 어쩌고 있습니까.」

쓰루요는 人事할 틈도 주지않고 무릎을 드리밀며 물었다.

「매우 健康하게 잘 계십니다. 便紙 올리지 못한 것은 無事하다는 證據라고 생각해 줍시사는 말씀 이었습니다.」

「그럴거라고 생각은 하고 있었습니다만…….」

쓰루요는 하는 수 없다는듯이 苦笑를 禁치 못했다.

「그런 애니까, 걱정이 되어서……. 윗분들에게서 미움이나 받지 않을 程度로 잘 하고 있을까요.」

「스기 伍長께서는 部隊에서도 너무 뛰어나신 분입니다. 兵丁들 中에는, 늘쌍 故鄕에 便紙만 쓰는 놈들이 있지만, 그놈들은 틀려 먹었어요. 투털대고 不平만 늘어 놓기만 했지 勤務態度도 形便없구요, 精神狀態가 느슨해 있으므로, 까닥하면 病에 걸리거나, 傷處를 입거나, 戰友들의 귀찮은 짐만 되고 있죠. 그 中에는 로쓰케의 過激派에게 利用 當하는 놈들도 있습니다. 그런 놈들에게는 스기 伍長님의 손톱밑 때라도 끓여 마시게 하고 싶은걸요.」

노소쓰키의 語調에는 憤怒의 色깔이 물드려져 있었다. 눈앞에 不良스런 軍人이라도 세워놓고 있는듯한 氣分이었다.

쓰루요의 腦裡에 야마오 오우지의 일이 떠올라 왔다. 노소쓰키가 非難을 퍼붙고 있는 兵丁의 모습이, 야마오를 겨냥하고 있다는 느낌이 들었기 때문인지도 모르겠다.

「노소쓰키氏는 쇼타로와, 駐屯地도 함께 였습니까.」

「아닙니다. 尼港에서 輸送船으로 사가렌의 마스카리보까지는 함께 였습니다만, 그곳에서 헤어졌습니다. 전오하라는 마을 이었습니다.」

「오하……. 그렇담, 혹시 야마오 오우지라는 軍人을 알고 계십니까.」

「알고 있지요. 實은 오늘도 그 일 때문에, 憲兵隊에 出頭하고 오는 길입니다. 야마지의 家族이, 무언가 派遣軍의 措置에 不滿을 提出한것 같습니다만, 그러한 兵丁이 같은 部隊內에 있는것 만으로도 두손 바짝 들고 말아요.

죽어서 까지도 弊를 끼친다니까요.」

「오우지氏는 진짜 病死입니까.」

「病死입니다. 感氣를 앓다가 肺炎까지 併發했었지요.」

「班長에게 甚한 氣合을 받은 것이 原因이라고 말하는 사람도 있는것 같던데……」

「그런 헛소리를 흘리고 다니는 자는 고다 라는 사람입니다만. 그건 고다가 야마지의 親舊였기 때문이죠. 그 子息은 主義者 였으니까요.」

노소쓰키의 목소리가 시퍼렇게 들려 왔다. 쓰루요는 그의 찢어져 치켜오른 가느다란 눈이, 깊은 憎惡를 품고 있는 것을 보았다.

「고다라는 사람은 잘 모르겠지만, 오우지氏는 쇼타로와 같은 中學校였으므로, 어릴때부터 잘 알고 있었어요. 그 애가 主義者라니요. 전 믿을 수가 없네요.」

「시베리아 派遣軍 속에는 最近 過激思想에 물든 者가, 相當數 알려 졌어요. 그것은 쉽게 넘어갈 問題가 아닙니다. 그냥 내버려 둔다면, 나라를 危險하게 만들테니까요. 그런데, 母親께서는 믿지 못하겠다고 말씀 하시는것 같은데, 야마오는 中學生때부터 主義者에 물들었나고 들어 알고 있습니다만.」

「어림도 없어요. 노소쓰키氏는 그런 바보같은 소리를

都大體 누구에게서 들었단 말씀인가요.」

「스기 伍長님께서요.」

쓰루요는 어이가 없어서 相對方을 바라볼 뿐이었다. 그리고선 顔色이 變했다. 그러나, 아직도 귀가 들은것을 머리속이 받아 들이지 못하는듯이 어리둥절해 있었으나, 그런 混亂스런 表情에서도 알것 같았다.

「쇼타로가…. 그 애가 그런 말을 했다고 말씀 하시는 겁니까.」

「그렇습니다. 要注意人物로서, 特히 야마오의 行動 하나 하나에 注意하라는, 命令을 받았습니다.」

노소쓰키는 그 以上은 아니라는듯이 明瞭한 語調로 말했다.

쓰루요는 茫然自失했다. 머리속에 얇은 幕이 내려지고, 思考에 鈍한 混亂이 일어 났다.

「그런 무리들은 毒蟲과 같으므로, 周圍에 害毒을 뿌리지 못하게 操心하는 것은 當然한 일입니다. 同鄕의 後輩라해서, 私情을 두어서는 안 됩니다. 스기 伍長님은 해야 할 일을 하신 것 뿐입니다.」

노소쓰키는 쓰루요의 表情을 읽고 그렇게 말했다.

쇼타로가 한 行動이 親舊를 팔아 먹는 것과 비슷하다고 할는지는 모른다 할지라도, 이 境遇에는 行爲의 次元

이 다르다고, 그는 믿고 있는 것 같았다.

허나, 쇼타로는 야마오 오우지가 그러한 思想에 결코 但 한번이라도, 關心마져도 갖지 않았다는 것을, 누구보다 잘 알고 있을 것이다. 쓰루요가 보는 見解로서는, 그가 背後에서 오우지를 구멍속으로 밀어 떨어뜨린 것과 같았다. 그렇다면, 왜? 그가 오우지에게 그 程度로 卑劣한 攻擊을 했는지, 그것을 알 수가 없었다.

中學生 이었을때, 그는 오우지의 도시락속에 유리조각을 넣어서 傷處를 입힌것도, 少年답지않은 陰險한 報復이었다. 허나, 그것에는 充分치는 못하더라도 그런대로 復讐였고, 그가 火를 낼만한 原因도 있었다. 그런데, 이번에는 무슨 理由가 있었던 것일까. 생각하면 생각할수록, 쓰루요에게는 믿을 수 없는 일이었다.

「저도 漁夫로서는 한 平生 氣 한번 펴지도 못할것 같고 해서, 빠른 時日內에 오타루(小樽)로 돌아가서 새로운 事業을 해 볼 作定 입니다.」

노소쓰키는 그런 말을 남기고 돌아 갔다. 그날 밤 늦게, 오우기찌는 憲兵隊에서 풀려 났다.

쓰루요가 釀造場집으로 가 보니까, 오우기찌는 히룻밤 사이에 몰라볼 程度로 憔悴(초췌)해 있었다. 무었을 물어봐도 시원스럽게 대꾸 한마디 하지 않았고, 끊임없이 무었에 쫓기는듯이 두려워 하고 있는것 같았다. 그는 만 이틀동안 거의 拷問에 가까운 꾸지람을 들은것 같았다.

戰病死라는 軍의 正式公報가 있었는데도 不拘하고, 異常스런 유언비어를 믿고서, 軍에 抗議하는듯한 行動을 한다는 것은, 너도 過激思想을 갖고 있기 때문이 아닌가. 야마오 一等兵은 너의 感化를 받은 것은 아닌가. ---라는 것이 取調의 主眼點 이었다.

오우기찌는 確實하게 그렇다고 말할 理가 없었다. 分明히 그는, 拷問의 內容에 關해서 緘口令이 내려진 것이다. 허나, 기요꼬나 하쓰꼬는 勿論, 쓰루요마져도 알것같은 氣分이 드는 것이다.

「그러니까 아뭇소리 않고 있었으면 좋았을 것을. 只今 새삼스럽게 무엇을 말한다 한들, 죽은 오우지가 살아 돌아 올것도 아닌것을. 이렇게 되고보니, 그 고다라는 사람에게도, 얼마나 弊를 끼쳤는지도 모르겠다.」

기요꼬가 騷亂을 나무래는듯한 語調로 말하자, 오우기찌는 兩손으로 귀를 막는듯한 모습으로 머리를 싸 안았다. 고다가 얼마만큼 當하고 있다는 것을, 그는 어렴풋이나마 알고 있는듯 했다.

쓰루요는 노소쓰키 야노요시가 찾아 왔었다는 것을, 말해야 좋은지 어떤지 망서렸다.

노소쓰키가 오우지에 關해서 한 말은, 釀造場집 사람들을 더 한층 暗憺하게 할 뿐이었고, 쇼타로의 行爲도 따져보지 않을 수가 없었다.

쓰루요는 아직도 쇼타로의 行爲가 믿겨지지 않았다. 노소쓰키를 만난것도 이번이 처음이었다. 그 사람이 어떤 사람인지도 모른다.

그 노소쓰키의 말만을 닭모이 집어 삼키듯 받아 드려서, 쇼타로를 卑劣한 人間으로 罵倒(매도) 한다는 것은, 에미로서 참고 견딜 수가 없었다.

그날 밤, 집으로 돌아 오자, 쓰루요는 쇼타로에게 긴 便紙를 썼다. 야마오 오우지의 死因에 對해서 所聞이 있었다는 것, 그에 關連해서, 쇼타로가 오우지를 中傷謀略한 事實이 있는지 없는지를 물어보는 것이었지만, 檢閱에 對備해서, 쓰는 方法에 對해서도 細心한 注意가 必要했었다.

그렇지 않더라도, 글 한줄 쓰는데도 窒塞(질색=숨이 꽉 막히거나 속이 터질 지경으로 몹시 싫거나 꺼림)인 쓰루요에게 있어서는 대단한 苦役 이었다. 여느때 같으면 유끼꼬에게 代筆을 시켰겠지만, 이번일은 그렇게 힐 수가 없었다.

「그렇지, 오늘 학교에서 돌아 올때, 나나짱을 만났다.」

쓰루요 곁으로 册床을 끌어 당겨서, 노-트를 펼치고 있던 유끼꼬가, 웃으면서 말했다.

「나나짱이라면, 수와(諏訪)氏 말이야.」

「응. 그게말이야, 異常하단 말이야. "야아, 나나짱" 하고 불렀더니, 우물쭈물 逃亡치려는듯이 對答도 않고 가버리려 하잖아. 뒤따라가서, 册가방을 움켜쥐고, "임마, 나나로, 왜 逃亡치려는 거야, 귀먹어리라도 됐다는 거야", 하고 물었더니, "이거 놔, 女子같은 거 싫단 말이야", 고 하던데. 그 子息, 中學生이 되더니만, 갑자기 뭔가를 풍기고 있지 뭐야.」

「그건 말이다, 부끄러워서 그러는 거란다.」

「헤에. 어째서? 小學校부터 쭈욱 함께 였었는데, 갑자기 부끄럽다니, 異常하잖아.」

「너도 이젠 女學生이란다. 길에서 中學生을 따라 잡고서, 임마, 나나로라는 亂暴한 말을 해서는 안되는거다. 어쩔 수 없는 애로구나.」

꾸중을 하면서, 쓰루요는 苦笑를 禁치 못했다.

겐로꾸소데(어린이用의 소매가 짧은 옷)의 浴衣에 黃色 메린스(모직물의 일종)의 석자짜리 띠를 묶은 작은 몸집의 유끼꼬는, 쓰루요의 눈에는 아직아직 꼬맹이로 밖에 보이지 않았지만, 亦是 같은 또래의 少年에게는 異性

의 아름다움을 느끼게 하였으리라.

「그런데 말이야, 조금 前에, 제법 火가 난듯한 얼굴로 집으로 찾아왔지 뭐야. 싸움이라도 다시 하러 왔는가하고 생각하고서, 나가서, 뭣하러 왔니 하고 물었지. 그랬더니, 來日부터 우리집에도 우유를 넣어 줘, 라고 하지 뭐야.」

「잘됐구나. 그건 틀림없이 나나짱이 自己 어머니에게 졸랐을거다. 고맙다는 人事를 꼭 해야만 한다.」

「그럴 必要 없어. 牛乳 넣어 줘, 말만 훌쩍 던지고선, 그냥 가버렸는 걸. 그렇지만, 어덴가 귀여운 곳이 있단 말씀이야, 나나짱은.」

「건방진 말 그만 하거라. 來日, 牛乳配達 가서, 女子답게 鄭重히 人事를 하는거다.」

「알아 모셨습니다.」

유끼꼬는 가슴을 두드렸다.

오랜 時間이 걸려서 드디어 다 쓴 便紙를 쓰루요는 다시 한번 읽어보고 나서 封套에 넣었다.

住所를 쓰고, 그것을 품속에 넣고 일어 서려고 하는데, 세치게 바깥 유리門이 열렸다.

「쓰루요, 집에 있나. 只今 돌아 왔다.」

興奮해 있는 쇼타이의 목소리 였다.

유끼꼬가 冊床을 뛰어넘어, 入口로 달려 나갔다.

「어서 와, 아빠. 잡았어?」

「오오, 해 내었단다. 드디어 찾아 내었지. 유끼꼬, 큰 대야를 갖고 와라.」

쓰루요가 나가 보니까, 쇼타이는 한달여 동안을 이 山 저 山을 돌아 다니면서, 하얀 털이 뒤섞인 텁수룩한 턱수염을 그대로 둔채 먼지에 찌들은 얼굴에, 넘쳐 흐를 程度로 함박웃음을 띄우면서 그 女를 바라 보았다.

「찾았단 말인가요, 드디어.」

「그럼, 쓰루요. 해냈어, 나 해 내었다구.」

쇼타이는 繼續 끄덕거리면서 말했다.

「이만하면 되겠어, 아빠.」

유끼꼬가 대야를 가져 오자, 쇼타이는 어깨에 걸치고 있던 手製의 收集桶을 내려서, 마치 깨어지기 쉬운 物件이라도 다루듯이 愼重하게 안에있는 物件을 대야에 옮겼다.

그것을 보자마자, 유끼꼬가 갑자기,

「히얏」

하고 奇聲을 질렀고, 쓰루요는 갑자기 목소리가 나오지 않았으나, 一瞬間 닭살이 돋아나는 心情이었다.

全身이 검푸르고, 등받이에만 黃褐色의 옆줄이 처져있

는 도롱뇽이 두마리, 물에 떠있는 水草사이로 목을 삐꼼히 내밀고 있었다. 몸 길이가 大略 두자 程度로서, 대야가 모자라게 보일 程度였다.

「宏壯히 크지.」

유끼꼬의 悲鳴소리를 感歎의 목소리로 받아드리면서 쇼타로는 어깨를 으쓱하며 웃었다.

「겨울까지에는 훨씬 더 자랄거다. 이번에야 말로, 훨씬 오래 살게 해서, 알을 받아 깨어야지.」

「어디쯤에서 잡았는데. 이런 커다란 놈을.」

「테시카카(弟子屈)라는 곳에서 굿샤로호(屈斜路湖)쪽으로 들어가는 山 깊숙한 濕地帶였단다.」

하고 유끼꼬에게 對答하고서, 쇼타이는 일어 섰다.

「잠깐 유리집에 갔다 올테니.」

「심부름이라면 내가 다녀오지요. 於此彼 郵遞局에 가는 길이니까요.」

하고 쓰루요도 일어 섰으나, 쇼타이가 손을 내 졌다.

「아니야, 特別하게 水槽를 맞춰야 하기 때문에, 유리집과 相議를 해야하는데, 내가 아니면 안 돼요. 便紙는 내가 붙이고 오리다.」

「그런가요. 그럼 付託 드릴께요.」

쇼타이는 便紙를 받아 들고, 그대로 나가다가, 얼른 住

所를 훑어 보고서는 뒤돌아 보았다.

「쇼타로로부터 便紙라도 있었소.」

「아니요. 한데, 二, 三日前에 사가렌으로부터 歸還한 사람이 찾아 와서요. 無事하게 잘 지내고 있다는 것은 알고 있어요.」

「그 子息 때문에 쓸데없는 苦生만 잔뜩 했지 뭐야. 六年半이나, 대단한 뒷걸음질 이었다.」

쇼타이는 半을 혼잣말처럼 중얼거렸다. 그러고나서 便紙를 품속에 넣고 밖으로 나갔다.

쓰루요는 入口에 눈을 던진채, 아뭇소리없이 서 있었다.

쇼타이가 最初로 發見한 北도롱뇽을 죽인 事實을, 쇼타로는 모른다고 시치미를 따고 있었다. 허나 그가 한 짓이라는 것은, 알만한 사람은 다 알고 있는 事實 이었다.

그로부터 於焉間 七年 歲月, 쇼타이는 但 한번도 그런 事實을 입에 올린적이 없었지만, 그러니만치, 그가 받은 마음의 傷處는 한없이 깊었음에 틀림 없었으리라.

아마도, 그것은 그의 生涯를 通해서 完全히 治癒될 수가 없을는지도 모른다.

다른 사람들에게 있어서는, 보기에도 氣分 나쁜 兩棲爬蟲類(양서파충류)에 不過할는지 모르겠지만, 그것은 쇼타이에게 있어서는 단 하나밖에 없는 生의 보람이었던 것이다. 그러한 殘忍한 方法으로 북도롱뇽을 殺害 當했다는 것은, 쇼타이로 봐서는 意識的 乃至 殘酷스럽게, 그의 人生의 보다 重要한 것을 殺戮 當했다는 것을 意味하는 것이겠다.

父子之間의 어느 한때에 일어났던 龜裂(균열)은 一時的인것이 아니었다. 그것은 너무도 深刻했고, 生涯 和解가 不可能한 斷絕이었던 것이다.

그러한 것을 쓰루요는 只今, 男便의 중얼거림 속에서, 생생하게 느꼈던 것이다.

「히얏, 엄마, 기어 나올려고 해요.」

유끼꼬가 悲鳴을 질렀다.

若干 이리 저리 몸부림 치던 놈이 대야 언저리에 兩발을 걸치고서, 뛰쳐 나오려는듯이 고개를 쳐들었다.

쓰루요도 섬뜩했으나, 억지로 그런 嫌惡感을 찍어 눌렀다. 라기보다, 누르지 않으면 안 된다고 自身에게 들려 주었다. 그것은 도롱뇽이 아니었다. 바로 쇼타이의 살아있는 意味 였던 것이다.

쓰루요는 손가락 끝으로, 그 끈적끈저한 목을 눌러서, 물속으로 밀어 넣었다.

「눈을 봐 봐라. 溫順하고 귀여운 눈을 하고 있잖니.」

하고 쓰루요가 말했다.

「그래도, 氣分 나빠. 이렇게 큰 놈일줄 미쳐 몰랐지 뭐야. 밤에 기어 달아나면 어떡허지.」

「뚜껑을 덮어두면 괜찮을 거다.」

유끼꼬가 부엌으로 달려가서 빨래판과 사과상자 부서진것을 안고 와서, 좁다랗게 사이를 비우면서 대야를 덮었다.

「모습이나 形體가 나쁘다고해서 까닭없이 괜히 싫어만 한다면 불쌍하잖니. 이것도 살아있는 生命 이니까.」

쓰루요가 말했다. 얼마간은 自身에게 들려 주고 있는 말인지도 모른다.

「하지만, 毒을 가지고 있는것도 아닌데, 이렇게 氣分 나쁜 모습으로 태어 난다는 거 너무 不公平 하지 뭐야.」

「神의 뜻인걸 어떡하냐.」

「무엇이? 不公平 하다는것이?」

「不公平하게 보일는지 모르겠지만, 實은, 分明 公平한거다. 人間에게는 그것을 알지 못할 뿐이란다.」

「재미없어. 意味 없어, 그런 거. 人間이 不公平하다는 것을 알지 못하게 했다면, 亦是 그게 不公平이지 뭐야.」

쓰루요는 웃으면서 유끼꼬의 어깨를 안았다.

「神의 뜻이, 모든 人間에게 알려질 까닭이 없겠지. 모르기 때문에, 살아가고 있는 거란다. 얌전한 것이 醜하게 태어 난다해도, 그것에는 반드시 그렇지 않으면 안 되는 意味가 있는 거겠지. 神이 하시는 일에는 無意味한 것은 하나도 없다는 뜻이다.」

너와같은 티없이 맑은 아가씨가, 人間의 잘못된 劣情(열정=추잡스러운 욕정)때문에, 醜한 出生이라는 煩惱를 짊어지고 태어 났다는 것도, 그러니까 神의 깊고 깊은 마음에 連結되고 있다. 萬一 事實을 알았다 하더라도, 그때에 너는 조금도 부끄러워 할것이 없는거다.-----고, 쓰루요는 말 해 줄 참이었다.

쇼타이는 작은 倉庫를 自身이 直接 손질해서, 特別히 注文한 커다란 물통을 드려다 놓고, 自身도 아예 그곳에서 生活을 같이 했다.

下宿人들이 氣分 나빠 할까봐 걱정도 되었고, 그보다도, 周圍의 여러분들에게 조금도 弊를 끼치지 않고, 도롱뇽의 飼育에만 沒頭 하고픈 것이 쇼타이의 本心 이기도 했다.

도롱뇽(山椒魚)中에도, 에조(북해도)도롱뇽은 北海道 內에 어느곳에서도 볼 수가 있지만, 북도롱뇽은 北海道에서는 棲息하고 있지 않다는 定說 그대로, 어느곳에서도 모습을 찾아 볼 수가 없었다.

쇼타이가 도롱뇽에 홀리고부터, 於焉 三十四, 五年이 되었지만, 그 사이, 북도롱뇽과 만나게 된것은, 쿠시로의 히라도마와, 이번의 데시카카에서의, 단 두번 뿐이었다. 더군다나 요 七年間 熱心히 찾으려 돌아 다녔던 것이다.

이러한 事實은, 北海道의 自然條件이 북도롱뇽의 棲息에, 적어도 그렇게 適合하지 않다는 것을 말해주고 있는 것이다. 不過 東北의 몇군데 小地域만이, 가까스로 그들의 生存에 可能한 條件을 갖추고 있다는 셈이 되는 것이다.

라고 한다면, 道의 훨씬 남쪽에 位置하고 있는 삿포로에서, 더군다나 人爲的인 飼育에 成功할 可能性은, 稀薄하다고 생각하지 않으면 안 되었다. 매우 愼重하게, 全力을 기울일 必要가 있었다. 잘만 되어 간다면, 내년 봄 三月에서 五月사이에는, 排卵과 孵化(부화)를 볼 수 있을는지 모른다.

쇼타이는 어떻게 해서라도, 그것을 成功 시키고 싶었다. 다른 일에 神經을 쓰고 있을 餘裕같은 것은, 그에게는 없었다.

十日程度 지난 어느날, 쇼타이와 도롱뇽의 일이 新聞 記事로 실렸다. 下宿人 中의 마다(眞田)라는 젊은 記者가

記事로 쓴것 이었다.

『산쇼오우오(도롱뇽) 찾아 四十年,
드디어 新種 發見하다.』

 하고, 若干 誇大(과대)한 題目으로 紹介되었다. 記事中에는 北大의 스가(須賀)라하는 敎授의 意見도 함께 실렸다.
 『北 도롱뇽이 道內에 棲息하고 있다는 것은 생각할 수 없는 일이다. 에조도롱뇽의 變種이거나, 아니면 外部모습이 키타에 매우 비슷한 카스미도롱뇽을 잘못 안 것일게다.』
 라는것이, 그 意見의 要旨였다.
 그 날은 하루 內內, 집에 무슨 祝賀할 일이라도 있는듯이 奔走했다. 下宿人이나 近處의 사람들도, 新聞에 났다는 것만으로, 늙고 주변머리없는 變種人間 程度로 밖에 생각하지 않았던 쇼타이를, 놀란 눈으로 다시 보게 되었다.
 그가 해 온 일이, 마치 凡人으로서는 敢히 엄두도 내지 못하는 偉大한 일처럼 보였던 것 같았다. 이제껏 往來마져 杜絶되었던 무네가다 슈기찌까지도, 祝賀의 말을 傳

하기 爲해서 찾아 왔었다.

쓰루요는 쇼타이의 氣分을 알아 차리고, 마음속으로는 조마조마했었으나, 그러한 사람들의 應接에 웃는 낯으로 待하지 않을 수도 없었다.

쇼타이는 倉庫속에 틀어 박힌채 밖으로 나오려고도 하지 않았다. 固執을 부리면서 누구와도 만나려고 하지 않았다. 新聞記事 그것은, 若干 멋적은 생각을 견디면 아무것도 아니었지만, 스가博士의 意見은 그에게 再起不能의 打擊을 입혔던 것이다.

북도롱뇽과 카스미도롱뇽의 區別도 하지 못하는 無知한 풋나기라고, 一笑에 붙여진 것이 反應을 이르킨 것이 아니었다. 그는 自身이 다만 살아있는 生物을 좋아했던 것뿐인, 市井雜輩에 지나지 않는다는 것을, 잘 알고 있거니와, 오랜 歲月에 걸쳐 도롱뇽에 이끌려 왔다는 것도, 元來부터 學問的인 興味가 있어서가 아니었다.

그런데도 不拘하고, 스가博士의 意見이 왜? 그를 再起不能의 狀態로 만들어 버렸는가에 對해서는 쇼타이 自身도 明快한 對答을 할 수가 없었다. 若干 억지를 써서 말한다면, 그는 自身이 물통속에서 헤엄치고 다니는 북도롱뇽이고, 그런 북도롱뇽인 自身이 無法한 否定과 마주친 느낌 이었다. 나는 에조의 變種도 아니고, 카스미도 아니다. 나는 참되고 거짓없는 북도룡뇽이다----하고 외치고싶은 心情이었다.

그러나 스기 쇼타이와 북도룡뇽이 同化되어 버린것같은, 이러한 마음의 움직임이, 다른 사람들에게 알려져 주리라고는 생각지도 않았다. 쇼타이로서 할 수 있는 일은, 아무 말없이 自身의 內側으로 숨어 버리는 수 밖에 없었다.

그런 以後로, 그는 눈에 보여도 말이 없어졌고, 좀처럼 倉庫에서 나오는 일이 드물었다. 어떻게 하고 있느냐 하면, 食事도 쓰루요나 유끼꼬가 倉庫로 날르지 않으면 안될 程度였다. 水槽속에서 헤엄치고 다니는 두마리의 兩棲爬蟲類만이가, 그의 生活의 全部였던 것이다.

마다는 好意的인 意味에서 記事化 했고, 스가博士의 意見도, 勿論 그에게는 責任이 없는 것이다. 그러나 下宿人인 그에게는 博士의 意見이 쇼타이에게 주어진 衝擊의 深刻함이, 싫도록 아침저녁으로 귀에 들어오고 있으므로, 젊으니만치 마음에 걸렸던것 같았다.

마다는 스가博士를 만나 보는 것이 어떻겠냐고 勸해 보았다. 만나서 實際로 도롱뇽을 보아준다면 眞僞는 가려지는 것이다. 그것이 틀림없는 북도롱뇽이라 判明된다면, 博士도 氣分좋게 自身의 잘못된 意見을 撤回하게 되겠지.

쇼타이는 마다의 勸誘를 받아 드리려 하지 않았다.

「괜찮아요.」

그늘이 내려진 弱한 微笑를 띠우면서 쇼타이는 그렇게 말 할 뿐이었다. 비뚤어져 있는 것도, 固執을 피우고 있는 것도 아니었다. 그러니만치, 더한층 마다는 말없이 보고만 있을 수가 없었다.

한달쯤 지난 어느 날, 마다는 스가博士를 說得시켜서, 博士를 쇼타이의 倉庫로 案內했다.

스가博士는 水槽속의 도룡뇽를 熱心히 觀察했고, 發見했을 때의 狀態나, 土地의 條件등을 제법 詳細하게 쇼타이에게 質問했다.

「에조(北海道)도룡뇽은 아닐세.」

드디어, 박사는 그렇게 말하면서, 마다에게 도룡뇽의 몸체 部分을 손가락으로 가리켰다.

「등쪽에서 배쪽으로, 몸통에 주름이 보이겠지. 그것을 늑추(肋皺=갈비뼈 주름)라 하지. 그 數字가 꼬리달린 種類의 特徵이 되어있다네. 例를 들자면 에조는 肋皺가 十一個, 카스미는 十三個, 키타도 十三個 일세. 그리고 발의 발가락 數字인데, 에조는 뒷다리 발가락이 五個, 카스미도 五個. 大槪는 五個 있는 것이 普通이다. 헌데, 이 뒷다리를 좀 보게나. 四個 뿐이지. 열 세줄의 肋皺와 뒷다리의 四個의 발가락이 북도롱뇽의 特徵이라네.」

「그렇다면, 亦是 북도롱뇽에 틀림없다는 말씀이시군요.」

마다의 목소리가 興奮에 떨려 나왔다.

마음이 弱해서, 마다의 뒤에 웅크리듯 서 있는 쇼타이의 뺨에도 발그스럼한 핏기가 일어나는것이 보였다.

「몸통 色깔에 若干 疑問이 있긴 하지만……. 더군다나 등줄기의 가로줄의 色갈도 좀. 허나, 亦是 키타는 키타야, 이것은 말이지.」

스가博士는 水桶을 바라보면서 고개를 끄덕거렸다.

쇼타이는 무릎이 떨려 왔다.

「先生님…….」

하고 말은 했지만, 가슴에 뜨거운 응어리가 치받아 올라와서, 말을 繼續할 수가 없었다. 그는 말을 잇지 못한 채, 스가 앞에 고개를 떨어뜨렸다.

「操心해서 잘 길러 봅시다. 萬一, 이것들을 相當期間 동안 飼育할 수만 있다면, 그것만으로도 대단한 意味가 있는 겁니다. 무었보다, 키다는 北海道에서는 棲息하지 않는다는 걸로 되어 있고, 勿論 飼育한 例는 只今까지 한번도 없었으니까요.」

「네, 先生님, 대단히 고맙습니다.」

「하여튼, 나도 한번 테시카카에 가 봐야겠어요.」

스가는 그렇게 말하고선, 倉庫를 나왔다.

돌아가는 길에서, 마다는 다짐을 해 두었다.

「先生님께서 키타도롱놈이라고 確認하셨다, 고 써도 괜찮겠습니까.」

「確認은 困難한데. 若干의 疑問点이 남아 있기 때문이지. 그리고 只今 내가 보고 온것은, 틀림없이 키타이지만, 그것이 반드시 道內에서 棲息하고 있다는 證明이 될 수 없잖은가. 나로서는, 萬一 그것이 키타라 할지라도, 道內 棲息說은 肯定하기 困難하다네.」

「왜 그러시는지요. 그것들을 探集한 곳이 道內가 아닐지도 모른다는 意味 입니까.」

「아닐세. 스기氏라는 분은 그럴 사람이 아닐세. 그 분이 테시카카에서 採集했다고 한 以上, 그것이 틀림 없겠지. 헌데, 그 두마리가 왜 그곳에 있었는가는 調査해 볼 必要가 있다네. 確實한 것은 그런 然後가 아니면 이야기 할 수가 없겠지.」

「하지만, 스기氏는 七年前에도 히라토마에에서 同種을 發見하지 않았습니까.」

「勿論, 히라토마에도 現地 踏査를 해서 調査해 볼 참

이네. 난 풋나기가 아니니까, 아무렇게나 對答 할 수가 없지. 그러니만치 旣存의 學問的 成果에 反對되는 對答을 하려면 徹底的으로 나를 說得시키고 부터가 아니겠나, 그런 險惡한 눈으로 보지 말아요, 자네. 스가라는 사람을, 信用 못하겠다는 것이 아니라니까.」

스가는 그렇게 말하고선, 입술 끝만이 슬쩍 微笑를 비쳤다.

그러고나서 얼마 後, 스가博士는 半달 程度, 테시카카와 히라토마에의 周邊地帶를 調査했으나, 아무런 成果도 없이 되돌아 왔다는 이야기를, 쇼타이는 마다로부터 들었다.

十一月 初旬頃에는, 두번째로 調査旅行을 떠났다.

겨울철이되면, 키타도롱뇽은 말라버린 풀뿌리나 흙속으로 숨어들어 冬眠을 한다. 눈이 내리면, 봄의 産卵期까지는 發見하기가 어렵기 때문 이었다. 이번에도 스가博士의 努力은 虛事가 되고 말았다.

그러나 쇼타이의 도롱뇽는 겨울이 닥쳐오게되자 물통에서 나와서 그가 손수 만든 마른 풀더미속에서 순조롭게 冬眠에 들어 있다.

스가博士는 이따끔씩 쇼타이의 倉庫로 찾아 오겠끔 되었다. 博士도 이젠, 그것이 키타도롱뇽이라는 것에, 한

조각의 疑心도 품고 있지 않는것 같았다. 只今에 와서는, 쇼타이를 도와서, 飼育을 成功 시키려고 努力하고 있었다. 그는 쇼타이와 함께 熱心히 觀察을 繼續하면서, 詳細한 테-타를 作成하고 있고, 때에 應해서는 助言과 지시를 하기까지에 이르렀다.

해가 바뀌고, 大正 十二年(1924)의 봄이 되었다.

도롱뇽은 冬眠에서 깨어나, 四月 下旬境에는 水槽속의 水草줄기에 無事히 産卵을 끝마쳤다. 스가博士는 그것을 確認하고나서, 세번째 쿠시로의 北東部쪽으로 調査에 나섰다.

쇼타이는 거의 寢食을 잊고 있었다.

水草의 줄기에, 한대씩 붙어있는 透明한 줄을 감아 놓은것같은 卵囊(난낭)속에, 各各 五,六十個 程度 달려있는 黃褐色의 点과같은 알들이, 날이 갈수록 둘레가 커지더니, 드디어 卵囊속에서, 차는것도 같고 달리는것도 같은 動作으로 움직이기 始作 했다.

胎動을 始作한 알은 약 반달이면 孵化가 된다. 쇼타이는 疲勞해서 쓰러질것 같았지만, 그것이 意識되지 않을 程度로 가슴이 뛰고 있었다.

그런데 그곳까지 만이었다. 그의 가슴속에 부풀어 올랐던 希望은, 突然 사라져 버렸다.

어느 날 아침, 암컷이 죽었다. 産卵後, 암컷은 물통옆에 가늘은 가지나 풀잎을 쌓아 만들어 놓은 若干 높은 단위에 오르거나, 이떤때는 水槽로 되돌아 오거나 했다. 그것은 習慣 그대로의 움직임 이었다. 다만, 몇일 前부터 어딘지 모르게 그 動作이 鈍해진 것을 알게 되었고, 먹이에도 特別한 注意를 기우리고 있던 此際 였었다.

숫놈은 그로부터 4 일 後에 죽었다.

쇼타이로서는 死因을 알 수가 없었다. 다음 날, 아무런 收穫도 없이 쿠시로(釧路)로부터 돌아 온 스가博士도, 失望한 나머지 顏色이 변했다. 쇼타이의 飼育의 어딘가에, 모자라는 点이 있었다고 보고서, 두 사람이 번갈아가면서, 微細한 点에까지, 檢討해 보았으나, 原因은 發見되지 않았다.

卵囊속의 알눈들의 움직임도, 그로부터 눈에 보일 程度로 鈍해져 갔다. 쇼타이는 必死的이었다. 스가도 이틀밤을 倉庫에서 보내었다. 생각 할 수 있는 方法은 모조리 取해 보았다. 허나, 모든것이 도로아미 타불이 되고 말았다.

쇼다이는 茫然自失 했다. 오래농안, 두 사람은 말이 없었다. 그의 앞에 놓여있는 水槽는, 물이 담겨져 있는 墓地로 變해버렸다.

드디어 스가는 일어 서서, 아무 말없이 倉庫를 나가려 했다. 그때가 되어서야, 쇼타이도 얼굴을 들었다.

「先生님……」

매달리는 心情으로 쇼타이가 불렀다.

「쿠시로에 갑시다. 제가 함께 가겠습니다. 다시 한번, 해 보고 싶습니다.」

「이젠 斷念하세요.」

스가가 뒤돌아 보면서 말했다. 꾸중을 하는듯한 氣分이 別로 좋지않는 목소리였다.

「結論은 났잖아요. 이게 當然한 結果 입니다. 亦是 키타도롱뇽은 北海道에서는 棲息하지 않아요. 當身도 이젠, 알았으리라 생각되오만.」

「반드시 찾아 내겠습니다. 찾아내어 보이겠습니다. 先生님. 現在로 봐서 두번씩이나 찾아 내었으니까요…….」

「이것은 分明히 키타도롱뇽 였어요. 그러나, 전번것은 난 뭐라 말할 수 없어요. 보지 못했으니까요.」

博士의 눈에는 憐憫에 恰似한 色깔이 물들어 있었다.

「키타가 北海道에 살고 있는 것이 아니오. 當身의 白晝夢이에요. 그쯤에서 눈을 뜨시요.」

「先生님. 付託입니다. 저를 버리지 말아 주십시요…….」

쇼타이는 스가의 손을 붙잡고 매달렸다.

「꿈이 아닙니다. 先生님께서도 보셨잖습니까. 저것 두 마리 모두 키타라고 말씀하셨잖습니까.」

「죽은 두마리는 分明히 키타입니다. 허나, 이것봐요. 저 두마리가 키타라고 해서, 키타가 道內에 棲息하고 있다고는 볼수 없어요. 偶然히 두마리가 發見되었던 곳에, 人爲的으로 가지고 들어 갔을는지도 모르지 않습니까.」

「잘 알아 듣지 못하겠습니다. 무슨 말씀이신지요.」

「例를들어 北間道 近方에서의 旅行者가 가지고 왔다던가, 무슨 짐에 附着되어 온 알이 偶然히 떨어져서 孵化되었다던가, 그러한 것도 생각하지 않을 수 없구요.」

「그런 바보같은 것이 어디 있습니까. 한 場所에서 단 한번밖에 發見되지 않았다면, 或是 그럴는지도 모르겠습니다. 허지만, 六年이나 七年을 사이에 두고, 히라도마에와 테시카카에, 누가 北間道의 키타를 놓아 주었다고 말씀 하시는 겁니까. 그리고, 두번 모두 제가 잡았는데, 그런 일이 있을 수 있는 일입니까.」

「히라노마에 일때에는, 난 보지도 못했어요. 더군다나 데-타는 寫眞 한장도 없으니까 말이오. 確實히 말하자면, 히라도마에의 것은 키타가 아니오. 當身이 잘못 보았다고 생각해요. 萬一 그렇지 않았다면, 이따끔씩 自然의 棲

息狀態 그대로에서 發見 되어야만 하는 것이죠. 現在, 히라도마에나 테시카카에, 난 세번이나 가서 綿密하게 調査해 보있지만, 全然 그 形跡을 發見 할 수가 없었어요.」

「결코 잘못 본 것이 아닙니다. 히라도마에 것도 키타였어요, 先生님.」

「좀 冷情해 지라구요, 스기氏. 우리들의 飼育法에는 어디에도 잘못이 없어요. 失手한 것도 없었구요. 그런데도 不拘하고 失敗로 끝난 事實이, 키타가 北海道에 棲息하고 있지 않다는 것을 證明해 주고 있어요. 當身의 失意에는 同情하지만, 事實을 認定치 않으면 안 되지요.」

스가博士는 매달리고 있는 쇼타이의 손을 살짝 누르고선, 倉庫 밖으로 나갔다.

쇼타이가 쿠시로(釧路)에로 旅行길에 오른 것은, 그로부터 몇日 後였다. 그에게 있어서 飼育의 失敗는 勿論 엄청난 打擊이었지만, 그에 덧붙여, 스가 博士가 完全히 키타도롱뇽의 北海道 不棲息說을 固守함에따라서, 그 打擊은 致命的 이었다. 萬一, 博士의 確信을 움직일 수가 있으려면, 다시 한번 키타를 發見하는 道理밖에 다른 方法이 없는 것이다. 그것은 그의 自身이 이 앞을 살아 가기 爲해서도, 絶對로 必要한 것이었다.

여름放學이 되자, 집안 일은 유끼꼬에게 맡겨 두기로

하고, 쓰루요는 臨時職으로 牧草 베는 일꾼으로 雇傭되어서, 每日 이즈미 農場으로 出勤하고 있었지만, 그때가 되어서도 쇼타이는 돌아오지 않았다.

몇번인가 葉書가 오긴 했으나, 그때마다 場所가 바뀌어져 있었고, 아마도 쿠시로 周邊의 넓은 地域을 轉轉하면서 샅샅이 뒤지고 있다는 것을 알 수 있었다. 別 탈없이 지내고 있다는 意味의 簡單한 文章 다음에, 어디어디 郵遞局住所로 旅費를 送金해 달라는, 操心스런 要求가 쓰여 있기도 했다.

그런 그가, 衰弱할대로 衰弱해져서 비쩍 마른 몸을 이끌고 비틀거리면서 집으로 돌아 온것은, 八月도 中旬이 지나서 였다.

쓰루요도 유끼꼬도, 玄關에 서 있는 그를 보자 목소리가 멈춰졌다. 그럴 程度로 쇼타이는 衰弱해 있었다. 三個月余동안 山野를 헤매고 돌아 다녔던 일은 虛事였고, 確實하게 病마져 들어 있었다. 그런데도 不拘하고, 참을 수 없을때까지 돌아 다녔음에 틀림 없었다.

그날부터 그는 寢床에서 일어날 수가 없었다. 숨이 가빠져 왔고 心臟이 甚하게 빨리 뛰면서, 若干 몸을 움직여도, 얼굴과 손, 발끝이 暗赤色으로 變하는 "치아노-제"(靑色症)를 이르켰다. 醫師의 診斷은 甚한 心臟衰弱 이거나, 肺氣腫인것같다고 했다.

 그런 狀態를 하고 있으면서도, 그는 寢床에서 엎드린 채로, 키타도롱뇨에 對해서, 只今까지의 데-타의 整理에 沒頭하기 始作했다. 테시카카의 것에 對해서는 採集에서 飼育에 失敗했을때까지, 詳細한 記錄도 있었거니와, 마다에 付託해서 多量의 寫眞도 갖추어져 있지만, 히라도마에의 것에 關해서는 몇 枚의 스케-치만 있을 뿐, 처음부터 記憶을 살려가지 않으면 안 되었다. 또한 虛事로 끝난 많은 探集行의 記錄도 있다. 患者의 힘에는 버거운 作業 이었다. 허나, 쇼타이는 쓰루요나 유끼꼬가 아무리 말려도 듣지 않았다.

 八月도 거의 끝나가는 어느 날 아침, 언제나처럼, 이즈미 農場으로 出勤準備를 서두르고 있는 쓰루요를, 쇼타이가 불렀다. 쓰루요가 머리맡에 앉자, 그는 요곁에 놓여 있는 제법 높은 記錄위에, 야위어서 靜脈이 튀어나와 있는 손을 얹어 놓고, 힘이라곤 하나도 없지만, 그래도 번쩍번쩍 타오르고 있는 눈을 들어 그 女를 쳐다 보았다.

「쓰루요. 付託이 있오.」

「무엇인데요.」

쓰루요는 눈에 웃음을 띄웠다. 어머니의 多情스런 눈매였다.

「나의 一生의 付託이오. 當身, 이 記錄을 가지고, 도쿄에 좀 다녀 와 주구려.」

「도쿄에……. 어쩐 일이세요, 갑자기.」

「當身과도 여러차례 이야기 나눈 적이 있으니까, 와다세 쇼지로 先生님 알고 있겠지.」

「알고 있어요. 當身이 아직 난베야에 있을때, 아오다마무시(青玉蟲)나 도롱뇽에 對한 일로 물어 보거나했던 農學校의 先生님이셨죠.」

「그렇지. 그 분이 只今 도쿄帝大에서 生物學 敎授로 계신다오. 아마도, 六拾을 넘으셨으니까, 그만 두었을는지도 모르겠지만, 大學에서 물어보면 住所를 알 수 있을 거요. 先生님에게 이 記錄을 傳해주어서, 봐 주셨으면 한다오.」

숨을 세차게 헐떡거렸다. 쇼타이는 쓰루요에게 등을 문지르게 하면서, 暫時 숨을 골랐다.

「스가 先生님은 믿어주지 않았지만, 히라도마에 것도 키타도롱뇽 였었고, 只今까지의 學說이 어떻게 되어있던 間에, 키티도롱뇽은 이 北海道에 棲息하고 있다는 것이오. ……와다세 先生님이시라면, 틀림없이 定說이나 常識에 얽매이지 않고 自由로운 눈으로, 判斷해 주실거요. 앞으로, 내가 어떻게 해야 한다는 것도 아르켜 주실거요.

이런 몸을 해 가지고서는 採集에도 나설 수가 없지. 先生님에게 依支 할 수 밖에 다른 道理가 없구려.」

「그럼, 이것을 보내고, 便紙로 付託하면…….」

쇼타이는 눈을 감은채, 베개위에서 천천히 두세번 머리를 져었다.

「그건 안 되오. 집안 形便이 어렵다는 것은 잘 알고 있오. 旅費를 만드는 것도 쉬운 일이 아니겠지. 當身에게는 정말 未安하다오. 허지만, 나는 只今 안절부절을 못하고 있오….」

「旅費 같은 것은 마련하면 될것이고……. 저쪽에 닿기만 한다면 아끼꼬도 있으니까요. 허지만, 누워 있는 當身을 남겨둔다는 것이……. 더군다나 조금만 있으면, 유끼꼬도 開學이 될것이고, 그리고 집안 일도요.」

「다녀 와, 엄마.」

牛乳 配達에서 언제 돌아 왔는지, 쓰루요의 뒷쪽에 서 있던 유끼꼬가 말했다.

「九月에 접어 들더라도, 처음에는 於此彼 차분하게 授業에 들어가지도 않을테니까, 빼먹어도 걱정 없어. 집안 일도, 아빠 看病도, 全部 引受 하겠음. 한번 맡겨 보시라우요.」

「只今까지의 모든 것을, 可能한한 詳細하게 알려드릴

必要가 있어요. 便紙로서는 그렇게 되질 않지…….」

쇼타이는 매달리는듯한 눈매로, 쓰루요를 쳐다 보면서 중얼거리듯 말했다.

「實은 내가 움직일 수만 있다면, 기어서 가든, 내가 가야만 하는건데…. 이 모양으로 누워 있으니, 當身에게 付託 하는거요. 마지막 떼거지라고 생각하고 承諾해 주구려….」

「알겠어요.」

쓰루요는 구김살없는 조용하고 穩和한 웃음을 보내면서, 크게 고개를 끄덕였다.

「가 준단 말이요. 고맙소…….」

「싫어요, 여보. 고맙다는 人事는 내가 해야 돼요. 德澤에 아끼꼬도 볼 수 있고, 나오기도 만날 수 있잖아요. 와다세 先生님에게는, 只今까지의 當身의 努力을 하나하나 들려 드리고, 잘 付託 드리고 올테니까, 當身은 아무 걱정 말고 빨리 일어 나도록 努力이나 하세요. 너무 無理해서, 유끼꼬에게 걱정이나 끼치게되면 안 돼요.」

쇼타이는 훌쭉해진 뺨에 微笑를 띠우면서, 어렴풋이 고개를 끄덕이고, 조용히 눈을 감았다.

「도쿄까지의 汽車費, 얼마 程度?」

부엌으로 되돌아 오니까, 유끼꼬가 목소리를 죽이면서

말했다.

「우리 牛乳販賣所의 支配人에게, 假拂 좀 해 달래지 뭐.」

「걱정일랑 붙드러 매시지요, 어떻게 해 볼테니까요. 한번 맡겨 보시라우요.」

쓰루요는 유끼꼬가 아까적에 했던 말의 흉내를 내면서, 가슴을 톡톡 두드려 보였다.

-7-

 八月 三十一日 아침, 쓰루요는 아끼꼬와 나오기의 마중을 받으면서 우에노(上野) 驛에 내렸다.
 아끼꼬는 나이가 들다보니 若干 수척해 보였지만, 오래간만에 쓰루요를 만나서, 아가씨 時節로 되돌아 간듯 氣分이 좋아 보였고, 小學校 二學年이 된 나오기는, 잘못 알아 볼 程度로 少年 다웠다.
 「當分間 돌아가지 못해요, 엄마. 나와 나오기가 도쿄를 案內할 計劃도 멋지게 세워 놓았고, 아사쿠사의 오페라도 보아야 하고……. 유끼꼬도 함께 데리고 왔더라면 좋았을 것을.」
 電車 안에서도, 아끼꼬는 쓰루요의 손을 쥔채 놓지를 않았다.
 「그런 八字좋은 놀음은 하지 못한다네요. 아버지는 病

床에 누워 계시고, 얼른 돌아가지 않으면, 유끼꼬 혼자서 큰일나고 말아요.」

「그래도 안 돼. 그렇지, 나오기.」

「응. 이젠 一週日만 있으면 아빠도 돌아 올것이고.」

「고마끼氏는 집에 없는가 보지.」

「가마쿠라(鎌倉)에 있는 博文館 社長님 別莊에서 原稿를 쓰고 계세요. 무슨 수를 쓰더라도 엄마를 꼭 붙드러 두라고 몇번이고 付託 하던걸요.」

아사쿠사의 오페라는 벌써 시들해져 가고 있었다. 허나, 線香의 불꽃처럼, 짧은 期間이라고는 하지만, 오페라를 아사쿠사 라 하는 不毛의 땅에 開花시킨 民衆의 에네르기-는, 正確한 方向만 提示한다면 반드시 새로운 모습으로, 巨大하게, 그리고 氣勢좋게 활활 타오르는 큰 불이 될게 틀림 없었다.

고마끼는 새로운 大衆演劇속에, 그 可能性을 探索하려 하고 있다. 社會性을 가진 演劇이라하면 新劇밖에 없지만, 新劇은 그 社會性의 過剩과 性急함으로 因해서 大衆의 關心을 吸收하지도 못하고, 急進的인 몇몇사람의 所要物化로 되어지고 있다. 그것은 오페라를 純粹한 形態로서 받아 드리려 함으로서, 한응큼밖에 되지않는 엘리트의 舞臺 以上으로는 發展할 수 없었던 롯시이 · 오페라와, 어떤 意味에서 共通点을 갖고 있는 것이다.

新劇이 갖고 있는 社會性에, 大衆的인 規模의 關心을 모우기 爲해서는, 新劇의 "아사쿠사화(淺草化)"라고도 일컬어지는 새로운 저-널의 演劇이 태어날 必要가 있다고, 고마끼는 생각하고 있었다. 그것은 庶民의 感覺과 感情을 的確하게 빠지게하는 諷刺性이, 웃음의 본바탕이 되는 그러한 作品이 되지 않으면 안 된다는 것이, 그의 思考의 마지막 到達點 이었다.『新喜劇』이라 부르는 呼稱도, 이미 그의 머리속에 간직해 두었었다. 새로운 喜劇이라는 意味에 덧붙처, 喜劇에 依한 新劇이라는 노림수도 內包되어 있었다. 그는 그런 새로운 演劇運動의 基礎가 되는 理論을 整理해서, 今年 가을쯤에 出版할 豫定 이었다.

「너, 좀 야윈것같구나. 어디 아픈데라도 있는거냐.」

쓰루요는 아끼꼬의 얼굴을 드려다 보면서, 驛에서 만날때부터 마음에 걸리는 印象을 입에 올렸다. 아끼꼬는 若干 멋적은듯한 웃음을 띄우면서, 고개를 져었다.

「그렇지 않아요. 아직 말씀 드리지 못했지만, 저요, 지난 六月末頃에, 두번째가 태이 났었어요. 그 後遺症이 좋지 않아서……..」

「애를 낳았다고……. 이 애 좀 보게, 어쩌면 좋아. 왜 알리지 않았단 말이냐.」

「저의 몸도 좋지 않은데다가, 시어머님까지도 몸이 좋지않아 病床에 누워 계셨고 해서, 어쩌다 하루하루 미루다보니 그렇게 돼 버렸어요. 未安해요.」

아끼꼬는 고개를 숙이고 킥킥거리면서 웃었다.

「어쩔수 없는 애로구먼. 그런데 머슴애? 계집애?」

「머슴애에요.」

「저런. 잘 했구나, 잘 했구말구,」

「오쓰루(小鶴)라고 지었어요,」

「오쓰루? 계집애 이름같구나.」

「엄마의 이름자를 빌렸거든요.」

하고, 아끼꼬는 자랑이라도 하듯 말했다.

류오까정(龍岡町)에 到着하니까, 아기를 안은 시어머니 시루노(志乃)가 玄關入口까지 마중나와 있었다. 쓰루요가 오기때문에, 그날은 寢床을 걷었지만, 일어 나 있는 것이 매우 괴로운듯이 보였다.

쓰루요는 初對面의 人事가 끝나자마자, 아끼꼬에게 요이불을 펴게하고, 辭讓하는 시루노를 억지로 눕히듯이 자리에 뉘웠다.

「와아. 宏壯하다. 이렇게 많이. 무거웠죠.」

「쓰루요가 짊어지고 온 큰 보따리를 풀어 보고서, 아

끼꼬는 歎聲을 질렀다. 푹 익은 참외와 감자가 가뜩이었다. 참외는 아끼꼬가 제일 좋아하는 과일 이었다.

잠깐 쉬고나서, 쓰루요는 도쿄帝大로 가는 길순을 물었다. 어쩌면, 아직까지 여름放學中이라서 누구도 나와 있지 않을것 같았으므로, 來日 가시면 어떠냐고, 하면서 아끼꼬가 말렸지만, 듣지 않았다. 一刻이라도 빨리, 쇼타이로부터 依託받은 用件을 마치고 돌아갈 참이었다.

시어머니 시루노의 말을따라, 아끼꼬가 함께 하기로 했다. 오래간만에 만난 母女에게, 두 사람만의 時間을 만들어 주려는 시루노의 마음 씀씀이가, 쓰루요는 너무 고마웠다.

류오까町에서 걸어서 얼마 되지 않는 거리였다.

「좋으신 분이시다. 넌 幸福한 아이다.」

「그래요. 어쩌믄 거짓말 같애. 이따끔씩, 이래도 괜찮은건가하고 생각이 들때도 있어요.」

「넌 괴로운 생각을 떠 올렸기 때문이겠지.」

「人間의 한 平生 이라는 거, 생각보단 公平하게 均衡이 잡혀 있는것 같애요.」

「고마끼氏와, 그의 어머니는, 네가 생각지도 못한 곳에서 만난 神과 같은 분들이시다. 疏忽(소홀)하게 待하기라도 한다면 罰 받는다.」

「네에, 네에.」

아끼꼬는 두손을 合掌하면서 부처님앞에 禮를 드리는 흉내를 내었다.

「누군가, 삿포로에서 찾아 온 사람 없더냐.」

지나가는 말을 하듯이, 쓰루요가 물었다. 언젠가, 도쿄로 가겠다고 하는 카사마 다카나오의 일이 마음속에 떠올랐다.

「아무도요. 다카시루짱이 이따끔씩 다녀 가곤 해요.」

「헤에. 다카시루짱이 말이니.」

다카시루는 게이오대학(慶應大學)의 理財科에 籍을 두고 있다. 다께꼬는 왠지는 모르겠지만, 近年에 들어서, 다카시루짱에 關해서 別로 關心을 두고 있는것 같지도 않았고, 다카시루도 昨年에서부터, 放學이 되어도 삿포로에 돌아 오지도 않았다.

「요전번에도 찾아 와서, 東海쪽 日本을 걸어서 왔다고 하던걸요. 다께꼬 아줌마, 걱정 많이 하시겠죠.」

「性質이 그만 그만해서 입으로는 나타내지는 않지만, 하나밖에 없는 子息이니까.」

「若干 삐딱해 있어요, 그 애.」

「삐딱해져 있다고, 어떻게 삐딱한데.」

「學生인 주제에 긴좌(銀座)의 까페에서 술을 마시지

않나, 노상 싸움질에, 警察 待合室에서 學校에 가거나 하고 있는것 같아요. 自身이 그렇게 말하던걸요.」

「나쁜 親舊들과 어울리는 모양이지……」

「그런데, 親舊가 없어요. 누구와도 어울리려 하지 않아요. 그런데도, 내게만은 모든게 率直해요. 버릇없는 不良學生은 생각지도 못할 程度라니까요. 고마끼의 말을 빌리자면 그것은 외롭기 때문이라나요. 그것은 틀림 없다고 보이지만, 보다 깊은 곳에 傷處를 받고 있는 느낌이 들어서, 그것이 내게는 어쩌면 알것같은 氣分마져 든다니까요.」

도쿄大學 앞에까지 왔다.

「여기에요.」

하고 아끼꼬가 말했다.

그것으로서 쓰루요는 아끼꼬의 이야기에 휩쓸리지 않고 끝났다. 그 女는 그 옛날, 다카시루가 다네하시의 아들이 아니고, 그의 孫子였다는 所聞이 나돌았다는 것을 記憶하고 있었다. 다카시루가 그것을 알고 있는지도 몰랐다.

그러한 그가, 特히 아끼꼬에게만이 親近感을 품고 있다는 것은, 알지 못하는 사이에 똑같은 마음의 傷處의 냄새를, 아끼꼬에게서 느꼈는지, 아니라면, 事實을 알고 있다든지 하는 것이다. 아끼꼬가 理解한다는 것도, 같은 傷處를 감추고 있는 者들 끼리의, 마음이 通하고 있다는 것과 비슷한 것이다. 어떻게 받아 들이던 間에, 쓰루요에게는 苦痛 이었다.

와다세 쇼지로는 몇 年 前부터 大學을 그만 두었었다. 現在도 名譽敎授이긴 하지만, 學校에는 나오지 않는다는 것이었다.

쓰루요와 아끼꼬는 事務員으로부터 와다세의 住所를 물은 다음, 校門을 나왔다. 住所는 요도바시(淀橋)의 카시와기(柏木)에 있었다.

그날 밤은 아끼꼬와 이야기가 끝이 없었고, 밤이 늦어서 벼개를 나란히 하고 잠자리에 들어 가서도, 얼른 잠이 오지 않았다. 한낮의 더위가 꽉 차 있어서, 北海道에서는 經驗해 보지도 못한, 잠을 잘 수 없는 후덥지근한 밤 이었다. 새벽녘에는 소나기가 지붕위의 기왓장을 두들겼다.

아침이 되자, 더위 때문인지, 우수노가 熱이 많이 올랐고, 아끼꼬는 醫師를 부르려 東奔西走 했다. 安定만 잘 하고 있으면 걱정할 것 없다고는 했지만, 아끼꼬가 카시와기까지 길 案內로 데리고 가는 豫定은, 取消할 수 밖에 없었다.

쓰루요는 아끼꼬에게 카시와기까지의 略圖를 그려 받

고, 記念品 代身에 참외와 감자꾸러미를 짊어지고서, 二學期의 始業式에 參加하려 나가는 나오기와 함께 집을 나섰다. 나오기와는 電車길에서 손을 흔들면서 헤어졌다.

하얗고 두터운 구름층이 하늘을 덮고 있었으므로, 太陽은 보이지 않았으나, 午前이라고는 생각지도 못하게 찌는듯이 더웠으므로, 짐을 짊어지고 있는 등줄기는, 電車를 타고 가는 사이에, 땀이 옷을 배어 나왔다.

때때로 颱風의 豫告라도 하는듯한 突風이, 흙먼지를 말아 올리면서 거리를 疾走하고 있고, 콩알같은 빗방울이 떨어지는가하면, 얼른 멈추거나 한다. 雨傘을 가져올 걸 그랬다고, 이마나 목언저리의 땀을 씻어 내면서, 쓰루요는 생각했다.

電車를 내려서 몇번이고 길을 묻거나 했고, 그나마도 方向을 잘못들어서 갔던 길을 되돌아 오곤 하면서, 드디어 閑寂하고 조용한 住宅街에 있는 와다세의 邸宅을 찾은 것은, 午前 열 한 時를 조금 지나서 였다.

와다세 쇼지로는 스기 쇼타이의 이름을 記憶하고 있었다.

案內를 받고시 들어간 應接室은 꾸민이 없이 素朴해 보였지만, 착 가라앉는 雰圍氣에다, 밝게 열어 젖혀진 베란다 저쪽의, 손질이 잘 되어있는 잔디밭 庭園이 눈을 시원하게 해 주었다.

　어름을 채운 보리차와 차가운 물수건이 나오고 조금 있다가 와다세가 房으로 들어 왔다. 若干 마른 몸에 사쓰마産의 織物로 만든 옷이 썩 어울려 보였다. 머리나 수염도 純白色으로 물드려져 있었지만, 皮膚가 팽팽해 있었고 얼굴도 반지르르한게, 나이보다 젊게 보였다. 눈이 穩和하게 보였다.

　쓰루요는 只今까지의 經緯를 詳細하게 說明 하였다. 히라도마에(平戶前)에서의 最初의 發見으로부터 손을 꼽아보면, 쇼타이의 苦鬪는 十年도 넘는다. 그런 길고도 긴 辛苦의 結果가 虛無하게 파묻혀 버리려 하고 있는 이마당에, 남아있는 실낱같은 但 하나의 希望은, 와다세가 問題의 糾明을 爲해서 直接 參與해 주는 것 밖에 없었다. 그런 생각이 쓰루요를 몰아 부쳐서, 漸次로 自身도 생각지못한 明晳한 이야기를 쏟아내게 하고 있었다.

　「多幸히 그곳까지 잘도 해 내셨군요. 애 많이 쓰셨죠.」
　이야기를 끝내고 記錄 꾸러미를 내어 놓는 쓰루요에게, 와다세는 勞苦를 致賀하는 慰勞의 말을 했다.
　「學問的인 硏究라 하는 것은, 아뭏든 家族을 울리게 되어 있습니다. 熱中해 있는 當事者는 그런 만큼의 보람을 느끼고 있으므로, 얻어지는 것이 없다해도 그건 自業

自得이겠지만, 周圍의 여러분들에게는 괴롭기 짝이 없는 일이거든요. 곁에서 보고 있는 사람에게 많은 理解와 忍耐가 없다면 繼續 할 수가 없는 것입니다. 더 더구나 民間의 研究者는 말이죠. 그런 意味에서는 스기君은 幸福한 사람 입니다.」

와다세는 그렇게 말하고 나서, 暫時동안, 册床위에 놓여진 제법 두툼한 記錄 무더기에 눈을 돌린채 가만히 있었다.

「元來, 북도롱뇽아라는 놈이 요상스런 놈이라서 말입니다. 도롱뇽科 中에서 獨立한 一屬으로 取扱해야하나 말아야 하나, 議論이 紛紛했었죠. 以前에는 一旦 獨立屬으로 取扱되어 왔으나, 一九一八年 이니까 只今부터 五年前 大正 七年에 『단』이라는 사람이, 키타는 카스미도롱뇽과 同一屬이라고 發表한 以來, 外國의 學界에서는 그럭저럭 그 說이 굳혀지고 있습니다. 난 도롱뇽 專門이 아니라서 仔細히 調査한 적은 없습니다만, 『단』의 說에 疑問을 갖고 있습니다.」

「스가先生님도 카스미도롱뇽이 아닌가하고, 말씀 하신적이 있었습니다.」

「매우 닮아 있습니다. 棲息分布도 海外에서는 시베리아, 캄차카, 우랄산맥 西部, 日本쪽에서는 北朝鮮 北部,

樺太, 北間道 以外에는 없다는 것이 定說로 되어 있습니다. 以前에, 北쪽 山地의 一部에서도 棲息하고 있다고 한 일이 있습니다만, 그것은 하코네도롱농의 變種인것으로 밝혀졌습지요. 따라서 現在까지로서는 日本의 本州및 北海道에서는 發見되고 있지 않았습니다만……」

와다세는 그쯤에서 말을 멈추고, 차가운 보리차를 입으로 옮겼다.

「先生님, 이것을 보시게 된다면, 반드시 아시게 되리라 생각 합니다만……」

하고 쓰루요는 必死的인 모습으로 바뀌었다.

「스기가 發見한 것은, 진짜 북도롱농였습니다. 두번 모두 진짜였었습니다.」

와다세는 천천히 고개를 끄덕이었다.

「저도 그렇게 생각 합니다. 스기君이 있다고 했다면, 그것은 틀림없이 그곳에 있었던 것이고, 또한, 스기君이 북도롱농이라 했다면, 그것은 北임에 틀림없는 것이겠죠.」

「先生님. 그렇게 생각해 주시니, 정말로……」

「내가 스기와 만난것이, 벌써 四十年이 훨씬 넘는 옛날일이지만, 이야기를 듣고 있자니, 스기君은 그때와 조금도 달라지지 않았군요. 그 사람은 信用할 수 있는 좋은 사람입니다.」

「대단히 고맙습니다. 너무 고마워서……..」

쓰루요는 목소리가 떨려 나왔다. 찾아 온 보람이 있었다고 생각되어, 기쁜 마음이 북바쳐 올라서, 兩쪽뺨이 치켜 오르는 것을 自身도 알 수가 있었다. 얼굴을 들 수가 없었다.

베란다를 通해서 불어오는 바람이, 세차게 쇼타이의 記錄을 훗날리게 했다.

와다세는 鐵製잿털이를 들어 그위에 올려 놓았다.

「宏壯한 바람이네요. 니햐꾸도가(210日=일본에 오는 颱風이름)가 다가 오니까요.」

하고 말하면서, 일어 서서 유리窓門을 닫았다.

아까까지 間歇的(간헐적)이었던 突風이, 어느사이에, 쉬지않고 나무가지를 흔들어대며 달리고 있다. 風速도 漸漸 높아지고 있는듯 했다.

「하여튼간에, 이것은 愼重하게 檢討해 보기로 하죠.」

椅子로 되돌아 오자, 와다세는 記錄뭉치를 바라보면서 말했다.

「그 以上에 對해서는, 確實하게 말씀 드릴 수는 없겠습니다만, 間島나 樺太等地에서 旅行客들이 가져 왔다던가, 어떤 貨物에 附着되어 왔다던가하는 意見은, 조금도

問題가 되지 않습니다. 또한, 그것이 두번씩이나 스기君에게 發見되었다고 하는 偶然은, 더 더구나 생각지도 못할 일입니다. 아마도 쿠시로地方에는 間島나 樺太와 同質 同條件의, 북도롱뇽의 棲息 最適地가 있으리라 생각됩니다. 若干 時間이 걸릴는지 모르겠습니다만, 스기君의 데-타를 잘 檢討한 然後에 境遇에 따라서는 제가 쿠시로地方에 가 보기로 하죠.」

쓰루요는 卓子에 이마가 닿을 程度로 머리를 숙인채, 말을 할 수가 없었다. 목소리를 내게 된다면 울음소리로 바뀌어 나올것 같았다. 눈이 흐려져 왔다. 그것을 참으려고, 그 女는 이를 악물었다.

「무엇보다도, 그때까지 健康을 되찾는 것이 第一입니다. 제가 간다고 한다면, 案內를 맡아 해 주지않으면 안되겠고, 時間과 끈기를 가져야 하는 길고 긴 싸움이니까요. 하루빨리 健康을 恢復 하시도록 말씀드려 주십시요.」

「……네에. 스기가 얼마나 기뻐 할는지…….」

쓰루요는 얼른 오비帶에서 손수건을 꺼내어 눈시울을 눌렀다.

突然히, 구구구하고 성난 쓰나미(津波)가 몰려 오는듯한 異常한 소리가 일어 나면서, 그것이 거리의 四方으로부터 그 女가 앉아 있는 房을 向하여 밀어 오고 있는듯한 생각이 든것은, 손수건을 기모노 오비에 밀어 넣고 椅子에서 일어 서려든 瞬間 이었다. 同時에, 집채가 들어 올려졌다가 떨어지는듯이, 上下로 크게 움직였다.

쓰루요는 엉덩방아라도 찢을듯이 비틀거리면서 卓子를 붙뜰었다. 그 卓子마져도 튀어 올랐다가 떨어졌다. 方今 일어났던 일들이 얼른 理解가 되지 않았다.

쓰루요의 눈이 庭園으로 달려 나갔다. 옆집과의 사이에 세워져 있는 대나무를 쪼개어서 만든 울타리가 땅에서 뽑혀 올라와서 커다랗게 활처럼 굽어져서 넘어지려는 瞬間 이었다. 그러는 저쪽에서 지붕이 집 全體와 함께 흔들거리고 있었다.

壁에 붙여놓은 선반에서 册이랑 物件들이 마구 쏟아져 떨어졌고, 電燈갓이 天井을 때리며 깨어져 떨어졌다. 壁의 한쪽켠이 무너져 내렸다.

쓰루요는 精神없이 마당으로 내려 섰다. 헌데, 서 있을 수가 없었다. 잔디위에 쓰러졌다.

와다세도 庭園으로 뛰쳐나와서 집안을 向하여 무언가 소리를 지르고 있다.

와다세의 邸宅은 普通 사람들의 눈에도 堅固하게 시어져 있었지만, 그런데도 지붕의 기왓장이 波濤처럼 일렁거리며 소리를 내었고, 몇개의 기왓장이 흘러 떨어졌다. 잔디도 집도, 左右로 흔들거리며, 波濤위에 떠 있는것처럼 느껴졌다. 처음의 上下運動이 언젠가 水平運動으로 바뀌었다.

얼마나 잔디위에 앉아 있었는가, 쓰루요는 알지 못하였다. 겨우 움직임이 鈍해지자, 精神을 차리고 보니까, 그女는 쇼타이의 記錄묶음을 가슴에 꼭 껴안고 있었다. 어떻게 해서 卓子위에 놓여 있는 原稿를 끌어 안았는지, 조금도 생각이 나지 않았다.

「대단한 地震이로군……. 이런일은 처음인데.」

와다세가 周圍를 휘둘러 보면서, 놀란 목소리로 혼잣말처럼 중얼거렸다. 얼굴이 샛파래져 있었다. 와다세의 周圍에는, 언제 뛰쳐 나왔는지, 집안의 여러분이 엉거주춤 모여 있었다.

「괜찮으십니까. 다친데는 없으시고요.」

겨우, 얼마만큼 沈着을 되찾은 와다세가 쓰루요에게 목소리를 보냈다.

「네에. 別로 아무데도…….」

쓰루요는 무릎앞쪽과 가슴언저리의 매무새를 고치고 바로 앉았지만, 아직도 거친 흔들림이 멈춰지지 않고, 목소리가 咽喉에 꽉 차버려서 나오지가 않았다. 일어 서자, 뱃멀미라도 한것처럼 다리가 후들거렸다. 地震은 끝나지 않았고, 間歇的으로 大地를 흔들고 있었다.

넘어진 대나무담장 저쪽에, 옆집 사람들의, 무언가 외치는 목소리가 들려 왔고, 거리에는 밀려 나온 사람들로 꽉 찼다.

「先生님, 無事하셨군요. 큰일 입니다.」

하얀 바탕에 오구라의 겉옷을 입은 書生같은 젊은이가, 複道를 달려 나오면서 몹시 부急스런 語調로 말했다.

「자네는 집안에 있었던가. 危險한 짓을 했군.」

「아닙니다. 마침 玄關앞에 서 있다가, 밖으로 뛰쳐 나갔습니다만, 길 건너편에는 줄줄이 집이 무너져 내렸습니다. 쓰러진 집에 깔려버린 사람들도 많은것 같습니다.」

「저, 이만 失禮할까 합니다. 딸애의 집이 걱정이 되어서요……」

쓰루요는 무언가에 끌리는듯이 그렇게 말했다.

「따님이 살고 있는데가 어데 입니까.」

「혼쿄의 류우오까町 입니다.」

「그러시다면 큰일이군요. 아마도 電車가 不通일텐데.」

「네에. 허지만, 어떻게 해서든 돌아 가야만 해요. 딸外에 患者와 어린애 뿐이라서.」

「그러시다면 말릴 수가 없겠네요. 그래도 무슨 일이라도 일어나면 이리로 곧장 오세요.」

쓰루요는 人事를 드리고, 새삼스레 쇼타이의 記錄을 와다세에게 맡기고서는 뒤돌아 섰다.

와다세의 배웅을 받으면서 玄關을 돌아가 보니, 門이나 돌담에는 아무런 被害도 없었다. 그도 큰길의 形便을 보기 爲해서 쓰루요와 나란히 나무 사이사이로 깔아놓은 자갈길을따라 大門쪽으로 가려 했다. 그곳으로 자주 드나드는듯한 中年의 人力車꾼이 뛰어 들어 왔다.

「先生님, 별 일 없으셨는지요.」

「이찌죠君인가, 고맙네. 자네집은 어떤가.」

「德分으로, 기왔장이 몇개 떨어진 것 뿐으로, 多幸히 無事했습니다. 사람이 必要 하다면, 언제라도 말씀해 주시지요. 젊은 놈들이 득시글하게 놀고 있으니까요.」

「그런가. 그럼 未安 하지만, 이 婦人을 혼쿄까지 모셔다 드리지 않겠나. 어제, 北海道에서 막 올라 오셔서 길이 若干 서투르니까, 이런 騷亂속을 혼자로서는 無理일테지.」

「感謝합니다. 제가 安全하게 모셔다 드립죠.」

쓰루요는 너무나 惶悚해서 몇번이나 辭讓했지만, 와다세가 許諾할 理가 없었다.

와다세의 邸宅앞에 五, 六채의 店鋪가 있었으나 깨끗이 쓰러져서, 紙面에다 기와를 올려 놓은것 같았고, 큰길로 나가 보니까, 被害는 그렇게 쉽게 말 할 수 있는 것이 아니라는 것을 알았다.

그곳에는 눈에 보이는 限, 滿足스런 집은 한칸도 없다 해도 좋을 地境 이었다. 그 사이를 요리조리, 安全하다고 생각되는 곳을 찾아서 右往左往하는 群衆이, 여러 方向으로, 支離滅裂한 흐름을 만들고 있다. 男과 女의 알아 듣지도 못하는 高喊소리나, 어린애 울음소리가 끊임없이 들려 왔다.

余震은 아직도 若干의 間隔을 두고 흔들리고 있고, 이따끔씩, 거칠게 大地가 흔들렸다. 그럴때마다 群衆속으로부터 悲鳴같기도하고 울음소리 같기도한 絕叫가 일어났다.

電車길에는 레일이 땅에서 솟구쳐져, 엿가락처럼 휘어져 있고, 옆으로 넘어져 있는 車體에서는 불길이 솟구쳐 오르기도 했다. 넘어졌거나 비스듬히 크게 기우러져 있는 電信柱로부터서는, 불이 번져 가는 중이었다.

被害와 混亂은 市內 中心部로 들어감에따라 이루 形言할 수 없었다. 이미 市街의 여기저기에서 불길이 솟아 오르고 있었다. 그것이 아침부터의 熱風을 타고 있었다.

後에 남겨진 記錄을 본다면, 그날 午前 十一時 五十八

分 四十四秒, 사가미탄(相模灘), 이즈오오시마(伊豆大島) 附近의 海低를 震源地로해서 일어 난 關東大震災(관동대진재)는, 震幅 四寸余 및 上下運動의 第一震을 始發로해서, 九月 一日에는 二百十回, 다음날 二日에는 三百三十七回라는 大小의 地震이 겹치기로 일어 났었다. 二十日을 지났는데도, 하루 平均이 五回가 줄어들지 않았다.

그 第一震 直後, 市內 百三十四個所에서 火災가 發生했다. 그때, 風速은 二十一 메-터. 그것도 처음에는 南風이었으나, 바뀌어서 西風으로 變하더니, 그 後에 다시 바뀌어 北風이 되었다. 그때문에, 불길이 어떤때는 合쳐지고, 어떤때는 갈라지고 하면서, 市內 곳곳을 구석구석 덥치고 다녔다.

이찌죠와 쓰루요는 가까스로 토미사카(富坂)의 위에까지 到着했다.

토미사카를 내려가면 곧 바로 가스가정(春日町)의 交叉点이 나오고, 그곳에서 곧 바로 혼쿄 三丁目의 고갯길을 넘으면, 하루기정((春木町)의 停留場의 왼쪽컨이 류오카町이다. 헌데, 눈앞의 가스가町에서부터, 그 南東쪽의 수이도교(水道橋), 오차노미즈(お茶の水), 마쓰수미정(松住町)方面은 한결같이 검은 煙氣와 검으스럼한 불길에 휩싸여 있었다.

하는 수 없이 이찌죠의 判斷으로 하쓰온정(初音町)으로 빠져서, 기꾸사카(菊坂)를 돌아서 혼쿄 三丁目으로 빠지려 했지만, 三丁目 境界線에서부터, 電車길을 사이로 한 유미정(弓町), 하루기정(春木町) 一帶도 火焰에 휩싸여 있어서, 아카몬(赤門=帝大)앞의 周圍로부터 앞쪽으로는 나갈 수가 없었다. 두 사람은 帝大 構內를 가로질러서 드디어 뒷쪽으로해서 류오카町으로 들어 갔다.

헌데 고마끼의 집이 어디쯤에 있었는지 얼른 알아 볼 수가 없었다. 집이라는 집은 거의 破壞되어 버렸고, 여기 저기에서 타오르는 불길이 바람을 타고 흔들거리고 있고, 그위에 검은 煙氣가 視界를 가로막고 있었다. 그러나 隣接해 있는 료몬정(兩門町)과의 境界에 있었던 언덕이 생각나서 그곳을 起點으로하여 샅샅이 찾은 結果, 어쩌믄 집이 있었는듯한 場所를 찾긴 찾았다. 그러나, 그 周邊도 한결같은 불의 바다로서, 그것이 熱風을 받아 하늘거리고 있기 때문에 더 以上 가까이 다가 갈 수가 없었다.

그래도 불속으로 뛰어 들려는 쓰루요를, 이찌쇼가 必死的으로 말렸다.

「쓸데없는 짓을 하지 말아요. 불속으로 뛰어 든다고

해서 뾰족한 수가 없잖아요. 아마도 모두 避難 하셨을 겁니다.」

그럴는지도 모른다고 생각했다. 그렇게 해 주기를 두 손모아 빌었다.

카시와기로부터 여기까지, 얼마만큼의 時間이 걸렸는지 모르겠지만, 只今 이 程度로 불길이 일고 있는 것을 본다면, 地震이 일어 나고부터 火災까지에는 얼마간 時間差가 있었을 것이다. 아마도 近接地点에서 번져 온것이었다고 .한다면, 避할 時間은 充分히 있었겠다. 그럴만한 證據로서, 周圍에 사람 그림자도 보이지 않았다.

「避難했다고 한다면 어느쪽 일까요. 어느쪽으로 갔을까요….」

「이 近處라면, 아마도 우에노의 山이겠습죠.」

「罪悚스럽습니다만, 그곳까지 좀 데려다 주지 않겠습니까.」

「그렇게 합지요. 바로 요 近處니까요.」

불의 熱氣와 煙氣에 눈물을 흘리면서, 쓰루요와 이찌죠는 언덕을 넘어 료몬町을 빠져서, 연못 끝에 다달았다.

불인지(不忍池)라 불리는 연못의 周邊은 避難民이나 그들이 싣고 온 家財道具로 꽉 차 있고, 연못 안에까지도 사람들로 메어져 있어서 물이 보이지 않을 程度였다.

쓰루요는 아끼꼬나 나오기나 시루노의 이름을 부르면서, 群衆사이를 누비면서 찾아 다녔다.

우에노 公園으로 들어서자, 그곳은 이미 避難民들이 山의 모습이 달라질 程度로 꽉 차 있는데도, 그래도 꼬리에 꼬리를 물고, 逃亡쳐 나온 사람들의 무리가 그칠사이 없이 山의 안쪽으로 밀려 들어 왔다.

눈아래로 내려다 보이는 넓은 길은 온통 불의 바다를 이루고 있고, 이곳저곳에 불기둥이 치솟고 있으며, 그것이 熱風에 便乘해서, 하늘은 온통 朱紅빛 絨緞(융단)을 깔아 놓은듯이 보였다.

公園은 불타는 냄새와 熱氣에 휩싸여 있고, 어디를 가든 울음소리와 외침소리에 꽉 차 있었다. 女子와 어린애만이 아니라, 듬직한 男子들마저도 소리를 내면서 울고 있었다.

「아아, 큰일 났구나……. 도쿄는 모두 잿더미로 變하겠다. 이젠, 끝장이다…….」

어이가 없다는듯이 넓은 길의 불바다에 눈길을 못박은채, 이찌죠가 떨리는 목소리로 중얼거리듯 말하고 있는데, 마침 바로 그때에, 周圍의 一帶에 異常한 술렁거림이 일고 있었다.

쓰루요는 避難民들이 가리키고 있는 쪽으로 눈을 돌

렸다. 東쪽 하늘에 소나기구름 같기도하고 煙氣같기도 한, 또한 흙먼지와도 같은, 녹이 쓴 옅은 褐色의 奇怪한 기둥이, 빙글 빙글 감아 올리면서 하늘에 노닫았다.

「회오리바람이다……」

라는 목소리가, 이곳저곳에서 일어 났다.

후에 안 事實이지만, 그것이 三萬 八千余名의 避難民의 목숨을, 한 瞬間에 태워버린 本所被服廠자리의 旋風이었던 것이다.

이마무라 醫學博士의 『關東大震災調査日誌』에는 그 회오리바람에 對해서, 다음과같이 적고 있었다.

『被服廠 자리에 來襲한 회오리바람을 第一 먼저 目擊한 位置는 東京高等工業學校 앞의 구로다江 위에서 였으며, 그 時刻은 大略 午後 四時頃, 旋風의 크기는 國技館 程度. 높이 150 메터 乃至 二百 메터. 時計 反對方向으로 旋回했고, 물위의 작은 배를 한 칸(一間=約 六尺(1.8M)乃至는 두칸 程度의 높이로 들어 올렸으며, 當時 훨훨 불타고 있던 高等 工業學校의 불길과 煙氣를 감아 올리면서, 暫時 後에 요꼬아미町의 江岸으로 上陸하였고, 北쪽의 야수다 邸宅에서 南쪽의 야수다邸宅과의 사이를 스치면서, 被服

廠의 中央에서 北方으로 通過, 暫時동안 그곳에 避難하고 있던 群衆들의 짐들에 옮겨 붙었으며, 避難者의 입고있는 옷에도 옮겨 붙어서, 불바다를 이루자, 여기에 一場의 焦熱地獄을 이루었고, 三萬八千余 名의 목숨을 앗아 갔다. 이 회오리바람의 風速은 每 秒 七, 八十메-터에 達했다 고 思料됨.』

※【초열지옥=佛敎애서의 八大地獄中의 하나, 殺·盜·淫·飮酒·妄語의 죄를 진 사람이 가는 地獄】

쓰루요는 그 회오리바람을, 짧은 瞬間, 機械的으로 눈에 비춰 보았을 뿐이었다. 異常한 것을 보았다고 하는 實感도 없었다. 그 女의 關心은 온통 아끼꼬들의 安否에 빠져 있었고, 다른 것을 받아 드릴만큼의 餘裕도 없었다.

해가 기우러져 갈 무렵, 市中의 猛火는 그 氣勢를 더 해 갔다. 밤하늘은 끝도 없이 불길이 미쳐 날뛰었다. 그때문에, 呼吸마져 苦痛스러울 程度로 氣溫이 올라갔고, 그 속에서도 餘震은 언제 끝일지도 모르게 繼續되고 있었다.

쓰루요는 반미치광이처럼 公園內를 찾아 돌았다. 그러나 아끼꼬들의 모습은 보이지 않았다. 公園은 넓을 뿐만이 아니라, 地形도 公園이니만치 이리구불 저리구불 얽혀져 있다. 몇 萬도 들어갈 수 없는 곳에 數萬名의 群衆

이 꽉 차서 울부르짓고 있는 것이다. 대낮이라면 그런대로 그 中에서 물어 볼만한 사람이라도 찾을 수 있는것도 하늘의 도움이 切實할 程度였다. 더군다나 밤이 되고 본다면 그런 幸運도 稀薄했다. 설 수도 앉을 수도 없는 焦燥만이, 只今은 支離滅裂해버린 쓰루요의 가슴을 짓누르고 있을 뿐이었다.

「하여튼간에, 來日 아침 다시 나오기로 하고, 一旦 돌아 갑시다. 불탄 자욱곁에 先生님의 집으로 오라는 팻말을 세워 놓으면, 이쪽에서 찾아 나서지 않더라도 반드시 찾아 올겁니다. 避難處도 여기라고 斷定지을 수도 없구요.」

찾다가 찾다가 찾지도 못하고, 흩으러지듯 땅바닥에 주저앉는 쓰루요를 안아 이르키면서, 이찌죠가 말했다. 그도 疲勞에 지쳐 있었다.

이찌죠는 류오까町까지 데려다 주기만을 約束한 사람이었다. 더 以上 그에게 弊를 끼쳐서는 안 되는 것이었다.

류오까町으로 돌아가 보니까 아끼꼬가 살던 집 周邊은 아직도 煙氣가 피어 오르고는 있지만, 完全히 타 버려서, 떨어져 흩어진 지붕도 모양새를 찾아 볼 수 없게 되어 있었다. 모습을 보려고 되돌아 찾아와서는 茫然自失해서 멍하니 서 있는 近處 사람인듯한 몇 분의 모습이 여기저기에 보였다.

  쓰루요는 그들 한 분 한 분에게 아끼꼬들의 安否를 물으면서 돌아 다녔으나 虛事였다.

  이 周邊에는 허술하게 지은 작은 술집들이 많았기 때문에, 거의 全部가 第一震에서 무너져 버렸던 것이다. 앗차하는 瞬間이었다. 周圍의 安否 等에 精神을 쓸 겨를이 없었던 것이다.

  이찌죠가 부러진 널판지를 주서와서, 그것에다 숯검정으로,

     『고마끼 아끼고, 左記 住所로 오너라, 쓰루요.』

라고 쓰고서, 와다세의 住所를 적고서 땅에다 박아 세웠다.

「따님께서는 이 近處의 높은 地帶에 아는 사람이라도 없을까요.」

「글쎄요, 어떨는지…….」

「거리는 全滅해 버렸고, 어딘가 높은 住宅地의 아는 분을 찾아서 갔는지도 모르죠. 어쩌면 와다세 先生님 宅으로 찾아 갔는시도 모르겠군요. 當身께서 카시와기(柏木)에 와 계시는 것을 알고 있으니까요.」

  이찌죠가 慰勞의 말을 했다. 그러나 그것은 있을 수가

없는 일이었다. 아끼꼬는 와다세를 알지 못한다. 쓰루요에게 이름을 물어 본것도, 아마도 어제가 처음이었을 것이다. 그 어떤 急한 일이 일어 났다해도, 一面識도 없는 사람을 依支해서, 갑자기 그곳으로 달려 간다는 것은, 아끼꼬의 性格으로서는 도저히 있을 수 없는 일이었다.

「자아, 서두르자구요.」

이찌죠가 재촉했지만, 쓰루요는 꼼짝도 하지 않았다.

「너무 弊를 끼치게 되어서 罪悚했습니다. 전 괜찮으니까, 어서 돌아 가세요.」

「돌아 가라구요, 當身께서는 어쩌시려구요?」

「전 여기 남아 있겠어요.」

「弄談 하십니까.」

이찌죠는 온통 猛火의 色깔을 비추면서, 빨갛게 짓물러있는 하늘을 휘둘러 보면서 말씨를 높혔다.

「똑똑히 보시라구요. 도쿄가 불바다로 變해 버렸다구요. 남아서 어쩌시겠다는 겁니까. 當身께서 어떻게 되든 난 몰라요. 하지만, 내가 先生님에게 꾸중을 듣는단 말입니다.」

「전 여기에 남아 있겠습니다. 只今이라도 딸애가 形便을 보려고 되돌아 올는지도 모르겠구요, 딸애가 불에 놀라서 덜덜 떨면서 바깥에서 한밤을 보내고 있는데, 에미

인 내가 지붕아래에서 便히 쉬고싶은 氣分이 도저히 들지 않는군요. 情떨어지는 말씀을 드려서 대단히 罪悚스럽습니다만, 先生님에게는 當身님께서 저를 代身해서 잘 말씀 드려 주십시요.」

이찌죠가 몇차례나 그 女가 마음을 바꾸기를 付託했으나, 쓰루요의 마음은 움직일 氣色도 보이지 않았다.

하는 수 없이, 그는 來日 아침에 다시 오겠지만, 젊은 애를 딸여 줄때까지, 그 女 혼자서는 絶對로 이 周圍에서 멀리 가서는 안 된다고 다짐을 하고서, 카시와기로 돌아 갈 수 밖에 없었다.

쓰루요는 다시 연못끝에서부터 우에노公園쪽으로 거슬러 올라 왔다. 이번에는 避難民中에 火傷이나 傷處를 입은 사람들이 많이 띄었다. 被服廠에서 五萬名이 죽었다든가, 구로다江이 강 밑바닥에서 水面까지 死體로 메어져 있다든가하는 所聞에 뒤섞여서, 警視廳과 市中의 모든 警察署가 타버려서 無警察狀態에 놓여 있다든가, 火災는 社會主義者의 放火로 일어 났다든가, 朝鮮人이 暴動을 일으켰다고 하는 유언비어마져 傳해져 와서, 밤이 밝아옴에 따라서, 난민들의 恐怖와 混亂은 이루 形言할 수 없게 되어 버렸다.

쓰루요는 밤이 희끄므레 밝아 올때까지 아끼꼬들의

이름을 부르면서, 그들 모습을 찾아서, 公園의 구석구석을 샅샅이 뒤지며 돌았다. 허나, 亦是 아끼꼬들의 모습은 어디에고 찾아 볼 수가 없었다.

쓰루요는 感覺이 무디어져 가는 발을 끌면서, 다시 류오까町의 불탄 자리로 되돌아 왔다. 感覺이 없는 것은 다리뿐만이 아니었다. 아끼꼬들의 行方을, 이 以上 어떻게 하면 찾을 수 있을것인가 알 수가 없었다. 思考力에도 判斷力에도 짙은 안개가 서려 있었다. 허나, 가슴이 찢어질것같은 不安과 焦燥만이, 疲勞해서 쓰러질것같은 몸속을 휘젓고 다닐 뿐이었다.

밤이 밝았는데도, 余震은 끊임없이 大地를 흔들어 대었고, 하늘은 西北方向의 若干의 空間을 除外하고서는, 온통 검은 煙氣가 하늘을 메우고 있어, 해질녘과 같은 어둑어둑한 아침 이었다.

그러는 사이에, 어디엔가에서 近處에 살던 사람들이 하나씩 둘씩 불타버린 자욱으로 모여들기 始作했다. 쓰루요는 한사람도 빠짐없이 붙들고서, 아끼꼬들의 消息을 물으면서 돌았다.

하자, 그들 中에, 나오기를 본것같다는 나이가 지긋한 男子가 있었다.

「저희들은 帝大의 構內로 避했는데, 틀림없이 고마끼

氏의 子弟분을 본듯한 氣分이 드네요. 精神이 없어서 한 번 슬쩍 본것뿐인데 정말인지 아닌지는 分明히 말씀 드릴 수가 없군요.」

하고 그 男子는 말했다.

아끼꼬나 시루노의 消息은 알 수가 없었다. 그러나, 그가 보았다는 것이 나오기라면, 當然히 아끼꼬들도 함께 임에 틀림없는 것이다.

쓰루요는 발딱 일어섰다. 疲勞도 언제였느냐는듯이 사라져 버렸다. 그렇다고 본다면, 어제, 이찌죠와 함께 東大 構內를 빠져 나올때, 벌써 避難하는 사람들로 꽉 차 있는 것을, 그 女도 보았었다.

쓰루요는 精神없이 달렸다.

東大의 構內에서도 넓은 터에 여기저기 세워져 있는 몇棟의 校舍建物이 불타고 있었으나, 혼쿄 境界쪽에서 밀려 온 避難의 무리는, 끝도없이 땅을 메우고 있었다. 大部分의 사람들은 이곳저곳의 校舍들이 불타고 있는 것에도 아무런 反應도 보이지 않은채, 放心한채로 끌고 나온 짐에 기대고 있거나, 멍하게 쭈구리고 앉아 있거나 했나.

「아끼꼬, 고마끼 아끼꼬는 어데 있느냐! 나오기, 시루노氏….」

쓰루요는 쉰 목소리를 거듭 쥐어 짜면서 그 群衆속을 헤치면서 걸어 나갔다.

산시로연못(三四郎池) 近處까지 왔을때였다. 연못가에도 사람들로 꽉 차 있었는데, 물가 나무아래에서 벼란간 어린애의 반울음섞인 외침소리가 들려오는 것이었다.

「할머니! 삿포로의 할머니!」

군데군데 무늬가 들어있는 옷을 입은 登校차림의 나오기가, 그 쬐그마한 兩손으로 오쓰루를 꼭 껴안고 서 있는것이 쓰루요의 網膜속으로 빨려 들어 왔다.

「나오기, 나오기야……」

쓰루요는 周圍 사람들의 짐들을 밟거나 차거나 하면서, 뒤뚱거리면서 달려가서, 있는 힘을 다해서 나오기를 끌어 안았다. 오쓰루가 잠긴 목소리로 울음을 터트렸다.

「無事했구나, 나오기. 多幸이다, 진짜 多幸이구말구. 이젠 걱정없다……」

오쓰루를 받아 안고 한손을 나오기의 어깨위에 걸친채, 그 女가 말했다. 때묻은 뺨위로 눈물이 흘러 내렸지만, 흐르는대로 내버려 두었다.

「얼마나 무서웠겠느냐. 잘도 견디어 내었구나. 엄마들은 어디 계시냐.」

쓰루요가 묻자, 그때까지 아랫입술을 깨물고서 조용히

그 女를 쳐다보고 있던 나오기의 얼굴이 이그러지기 始作했다. 하자, 갑자기 그는 쓰루요의 몸을 꼭 끼어 안으면서, 그 女의 어깨에 얼굴을 묻고 목소리를 내면서 엉엉하고 울음을 吐했다.

쓰루요의 가슴속에 直感이 달렸다. 그 女는 顔色마져 蒼白하게 變했다.

「어떻게 되었느냐, 나오기. 엄마가 어떻게 되었다는 것이냐.」

입속이 메말라와서, 소리가 목구멍에서 잠겨 버렸다. 이래서는 안 되지. 沈着해야만 해, 하고 自身에게 들려주는 가슴속의 목소리가, 와들와들 떨리면서 헛소리 같았다.

쓰루요는 나오기의 등을 쓸어 주면서 熱心히 목소리의 떨림을 抑制했다.

「울고만 있으면 모르잖니. 나오기는 男子지. 어떤 괴로움이 있다해도, 계집애들처럼 눈물을 찔끔거려서는 안되지 않니. 괴로울때나 슬플때나, 꾹 참고 견디는것이 男子거든. 자아, 이야기 해 보거라. 엄마와 할머니는 어떻게 되셨느냐……」

「죽었어요. 어…엄마도, 할머니도 죽었어요오…….」

쓰루요는 눈앞이 캄캄해져 왔다. 危險千萬, 앞으로 쓰

러질것같아서 兩손으로 나오기와 오쓰루를 껴안았다. 껴안고 있는 것인지, 기대고 있는것인지, 그것은 自身도 알수가 없었다.

그 女는 눈을 감았다. 그런 모습으로 暫時동안 꿈쩍도 하지 않았다. 드디어, 감겨진채로 있는 두 눈에서 눈물이 흘러 내렸다. 이즈미 지로앞에, 맨몸뚱이를 바친 그날밤의 일이, 앞뒤 順序도 없이 腦裡에 떠올랐다가 사라져 갔다.

어제, 最初의 地震이 來襲했을때, 아끼꼬는 시루노가 付託한 보리 冷茶를 病室에 옮겨놓고, 只今 막 始業式을 마치고 돌아 온 나오기와, 食堂에서 수저를 들려든 참이었다.

衝擊과 同時에, 아끼꼬는 곁에 눕혀 놓았던 오쓰루를 안고, 나오기의 팔을 붙잡고 집밖으로 뛰쳐 나왔다. 그러고서 뒤돌아 보았을 때에는, 이미 집의 남쪽 半程度의 지붕이 무너져 내리면서 자욱하게 먼지를 일으키고 있었다. 그 아래에서 시루노의 悲鳴소리가 들려 왔다. 물론 모습은 보이지 않았지만, 무너져 떨어지는 섯가래같은 것에 눌러 치인것 같았다.

그 소리를 듣고, 아끼꼬는 흔들거리고 있는 땅바닥에

주저 앉아 있는 나오기의 손에, 오쓰루를 떼밀어 안겨주고서는,

「재빨리 帝大쪽으로 避하거라! 할머니를 救한다음, 곧 달려 갈테니까. 오쓰루를 付託한다!」

라고 말하고 나서, 뒤뚱거리면서, 波濤처럼 흔들거리고 있는 半이나 무너져 내린 집안으로 달려 들어 갔던 것이다.

집안에서 아끼꼬와 시루노의, 무언가 외치는 목소리가 들려 나온 것은 잠깐 뿐이었다. 크게 기우러져있던 집의 半쪽이 먼저 무너져 내린 지붕위로 겹쳐지는 形態로 무너져 내렸고, 그 悽慘한 소리가 두 사람의 목소리를 삼켜 버렸다.

나오기는 길가 은행나무 뿌리근처에 등을 받치고 엉덩이를 드리댄채로, 어머니의 이름을 부르면서 소리치고 있었는데, 몸이 굳어져 와서 움직일 수가 없었다. 너무 떨고 있었기 때문인지 위아래 이가 맞춰지지 않았다. 이쪽에서나, 저쪽에서나, 쌓아놓은 목재가 무너지듯 집들이 무너져 내렸다.

大地는 波濤치듯 울링거렸고, 나오기의 앞을 逃亡치고 있는 사람들이 悲鳴을 지르면서 달려 가고 있다. 사람들의 흐름은 보는 사이에도 그 數가 漸漸 불어 났다. 여기

저기에 煙氣가 피어 오르고, 검붉은 빛갈이 보이기 시작했다. 하자, 그것이 强한 바람을 타고 暫間사이에 세차게 옆으로 번져나가는 불기둥으로 變했다.

「빨리 避해야지, 애야. 우물쭈물하다가는 危險해!」

누군가가 소리치며 스쳐 지나갔다.

나오기는 불에 데인것처럼 냅다 울어대는 오쓰루를 안은채, 은행나무등걸에 등을 받치듯이 하면서, 겨우겨우 일어 섰지만, 그러면서도 울면서 어머니를 繼續 불러대었다.

「엄마를 잃어 버렸구나, 쯧, 쯧.」

등에 어린애를 받쳐업은 中年의 아주머니가, 꾸중을 하듯이 빠른 말씨로 불러 왔다.

「저, 저기……. 저집아래, 저 지붕아래…….」

女子의 화들짝 치켜오른 눈이 나오기의 視線을 따라갔다. 그 무너져 내린 집속에서도 불길이 훨훨 타오르기 시작했다.

「어린애 만이라도 避하지 않으면 안 돼! 어서 와라….」

女子는 나오기의 어깨를 잡아 끌어서 群衆의 흐름속으로 밀어 넣었다. 그리고 나서는 아무것도 몰랐다. 精神이 들었을 때에는 大學 構內였다. 등에 애기를 업은 女子도 어느사이에 잃어버리고 말았다.

避難者의 무리가, 모조리 우에노쪽으로 눈사태처럼 밀려 왔는데도, 나오기가 그 흐름속을 따라 大學構內에로 들어 왔다는 것은, 그곳이 아마도 익숙한 그의 놀이터 였다는 점도 있었겠지만, 그보다도, 아끼꼬의 最後의 말을 따랐음에 틀림없는 것이다. 萬一 우에노 方向으로 向하고 있었다고 한다면, 어린애를 안고 있는 아홉살짜리 나오기 程度는, 途中에서 어떻게 되었을지도 모를뿐더러, 어찌어찌하여 公園에 到着했다 하더라도, 쓰루요가 그를 찾았을는지도 疑問 이었다.

이건 分明히 아끼꼬가 지켜 주었던거다----고 갈갈이 찢겨진 가슴속에서 생각했다.

쓰루요는 기모노의 띠를 풀어서 오쓰루를 등에 업고, 나오기의 손을 끌면서 류오까町으로 되돌아 오면서, 끊임없이 흘러 내리는 눈물로 因하여, 荒凉하게 불타버린 땅으로 變해버린 周圍의 慘狀이, 그 어떤 幻影으로 밖에 눈에 비춰지지 않았다.

어제, 그 女가 류오까町으로 달려 왔을때, 재빨리 그런 事實을 알았다고 하더라도, 勿論, 너무도 늦었던 것이다. 하지만, 하루밤 內內 불탄 자리를 눈앞에 두고서도, 아끼꼬와 시루노의 屍身이 그곳의 기와조각속에 묻혀 있으면서, 남은 불길에 그을려지고 있었다는 것을 생각하면, 아무리 참으려해도 쓰루요는 울음을 멈출 수가 없었다.

　九月一日의 大地震에 依한 慘害는 도쿄뿐만이 아니었다. 카나가와(神奈川), 시스오카(靜岡), 사이타마(崎玉), 야마나시(山梨), 이바라시루(芝城)에서 도쿄로 이어지는 一府六縣에걸쳐, 廣範圍한 地域이, 차례 차례로 모조리 慘禍를 입었던 것이다.

　요코하마市는 地震과 火災로 因하여 全滅하다싶이 되었고, 쇼난(湘南)地方에서부터 호우소우(房總)半島에 걸쳐서는, 大地가 八尺에서 九尺 程度만큼 솟았다. 勿論, 가마꾸라도 例外가 아니었다.

　가마꾸라(鎌倉)에 對해서는, 地震과 함께 民家 全部가 陷沒되었고, 數많은 死傷者를 내었으나, 그 中에서도 유빗가하마(由比ケ浜)의 別莊에 滯在하고 있던 야마하시고(山階)宮妃殿下는 壓死를 當하였고, 別莊을 訪問中에 있던 가요우미야(賀陽宮) 大妃殿下도 亦是, 重傷을 입은 것 外에, 쓰루가오까 야하다궁무(鶴ケ岡八幡宮舞)殿下, 건장사(建長寺), 원각사(圓覺寺)등 歷史的인 神社나 佛閣도 거의 破壞되고 말았다. 그리고 地震에 덧부쳐 發生한 火災로 因하여, 小町, 大町, 유끼노시다(雪の下), 나가노

(長谷) 等等, 이른바 가마꾸라의 要地라 불리는 곳은 모조리 焦土化되어 버렸고, 그 의경요월상(義經腰越狀)으로 有名한 와끼코시(腰越)의 땅도, 民家 百五十余棟이 全燒되어 버렸다.

가마꾸라 海岸에는 地震後에 곧바로 海溢이 밀어 닥쳐서, 約 三丈 높이의 巨大한 波濤가 유비가하마 一帶를 삼켜버렸고, 民家 數百戶를 海沒시켜 버렸으며, 더군다나 海水浴 中이던 百 數十名은 한 瞬間에 溺死, 또는 行方不明이 되어 버렸다. 또한, 나나리가하마(七里ケ浜)의 護岸은 約 數十町에 達하여 崩壞되었고, 가와노시마(江の島)의 大棧橋 亦是 海溢에 휩쓸려, 때마침 다리위에 올라있던 約 五十名은 다리와 함께 떨어져서, 行方不明이 되었다. 이러 저러한 無慘함은, 筆舌로도 이루 말 할 수 없는 慘狀 이었다.

라고하는 當時의 記錄은 그후의 詳細한 調査記錄에 比한다면, 極히 粗雜스런 報告일 뿐이었다.

고마끼 데쓰오는 그때에, 午前의 執筆을 끝내고, 홑겹의 옷에 스틱을 든 輕裝차림으로, 북가마꾸라의 圓覺寺 山속을 散策하고 있었다. 滯在하고 있는 博文舘의 別莊은, 요코스가선(橫須賀線)의 路線을 끼고 圓覺寺와 만나는 丘陵의, 樹林속에 있었으므로, 그 周圍의 散策은 그의 每日의 日課처럼 되어 있었다.

突然 來襲해 온 激烈한 上下 움직임에, 한 瞬間 스틱을 집고 버티려 했지만, 스틱이 부러지면서, 그는 땅으로 굴렀다. 바다가 우는 소리인지, 山이 우는 소리인지, 異常한 소리와 함께 天地가 꿈틀거렸고, 周圍의 늙은 삼나무들이 뿌리에서부터 활처럼 휘어져 하늘을 向해 있는것이 보였다.

고마끼의 腦裡에 맨먼저 떠오르는 것은, 半程度 執筆해 놓은 原稿 뭉치 였다. 萬事를 체쳐 놓고서라도, 原稿만큼은 잃고싶지 않았다. 그는 허겁지겁 나둥그러지면서 山內를 벗어 나자, 激烈하게 震動하는 丘陵의 작은 언덕을 몇번이고 나둥그러지면서 기어 올랐다.

別莊은 窓이나 門의 유리는 모조리 깨어져 버렷고, 집안의 裝飾品이나 用品들이 넘어지고 부서지고해서 발디딜 틈도 없었지만, 建物은 無事했다. 個人住宅으로서는 아직 잘 쓰지 않는 鐵筋이, 要所 要所에 박혀 있었기 때문이었다.

그렇긴 해도, 그는 原稿 뭉치를 안고 一旦 뒷켠의 孟宗竹(죽순을 먹는 대나무(竹)의 一種)의 대나무 숲속으로 避難했으나, 넘어질 걱정이 없어 보였으므로 別莊으로 되돌아 가서, 집을 지켜주고 있는 老夫婦와 힘을 합쳐 집안을 淸掃하고 있자니, 쓰나미(津波)가 일어나서 海邊의 모든것이 全滅해 버렸다고, 누군가가 소리치며 지나갔다.

대단한 일이 일어 났다고는 생각했지만, 別莊은 바다에서 멀리 떨어져 있거니와, 丘陵위에 지어져 있다. 여기까지 쓰나미가 지쳐 오리라고는, 于先 생각지도 못할 일이었다.

두 時쯤 되어서, 거리의 모습을 보러 나갔던 別莊지기 老人이, 途中에서 부터 얼굴이 핏기가 가신채로 되돌아 와서, 가마꾸라는 勿論이고, 도쿄도 요코하마도 몽조리 全滅해 버렸다고하는 엄청난 所聞을 듣고서야 처음으로 고마끼도 愕然(악연)해 졌다. 그때까지만해도, 그는 이 異變은 가마꾸라周邊에서만이 일어 난걸로 알고 있었던 것이다.

고마끼는 外出 準備를 하는 時間도 아까운듯이, 別莊을 지키는 老夫婦가 만들어 주는 주먹밥과 물통만을 어깨에 걸치고, 別莊을 뛰쳐 나왔다. 좀 더 確實한 情況을 들은 後에 떠나도 좋지 않겠냐고 老夫婦가 熱心히 勸했으나, 그런 마음의 餘裕같은 것은 그에게는 없었다.

요코스가線의 路線을 따라 걸어 나감에따라, 눈에 비춰지는 被害의 悽絶함이 時時刻刻 그의 가슴을 억눌러 왔다.

大地는 地形마져 바꿔져 버렸다. 가는곳마다 자그마한 山처럼 隆起가 불끈 솟아 있는가하면, 埋沒되어서 깊은 龜裂이 달리고 있는 곳도 있었다. 線路는 엿가락처럼 휘어져 있었고, 顚覆된 列車周邊에, 數많은 乘客들의 死體가 이리저리 널려 있는 光景도 여러번 있었다.

요코하마에 가까이 다가 갈 수록, 被害는 더 더욱 甚하게 되었고, 눈뜨고는 볼 수 없을 程度의 慘狀을 이루고 있었다. 다리가 끊어져 있거나, 불타고 있는 거리를 이리저리 돌거나 하면서, 마음은 焦燥하고 急한데도 발걸음은 여의치 못했다.

쓰루미(鶴見)를 지날즈음, 흙모래의 비가 내렸다. 비는 곧 그쳤지만, 쓰고있던 麥藁帽子도, 와이셔츠도, 검은 연못에라도 빠젓다 나온것처럼 色깔이 變했다. 벌써 밤이 되었다. 더 以上 다리가 움직여 주지 않았다.

고마끼는 길가의 나무그늘밑으로 들어가서, 축축한 땅위에 반듯하게 들어 누웠다. 머리속은 妻子나 어머니의 일로 꽉 차 있었다. 어머니 시루노는 요즈음에 와서는, 눕히거나 이르키거나하는 狀態가 繼續 되었다. 더군다나 아끼꼬는 生後 三個月도 채 되지 않은 오쓰루와 나오기를 안고 있다. 只今까지 보면서 거쳐온 거리의 想像도 못할 被害와, 數字조차 셀 수 없을 程度로 많은 死傷者의 無慘한 모습들이, 그를 참을 수 없게 만들었다. 생각을 바꾸려하면 할수록, 不吉한 光景만이가 腦裡에 펼처져 와서, 不安은 漸漸 겹처져 갈 뿐이었다.

感覺이 鈍해지고, 때때로, 意識에 엷은 幕이 내려질 程度로 疲勞해 있었지만, 그는 일어나서, 다시 걷기 始作했다. 드디어 시나가와(品川)에 到着 하였을 때는 날이 밝아 올 무렵 이었다. 가고있는 넓다란 도쿄의 거리는, 아직 어둑컴컴한 하늘 아래에서, 한결같이 불의 바다를 이루고 있었다.

야쓰산(八つ山) 아래의 거리에는, 제법 많은 사람들이 모여 있는것이 보였다. 처음에 고마끼는, 불타버린 近處의 사람들이 避難次 모여 있다고, 마음에 두지도 않았는데, 가까이 다가가 보니까, 그것은 異常한 集團 이었다.

二十人가까운 사람들 모두가, 棍棒이나 竹槍이나 獵銃(엽총)으로 武裝해 있는 것이었다. 軍服에다 머리띠를 두른 모습으로 木銃을 들고 있는 者도 있었고, 그 中에는 한쪽 어깨통을 벗어 부치고, 日本刀를 들고 있는 男子도 있었다. 大部分은 在鄕軍人들 같았으나, 모두가 殺氣를 띄고 있는 모습들 이었다.

고마끼는 그러는 사람들이, 이런 慘禍의 渦中에서 무

었때문에 森嚴하게 武器를 들고, 길옆에 떼지어 있는가 理解가 되지 않았다. 헌데, 마음도 急하고, 그까짓거 마음에 둘 餘裕도 없는채로, 男子들의 앞을 지나가려 했다.

그러는 그를, 武裝하고 있는 男子들이 둘러 쌓다. 어느 얼굴이고 間에 짐승같아 보였고, 分明히 常識을 벗어나고 있었다.

「어디 가는거야.」

한사람이 고마끼의 어깨를 슬쩍 밀면서 물었다.

「혼쿄다.」

「안 돼. 市內로 들어 갈 수 없어.」

「왜 안 되는거야. 난 내집에 가는 中이다. 家族들이….」

「시끄러. 안 된다면 안 되는거야.」

고마끼도 顔色이 變했다. 極度로 不安하고 疲勞했기 때문에, 그의 神經도 날카로워져 있었다. 相對方의 건방진 態度를 適當히 주물러 줄 餘裕조차 없었다.

「너, 이새끼. 카키쿠케코, 타치쓰테토, 해 봐.」

다른 男子가 핏발이 선 눈을 치켜 올리며, 고마끼를 노려 보면서, 건방지게 命令했다. 擊劍保護帶(격검보호대)를 걸치고 日本刀를 쥐고 있는 뚱뚱한 中年男子 였다.

고마끼는 火가 불끈 솟았다.

「대체 무슨 짓거리들이야. 너희들은 무슨 權利로 他人의 通行을 妨害하는거야.」

「우리들은 自警團이다. 나쁜 朝鮮사람과 社會主義者는 한발때죽도 도쿄에는 들어가지 못해. 異常한 짓거리라도 하는 놈은 죽여 버리는거다.」

「精神나간 소리 綽綽 해. 朝鮮사람도 社會主義者도 當身들과 똑같이 平等한 權利를 가진 日本사람 이다. 이런 恩忙中(총망중)에, 異常한 모습들을 하고서 通行人을 놀래키게 하고 있는 當身들이야말로 不良스럽지 안나 말이야.」

「이새끼, 主義者로군!」

日本刀를 든 사람이 멱살을 움켜 쥐었다. 와이셔츠가 찢어지고 단추가 퉁겨 날아갔다.

「뭣들 하는거야! 난 그런 사람이 아냐. 博文館의 社員인 고마끼라는 사람이다. 이거 놔. 난 只今 急하단 말이야.」

고마끼는 相對方의 손목을 비틀어 뿌리쳤다.

바로 그때, 軍服의 男子가 미친사람처럼 氣合소리와 함께, 몸뚱이를 내밀면서 木銃으로 찔러 왔다. 木銃은 고마끼의 목 바로 밑을, 등어리까지 뚫고 나올 氣勢로 突進해 왔고, 그의 몸은 한칸정도 뒷쪽으로 날라서 昏絶한채

길위로 나가 떨어졌다. 피가 입으로부터 흘러 나왔다.

그런 그의 몸위로 棍棒이나 竹槍이 事情없이 내려쳐졌지만, 이미 그때에는, 고마끼의 意識은 거의 사라지고 없었다.

고마끼 데쓰오의 죽음은 的確하게 밝혀진 것이 아니었다. 正確하게 말해서, 그도 亦是, 大地震이 낳은 無數한 行方不明者 中의 한사람으로 머물고 말았던 것이다.

헌데, 훗날에 고마끼의 親友들이 그의 발자욱을 쫓아 調査해 본 結果, 博文館 客員인 고마끼 데쓰오라고 말하는 人物이, 시나가와 야쓰산 아래에서 朝鮮人 또는 社會主義者로 誤認되어서, 暴行을 當하고 있는 것을 보았다, 고 證言하는 者가 있었던 것은 事實이었다.

偶然히 그곳을 지나다가 슬쩍 바라본 것 만으로, 가는 길을 머무르고 서서 바라 본것도 아닌데, 그 後는 어떻게 되었는지 모른다, 고 하는 證言者는 말끝을 흐렸다.

허나, 當時 自警團의 嚴重한 訊問(신문)을 받지않고, 現場을 通過될 턱이 없다는 모든 情況을 組合해 볼때, 그 目擊者가 고마끼의 죽음에 無關係한, 그냥 지나치던 通行人이라고 믿기에는 若干 뉘앙스가 풍기었다. 그가 그 當時의 自警團員中의 한사람이었다는 것은 아마도 틀림 없을 게라는 것이, 고마끼의 友人들의 一致된 印象

이었다.

　無辜(무고)한 朝鮮人만도 二千六百余名이 죽임을 當했고, 警察 스스로가 朝鮮人과 勞動者를 慘殺했던 카메도署(龜戶署)에서와같은 事件마져 일어 났던것으로 본다면, 警察이 殺人者를 뒤쫓아 찾아 낼 턱이 없는 것이었다. 誤認에 依한 犧牲者를 包含해서, 그것들은 모두 죽여서 득이요, 當한자 만이 損이다.

　고마끼가 야쓰산 아래에서 消息이 杜絶된 二日 저녁무렵, 도쿄에는 戒嚴令이 宣布되었고, 그 사이에 海軍大將 야마모토 겐헤이(山本權兵衛)를 首班으로 하는 第二次 야마모토(山本) 內閣이, 아카사카하나미야(赤坂離宮) 앞 庭園의 잔디위에서 異例的인 親任式을 擧行 했었다.

　被害는 一府六縣에 걸처 일어 났는데, 도쿄 市內만으로도 15區, 1,479個町 中에 1005個町. 面積으로는 51,458 km² 中, 22,475km²가 잿더미로 變했고, 倒潰燒失家屋 694,000戶, 直接損害 100億円, 死者및 行方不明者 106,000余名, 負傷者 52,000余名에 達했다. 全人口 2,499,227名의 半에 該當되는 1,597,000余名의 罹災者(이재자)를 發生시켰던 것이었다.

　三日에는, 隣接近縣에 食糧및 必需物資의 緊急 徵發令이 내렸고, 海軍은 各 鎭守府 保有의 食糧이나 다른 生必

品을, 所屬艦船을 總動員시켜 緊急輸送에 들어 갔다. 皇室로 부터서는 下賜金 千萬円을 下賜하였고, 關係 外國으로부터는, 中國 宣統帝의 十五萬元을 始作으로, 義捐金(의연금)이나 食料, 醫藥品, 醫療, 建築用 資材들이 속속 日本을 向해 急送되기 始作했다. 또한 英國船舶 호-킨스號는, 재빨리 上海로부터 醫師陣과 看護婦隊를 싣고와서 도왔다.

이와같은 報道들이 하나 둘씩 傳해지자, 이제 겨우 市內 1,600,000 罹災民들도 얼마간 生色을 되찾아 가고 있다고는 할 수 있지만, 只今도 이따끔씩 밀려오는 餘震은, 다시금 밀어닥칠 大地震의 前兆처럼 느껴져서, 조금이라도 시골에 緣故가 있는 사람은, 앞을 타투어 도쿄를 벗어나고 있었다.

政府도 二日에는 재빨리, 罹災民 中에 地方으로 避難하는 者들의 輸送運賃을 無料로 한다는 布告를 내렸지만, 그것은 어느 程度 空手票에 지나지 않았다. 一府六縣에 걸친 廣範圍한 被害狀況에서는, 도쿄로부터 鐵道被害가 없는 地方까지, 難民들은 걸어서 到着하는 以外의 다른 方法이 없었던 것이다. 낮이건 밤이건, 꾸불꾸불 이어지는 避難民의 行列이, 생각하고 생각하는 方向을 向하여 도쿄를 뒤로하고 있고, 이들 行列이 언제 끝날는지 아무도 아는 이가 없었다.

도쿄의 누구의 눈에도, 이것은 終末로 보였고, 再建은 도저히 不可能하다고 생각 되었다. 事實, 帝都는 廢止되고, 교토로 遷都한다는 所聞마져 나돌고 있었다.

쓰루요는 二日 아침, 約束대로 류오까町에 食糧과 물을 들리고서 젊은이 한사람을 데리고 온 이찌죠의 도움을 받아서, 불에 타서 너무도 달라진 아끼꼬와 시루노의 燒死體를 끄집어 내어서, 그 場所에서 火葬을 했다. 뼈는 타다 남은 양철통에 담았다. 그 女는 이젠 울지는 않지만, 카시와기(栢木)의 와다세집에 到着하기까지, 입을 굳게 달은채 한마디도 입을 열지 않았다.

-8-

 도쿄에서 簡單찮은 凶變이 일어 났다는 것은, 그 九月 一日의 밤늦게 까지에는 거의 全國에 알려졌다.
 勿論, 大地震이 일어나서, 電信 電話도 杜絕되어 버렸기에, 極히 漠然한 것 뿐으로서, 被害의 內容들은 아직도 一切 傳해지지 않았지만, 그렇다 하더라도, 災害의 勃發(발발)과 同時에 通信機關들이 全滅했다는 것을 생각해 본다면, 奇蹟에 가까운 迅速함 이었다.
 이것은 도쿄 日日新聞이 겨우 燒失을 避했다는 것, 卽時 네 個班의 決死隊를 編成하여, 오오사카 本社와 다카사키의 우에게(上毛)新聞社로 急行시켰던 것이, 더불어 큰 힘이 되었다고 傳해지고 있었다. 以後, 通信機關이 復舊될때까지 關西以西는 오오사카每日(大阪每日), 東北 北海道는 우에게新聞이 뉴-스의 中繼所 役割을 톡톡히

해 내었던 것이다.

그날, 유끼꼬가 始業式을 끝내고 學校에서 돌아와 보니까, 쇼타이의 머리맡에, 반소매셔츠 한장으로서 바지도 입지않은 半裸體의 젊은 男子가, 兩班다리를 꼬고 앉아서 부채질을 하고 있었다.

유끼꼬가 들어 가자, 男子는 목덜미에서 윗쪽으로 칠을 한것처럼 검게 탄 얼굴을 돌렸지만, 그 눈이 생각지도 않는 物件이라도 觀察하듯이, 그 女의 머리끝에서부터 발끝까지를 천천히 두번씩이나 훑어 보았다.

「유끼꼬란다. 벌써 크게 자랐지…….」

잠기어있고, 낮은 목소리로 쇼타이가 말했다. 그 목소리가 끝나기도 前에, 유끼꼬의 表情에서 當惑感이 사라졌다.

「오빠……. 와아, 오빠 아냐.」

유끼꼬는 몸이라도 부딛쳐 오려는듯한 姿勢로 쇼타로의 곁으로 달려와 앉으면서, 그의 들어내어 놓은 무릎을 兩손으로 흔들었다.

「이젠 제법 아가씨가 다 되었구나, 몰라 볼뻔 했지 뭐야.」

쇼타로는 부채로 유끼꼬의 손을 톡톡 두드리며 말했다.

「나도 웬 男子ㄴ가하고 생각했지 뭐야. 바닷가 똘만이들처럼 새까맣게 탔으니깐 몰랐지. 아무데도 다친데 없지. 아프지는 않았어? 왜, 便紙 한장 보내주지 않았지. 언제 돌아 왔는데.」

「쬐끔도 달라진데라고는 없는 子息이군. 그보다도 點心準備 좀 해 줘라.」

「좋아, 特別料理를 만들어 볼거나.」

「適當히 해 가지고 와. 배가 고파 죽을 地境이다. 빨랑빨랑 가져 오라구.」

「알아 모셨습니다. 맡겨 보시라구요.」

유끼꼬가 가슴을 두드리며 부엌으로 들어 가자, 쇼타로는 다다미에 팔쿰치를 고이고 한쪽 무릎을 세운채, 반쯤 들어 누운 姿勢를 取하고 나서, 가볍게 입술을 삐죽거렸다.

「저건 뭐야……. 아버지는 집안일 等等, 옛날부터 家庭을 꾸려 나가는데는 아무것도 하지 못하는 사람이기에 말 해 봤자 쓸데 없는 일이지만, 어머니가 恒常 곁에 딸려 있는데도, 저모양이니 참. 저 子息은 出生이 잘못되었으니까, 徹底的으로 嚴하게 다루었어야만 했는데, 只今 後悔莫及이라니까요.」

「너희들이 마지막 部隊였었냐. 사가렌에서 돌아 오

는….」

쇼타이는 두눈을 감은채 話題를 바꾸었다.

옛날에는 쇼타이도, 유끼꼬를 侮辱한 쇼타로를 두들겨 패 준 일이 있었다. 그러나, 이젠 그런 氣力이 남아 있을 턱이 없었다. 그때만 해도 쇼타로는 中學生 이었다. 허나, 쇼타이의 앞에 누워 있는 것은, 길고 긴 軍隊生活과 外國 征伐속에서, 그의 特異한 思想과 行動의 規範이 뼈속에까지 浸透되어 있어서, 그것이 뽑아 버리기 어려운 性格에까지 깊숙히 파고 들어가 있는 二十六歲의 健壯한 사나이 였다.

빼말라 있기는 하지만, 그의 鋼鐵같이 단단한 筋肉質의 肉體에는, 생각하는 것 조차도 許諾하지 않는, 批判을 罪惡視하고, 殺戮을 名譽로서 믿고 있는 精神의, 어둡고 차가운 威壓感이 맴돌고 있었다. 거의 살아 날 希望조차 잃어버리고 病床에 누워 있는 只今의 쇼타이는, 베갯머리에 쇼타로가 앉아 있는 기척만으로도, 가슴 답답한 壓迫感을 느끼지 않을 수가 없었다.

「五年인가……. 제법 긴 歲月 이었구나…….」

쇼타이는 눈을 감은채 낮으막하게 중얼거렸다.

「나라를 爲해서라면 五年이나 七年동안의 外征은 아무것도 아니지만, 政府가 궁둥이를 빼고 있어서, 아무런 열매도 맺지 못했으므로 말해서 기나긴 虛送世月 이었죠.」

쇼타로는 부챗살을 매만지면서, 마루끝 쪽으로 눈길을 돌렸다. 처마끝에서 작은 모리오카地方의 風鈴이 가늘은 날개를 팔랑거리며 울고 있다.

「外國의 壓迫이나 干涉에 꼬리를 감추고, 맨손으로 물러 설 바에야, 뭣하러 八億의 軍費를 써가며, 五年이란 歲月을 시베리아나 사가렌에서 피를 흘렸단 말입니까. 하다못해 사가렌 程度라도 占領 했어야만 했어요. 五年間의 軍의 努力을, 政府의 겁장이들이 물거품으로 만들어 버렸어요. 背信입니다, 이건 말이에요.」

쇼타이는 잠자코 있었다. 그에게는 그러한 일에 對해서는 잘 몰랐었다. 아니라면 쇼타로가 말하고 있는 것은, 옳은 말인지도 모른다. 그는 但只, 五年만에 드디어 軍隊를 歸還 시켜서, 더 以上 누구도 戰死하거나 負傷 當하는 일이 없어졌다고, 시원해 하고 있었던 것이다. 그러나, 그런 素朴한 생각마져도, 함부로 입에 올려서는 안 된다는 느낌 이었다. 그러한 氣運이 쇼타로에게는 있었다.

「오빠, 이것을 입어.」

유끼꼬가 새로 지은 하얀 단의와 띠를 가지고 와서, 쇼타로 앞에 놓았다.

「昨年 여름에 만들었어. 엄마가 今年쯤에는 오빠가 돌아 올것이라고 하면서. 고마운 것은 북도롱농과 父母 마음이야. 合掌하고 입어.」

「그건 또 뭐야.」

「북도롱농도 고맙다고 率直하더라구요.」

「어처구니 없는 소리 綽綽 해. 나이를 저렇게 먹었어도 바보같은 子息이네」

「形便없는 作品이려나.」

유끼꼬는 목을 움추리고, 부엌으로 되돌아 가다가 門地枋에서 되돌아 보면서,

「기운것은, 이 바보였으니까 말이지, 어쩌면 소매구멍이 세개일는지도 모르겠네. 精神을 똑 바로 차리시라구요, 오라버님.」

하고, 낼름 혓바닥을 내어 밀고 아랫 눈까풀을 까뒤집고서는, 부엌으로 도망치듯 빠져 나갔다.

마다(眞田)가 新聞社로부터, 今方 印刷된 號外를 들고 急히 뛰어와서 傳해 준것은, 유끼꼬가 下宿人의 저녁 食事를 房으로 옮기기를 끝내고, 쇼타로의 無事歸還을 祝賀하는 마음으로 도미를 굽고 있을 때였다.

「이것 봐 봐, 유끼짱. 도쿄에 큰일이 일어 난것같다야.」

마다는 玄關에서 食堂房을 그냥 지나서, 부엌으로 들어 오자마자, 號外를 내어 밀면서 목소리를 낮추었다. 病床에 누워있는 쇼타이에게는 可能하다면 들려 드리고싶지 않다는 信號 였었다.

유끼꼬는 주먹만한 活字의 題目을 본것만으로도, 숨이 콱 막혀 왔다.

『오늘 正午, 도쿄地方에 大地震 發生』

라는 題目으로서, 채 석줄도 되지않는 急組版의 記事가 이어졌다. 그에 依하면, 地震과 同時에 市中 모든 곳에서 불이 일어났고, 宮城을 爲始해서, 主要한 官公街나 市中 建造物도 불길에 싸여있다. 鐵道, 電信, 電話도 모두 不通이기 때문에 詳細한 것은 아직 分明치 않으나, 被害는 莫大한 모양이라 했다.

凶變直後의 大混亂中에 보낸 第一報였으므로, 너무 簡略했고 具體性도 不足했다. 그러니만치 유끼꼬가 받은 衝擊과 不安의 엄청남은, 거의 肉體的인 苦痛感과 함께 일어 났다.

「엄마랑, 아끼꼬 언니들, 無事했을까……」

號外에 눈을 박은채, 유끼꼬는 어찌하면 좋을지 모르

는 목소리였다.

「잘은 모르겠지만, 官廳街는 全滅인것같고, 宮城마져도 불타고 있다고 했으므로, 적어도 市街地 中心部는 全部 當했다고 봐야겠지.」

「혼쿄(本鄕)는? 언니집은 혼쿄의 류오까町이라는 곳이에요.」

「中心部에 드는구먼. 宮城으로부터도 그렇게 멀지도 않는데.」

「어떻게 되었다는 거냐.」

예삿일이 아니라는 두 사람의 配慮가 마음에 걸려서, 쇼타로도 食堂房에서 나오자, 유끼꼬가 조용히 내어 미는 號外에 눈을 떨어 뜨리고서는 갑자기 그도 表情이 굳어져 왔다.

「어떡허면 좋다지? 오빠.」

쇼타로가 號外를 내려다 본채로 아뭇소리도 하지 않으니까, 유끼꼬는 참지를 못하였다.

「어떻게 한다는 것도, 이것만으로서는. 무엇이 어떻게 되었는지 알 수가 없잖니.」

그는 號外를 유끼꼬에게 돌려 주면서, 表情이 보이지 않는 목소리로 말했다.

「그렇담, 이대로 아무것도 하지 않은채, 내버려 두자

는 거야.」

「沈着하라구, 이 바보야. 汽車도 電信도 電話도 모두 不通인 只今에 무엇이 된다는 거냐. 興奮한다고 해서 아무것도 되는게 없잖니.」

「하여튼간에 말이야, 유끼짱. 어떻게 하든 간에 좀 더 詳細한 事情을 알고나서 부터다. 아무리 中心部가 當했다 하더라도, 혼쿄 近方은 無事할 수도 있는것 아니겠니.」

하고 마다도 유끼꼬를 달랬다.

「아무짝에도 쓸데없는 일로 어머니를 도쿄 같은 곳에 보냈으므로, 부질없는 걱정을 끼치는 거잖아. 어머니에게 萬一의 일이라도 일어 난다면, 아버지의 自己主義의 犧牲이 된 것과 다름이 없어.」

쇼타로는 이와 이사이로 밀어내듯이 말했다.

「어이가 없구먼. 아빠가 地震이라도 일으킨것처럼, 말하네. 이런거 偶然이라는거야. 偶然에도 責任을 져야 하나!」

「너같은 子息은 윗사람에 對한 말버릇을 몰라도 한참 모르는 놈이야. 내가 돌아 온 以上에는 그러는 입을 찢어서라도……」

쇼타로가 冷情한 威壓感이 풍기는 말투로 말했지만,

유끼꼬는 끝까지 듣지도 않았다. 그 女는 몸을 휙 돌리자, 부엌 入口에서 게다를 끼어 신고서 밖으로 뛰어 나왔다.

「子息, 어데를 가는거야……」

命令違反의 兵卒에게라도 퍼붓는듯한 怒聲으로 高喊을 쳤지만, 유끼꼬는 쇼타로 같은 것에는 아량곳 하지도 않았다.

큰길로 나와 보니까, 號外를 뿌리는 방울소리만이 밤의 靜寂을 깨우고 있었다. 뒤따라 달려가서 그것을 샀다. 새로운 情報라도 들어 왔는가 했지만, 그것은 마다가 가져다 준 것과 같은 것이었다.

그 女는 中央郵遞局으로 달렸다. 그곳에서도, 號外의 記事 以上의 것은 아무것도 알 수가 없었다. 도쿄와의 電信도 電話도, 언제쯤 復舊 될것인가, 復舊의 展望도 알 수 없다는 것이었다.

그 발걸음을 停留場으로 돌렸다. 그곳에는, 東北本線은 사이타마縣의 우라와(浦和), 常磐線은 지바縣의 카시와(栢)에서부터 그 앞으로는 完全不通이라는것을 알 수 있었다. 兩線 모두, 우라와와 카시와에 닿을때 까지도, 몇 군데에서 短區間 不通인 곳이 있는섯 같았지만, 여하튼 간에 그곳까지는 갈 수가 있는 것이다.

쇼타로를 相對하고 있어 봤자, 끈적 끈적 理由만 달고

나올 게 뻔하다. 그보다도 흰百合館의 다께꼬에게 相議해 보자고, 유끼꼬는 잽싸게 마음을 定하자, 停留場을 나서자마자 大學路를 向하여 뛰었다.

다께꼬로 봐서도, 여름 放學인데도 돌아오지 않고, 도쿄에 남아있는 다카시루가 있는 것이다. 더군다나, 그 女는 이러한 境遇에, 이것 저것 따지지 않고, 우물쭈물하는 性質이 아니라는 것도, 유끼꼬는 언제라기보다 斟酌하고 있었던 것이다.

다께꼬는 아직까지도 號外를 보지 못하고 있었다. 그 女는 茫然自失 하였다. 너무 놀란 나머지 얼른 입을 다물지 못했다. 그러나, 유끼꼬가 생각한 그대로, 그 女는 곧 姿勢를 고쳐 앉았다.

「우라와까지 갈 수 있다는 거지. 그럼, 얼른 떠나야지. 쇼타로가 돌아와 있다니 마침 잘 되었네. 하여튼 너의 집으로 빨리 가자꾸나.」

「가서 어떡하실려구요.」

「쇼타로를 데리고 가야지.」

「저가 가겠어요. 아줌마, 저를데리고 가 주세요.」

「안 돼. 구경삼아 가는게 아냐. 유끼짱은 손발이 더뎌서 妨害만 될 뿐이야. 이러한 때에 데리고 가는것은 男子란다. 자아, 가자꾸나.」

「허지만, 오빠가 가지 않겠다고 한다면요?」

「그런말 못하게 해야지. 五年이나 七年間 軍隊에서 사람 죽이는 일만 해 왔던 男子가, 이런때에, 大家집 아가씨마냥, 쳐박혀 있다간 도깨비가 되고 말아. 목에 새끼줄을 달아 매고, 몽둥이로 엉덩이를 두들겨 패서라도 끌고 가야지. 우물쭈물 하고 있는 사이에, 도쿄에 緣故가 있는 사람들이 밀어 닥칠테니까, 汽車도 탈 수 없게 된단 말이다.」

하면서 다께꼬는 벌써 일어서서 설쳤다.

다음 날 아침 일찍, 다께꼬는 산봉우리 만큼이나 준비한 食糧과 옷가지를 쇼타로에게 짊어 지워서 도쿄로 出發했다. 쇼타로도 다께꼬에게만은 可타 좀타 할 수가 없었다.

다께꼬의 豫測 그대로, 上行列車는 그날 午後부터는 갑자기 붐비기 始作해서, 한밤에는 타지도 못한 사람들의 무리가 驛 建物에서 廣場에까지 넘칠듯이 꽉 차 버렸다. 삿포로 뿐만이 아니었다. 全國 坊坊曲曲에서 肉親이나 緣故를 걱정하는 사람들의 무리가, 밤도 낮도 없이, 도쿄를 日標로히여 몰려 들고 있었기 때문에, 四日에는 戒嚴司令部에서는 地方에서 入京을 一切 禁止하기까지에 이르렀다.

그러는 中에서도, 被害規模는 날로 具體性을 띄우면서 傳해져 왔고, 그럴때마다 온 나라가 새롭게 놀래곤 했다. 報道의 進行이 빨라져감에따라 被害의 規模도 불어 날 뿐이었다. 市內 十五區 中에서도 시모야(下谷), 아사쿠사(淺草), 혼쇼, 후꾸가와(深川)等에서도, 低地帶로 불려지는 一帶의 被害는 더 더욱 甚했다는 것을 알 수 있었다. 아사쿠사, 혼쇼, 후카가와의 三區는 거의 全區가 燒失되고 말았다.

혼쿄區는 面積 3,130k㎡ 中에, 552k㎡를 불태우고 그쳤다. 엄청난 被害이긴 하지만, 앞서의 三區에 比한다면, 그래도 가벼운 셈이었다.

「아빠, 혼쿄는 말이야, 쬐끔밖에 當하지 않았대. 이 程度라면 엄마랑 언니랑 걱정 없을것 같애. 오빠의 얼굴을 본다면, 매우 기뻐 할거야, 그치.」

衝擊을 받고서 病이 조금 惡化되고 있는 쇼타이에게, 유끼꼬는 일부러 별거 아닌듯이 樂觀해 보였지만, 류오까町이 불 타 버렸는지 어떤지는 알 수가 없었다. 四日 아침에는 嚴重한 入京禁止令이 내려져 있으므로, 途中의 不通區間등에서 時間을 뺏기고 하다보면 다께꼬나 쇼타로가 市內에 들어 갔는지 어떤지도 疑問 이었다. 마음속에서는, 樂觀이라 할 수가 없었다.

쇼타이의 病看護와 下宿人의 食事問題로 學校를 쉬어야만 했던 유끼꼬는, 아침 牛乳配達만큼은 쉴 수가 없었다. 거리의 十字街등에는 義捐金 募集의 立看板이 눈에 띄기 始作했다. 道廳에서는 各 집집마다 衣類나 잠옷의 供出을 督勵(독려)했고, 市內의 各 學校에서도 救難寄附金(구난기부금)을 募集했다.

一週日 程度 지나자, 쇼타이의 病床도 좀 나아 지고 있었고, 언제까지 쉴 수도 없고해서, 유끼꼬는 學校에 나가기 始作했다. 學校에서도 地震에 對한 이야기 뿐이었다.

유끼꼬의 얼굴을 보자마자, 周圍를 빙 둘러쌓는 同僚들이, 입에서 입으로, "어떻게 되었니?" "무언가 알아 내었니?" 하고 質問을 퍼붓는다. 아끼꼬가 도쿄에 살고 있다는 것도, 쓰루요가 도쿄에 가 있다는 것도, 同僚들이 알고 있기 때문 이었다.

「전혀.」

유끼꼬는 고개를 져을 뿐, 道理가 없었다.

「마침 軍隊에서 돌아 온 오빠가, 狀態를 보려 도쿄로 떠났지만, 거기서도 아직, 무슨 일인지 모르겠지만, 咸興差使. 消도없고 息도 없단다. 每日 바삭바삭 태우고 있으니, 내가 갔어야만 했다고 생각한단다.」

「유끼꼬의 언니네 집, 혼쿄區 류오까町이라 했었지.」
구주니시 하수꼬(葛西蓉子)가 물었다.
「응.」
「우리 叔母님은 카네다쓰라는 곳에서 全部 태워버렸는데, 그 류오까町은 바로 옆이라더라. 그 언저리는 몽조리 타 버렸다더라.」
「그 말, 어데서 들은 거니.」
「叔母님 한테서야. 어제, 三寸과 두 분이서 집으로 오셨어. 우라와까지 걸어서, 貨物列車의 지붕위에 타고서 왔다는구나.」
「돌아 갈때, 너희집에 들려도 괜찮겠니?」
「그럼 같이 가자꾸나. 어쩌면, 무언가 알아 낼는지도 모르겠네.」
　구주니시 하수꼬의 집은 수와 나나로(諏訪 七郞)와 같은 道廳의 官舍中 하나를 쓰고 있었다.
　구주니시의 叔母님이 살고 있었던 카네다쓰町(金助町)은 하루기町의 우에노쪽으로서 隣接해 있고, 류오까町과는 電車길을 사이에두고 떨어져서 서로 마주 보고 있는 거리라고 했지만, 그 女나 그의 男便도, 自身들이 避하는데도 精神이 없어서, 다른 거리같은 것에 신경 쓸 餘地가 없었다고 했다.

그러나, 그들이 電車ㅅ길쪽으로 뛰쳐 나왔을때에는, 류오까町의 入口 한모퉁이에 있던 모토후지(本富士)警察署가 火焰에 휩싸여 있었고, 그 後 들리는 所聞에 依하면, 류오까町과 등을 서로 맞대고 있는 位置에 있는 東京帝大도, 文科, 法科, 醫化學, 生理學 等等 七棟의 校舍를 包含해서, 圖書館과 山上의 祭壇도 타버렸다는 것으로 본다면, 류오까町은 앞뒤에서 불에 둘러 쌓인 셈이 되는 것이다. 더군다나, 熱風의 맨 한가운데에 놓여 있는 셈이었다. 假令일러 거리내에서 불길이 일어나지 않았다 할지라도, 곁불을 避할 수 없었을게라고, 하수꼬의 叔母夫婦는 이야기를 하면서도, 아직까지도 얼굴에 恐怖의 그림자가 사라지지 않았다.

그들 夫婦는 우에노 公園으로 避해서, 그곳에서 이틀 밤을 보냈었다. 그러고나서 우라와(浦和)까지 걸어서, 機關車의 지붕위에까지 사람들이 매달려 있는 避難列車에, 겨우 다음 날 저녁무렵에야 새치기까지 해서 가까스로 탈 수가 있었다는 것이었다.

하수꼬의 집을 나서자, 수와 나나로가 자신의 집앞에 서서, 유끼꼬가 나오는 것을 기다리고 있었다.

「어쩐 일이니? 유끼짱 어머니 아직 消息이 없니.」
「응.」

유끼꼬가 나나로를 쳐다 보면서 끄덕였다.

그는 요즈음 키가 약간 큰것처럼 보였다. 말버릇도 거칠게 뽐내면서, 굽이 높은 하얀 게다를 신은것 때문만은 아닌것 같다. 어느만큼이나 뻗쳐 오를건지, 유끼꼬로서는 異常스럽게 여겨졌다.

「뭣을 히죽거리고 있는거니.」

「나나짱은 亦是 키다리가 되었군. 키 큰 땅드릅나무네.(키만 컷지 쓸모가 없다는 뜻)」

「무슨 말을 지꺼리는거야, 텅 빈 돌대가리야. 아주머니는 걱정도 되지 않니.」

「왜 걱정이 안 돼. 하지만, 하수꼬의 叔母님들도, 無事히 避해 왔으니까, 울엄마는 絶對 安心. 믿고 있걸랑, 난 말이야.」

「아주머니 뿐만이 아니잖니. 언니들은 어떡허고.」

「걱정 無. 건방진 소리 같습니다만, 이 유끼꼬氏의 언니님이시니까. 에헴. 그것도 어머니가 곁에 있단 말씀이것다.」

「도깨비에 쇠방망이라 이거지.」

「그렇구 말구……. 아아니, 失禮가 이만저만이 아냐. 그런 例를 드는것은.」

「火내지 말기…. 진짜 콩태풍(豆颱風)이로구나.」

하고, 나나로가 웃어 제꼈다.

「무슨 말이야, 그거.」

「모른단 말이니. 너의 別名이잖니. 꼬맹이가 恒常 먹구름을 몰고 다니지만, 조금 있으면 아무런 被害없이 다시 맑아져 온다는구먼.」

「으흠……. 괜찮은데, 그렇구먼. 犯人은 나나짱 너지.」

「千萬에, 내가 아냐. 너의 크라스 同僚들이야.」

「그럼 그렇지, 키만 큰 땅드릅나무로서는 過하다고 생각 했지. 安寧.」

유끼꼬가 손을 흔들면서 달려가자, 나나로는 그 뒷모습에다대고 소리를 질렀다.

「아주머니 돌아 오시면 알려 줘라. 人事 드리러 갈테니까…」

「알아 모셨습니다. 댕큐-…….」

달리면서 유끼꼬도 큰소리로 對答했다.

그러나, 그로부터 쓰루요나 아끼꼬로부터 아무런 連絡도 없었다. 完全치는 못하더라도 通信機關도 回復되었고, 每日 每日의 新聞報道도, 도쿄로부터 直接 보내어지고 있기 때문에, 一般의 電報나 電話니 便紙도 通하거나 반지 않을 理由가 없는 것이다. 보내기만 한다면, 假令일러 時間이 좀 걸릴지는 모르겠지만, 到着되지 않을 理가 없다. 헌데, 유끼꼬가 류오까 住所로 보낸 便紙나 葉書에 對해서는 아무런 消息이 없었다. 到着했는지 그렇지 못했는지도 몰랐다. 다께꼬와 쇼타로들에게서도, 出發 以來, 단한번도 消息이 없는채 였다.

病으로 누워있는 쇼타이를 두둔하는 마음도 있고해서, 表面的으로는 애써 平靜을 假裝하고 있다지만, 앉으나 서나 어쩔줄을 모를 程度로, 不安은 쌓여만 가고 있을 뿐이었다.

九月도 半이나 지난 어느날, 유끼꼬는 學校에서 돌아오는 길에 흰百合館에 들려 보았다. 學校에서 돌아오는 길이거나, 牛乳配達을 끝내고, 흰百合館에 들려서 다께꼬로부터의 消息의 有無를 確認 하는것이, 요즈음에 와서는, 거의 每日의 日課처럼 되어 버렸다.

그날도 亦是 허탕이었다. 유끼꼬는 大學路를 들어 서서, 停車場쪽으로 해서 돌아 오면서, 絶望에 빠져버리는 氣分을 어떻게든 도리켜 볼 수가 없었다.

믿을 곳도 없고, 언제까지나 팔장만 끼고 서서 기다리는것 보다는, 큰 마음 다잡아 먹고 도쿄로 찾아 나서 볼까하는 생각이, 누르기 힘든 衝動으로 가슴을 억눌러 왔다. 戒嚴令이나 入京禁止같은 게 무슨 대순가. 무슨 數를 써서라도 들어 가려고만 한다면 方法은 얼마든지 있게 마련이다. 그렇게 해서, 一旦 도쿄에 들어 가서, 무슨 일이 있더라도 찾아내어 보이고 말거라고 생각했다.

허나, 쇼타이를 看病 해야만 한다. 下宿人들을 그냥 내버려 둘 수도 없다. 그런것이 없었다면, 유끼꼬는 벌써 도쿄로 달려가고도 남았으리라.

停車場까지 와서, 유끼꼬는 乘車券 賣場에서 도쿄까지의 運賃을 알아 보고, 上行列車의 出發時間을 머리속에 외어 두었다. 乘車券 賣買窓口에는 上京禁止의 揭示가 붙어 있었지만, 그런것은 유끼꼬에게 있어서는 그냥 종이조각에 不過했다. 집을 비웠을 때의 쇼타이의 看護問題나 家事를 解決할 수 있는 方法을 찾아 내는것이 先決問題 였다. 허나, 能熟한 사람을 쓸 程度로 經濟的 余裕를 갖지못한 以上, 그 解決은 不可能하다.

유끼꼬는 깊은 생각에 빠지면서 停車場을 나왔다. 크라스의 親舊들로부터 志願者를 募集해서, 交代交代로 도와주는 應援團을 만들어 보는것이 어떨가 하고 생각도 해 보았다. 大部分은 生活에 不自由가 없는 집의 아가씨들로서, 自身의 집에서는 빗자루를 잡아 본 일도, 된장국 하나도 끊여 본 적이 없는 사람이 大部分일 테니까, 짧은 期間동안이라면, 오히려 재미 있을것 같아서, 意外로 志願者가 많을는지도 모른다.

그것은 名案처럼 느껴졌다. 名案程度는 아니더라도, 다른 方法이 떠오르지 않으니까, 하는 수 없는 것이다. 좋아, 네일 재빨리 教室에서 家事實習班 募集에 對한 一場演說을 해 봐야지. 그렇게 定하고 보니, 갑자기 힘이 솟구쳐 올랐고, 얼굴을 들고 男子애들처럼 앞뒤로 팔을 크게 흔들면서 큰 걸음으로 걸어 갔다.

척식은행(拓殖銀行) 앞에서 큰길로 西쪽으로 꺾어서 얼마 가지도 않은 사이, 유끼꼬의 눈은 반마정 程度 앞을 걸어가고 있는 사람의 뒷모습에 못박혀 버렸다.

등에 보자기 꾸러미를 잡아 메고 있는 男子애의 손을 끌면서, 어린애를 업고 있는, 몰골이 초라해 보이는 女子였다. 女子도, 손에 이끌리고 있는 男子애도, 목을 축 느러뜨리고 무거운듯이 발걸음을 옮기고 있었다. 지치고 지쳐서, 겨우겨우 氣力을 쥐어 짜면서 발을 옮기고 있다는 것을, 한눈에 알아 볼 수 있었다.

몸집도 모습도 쓰루요에 너무 닮아 보였다. 男子애는 나오기와도 같았다. 헌데, 어린애를 업고 있다는 것이 異常했고, 아무리 精神을 빼앗기고 있을 때라도, 쓰루요는 그것을 송두리채 밖으로 들내어 보이지 않는 女子였다. 바꾸어 말하자면, 精神을 뺏기고 있을 때에는 더 毅然(의연)하게 보이는 것이다. 只今까지 유끼꼬는 그러한 쓰루요만을 보아 왔던 것이다.

　사람을 잘못 본것이 아닌가 하고 생각하면서도, 유끼꼬는 달렸다. 그렇게 해서, 달리고 있는 瞬間, 그것은 쓰루요라는 것을 그 女는 알게 되었다.

「엄-마-아!」

유끼꼬는 달려 가면서 소리쳤다.

　女子가 뒤돌아 보았다. 검게 타서 윤끼하나 찾아 볼 수 없는, 해말쑥한 얼굴에 微笑를 띄운다. 亦是 쓰루요였지만, 놀라운 것은 그 女의 머리가, 不過 半달도 되지않는 사이에 半白이 되어 있었다.

「只今 돌아오는 길이란다, 유끼꼬.」

「多幸이다, 엄마야. 아무데도 다친데는 없는거지. 나, 찾으러 갈까도 생각했어. 정말 多幸이네…」

　유끼꼬는 그렇게 말하면서 쓰루요의 가슴속으로 뛰어 들려다가, 精神이 활짝 들면서 목소리를 삼켰다. 쓰루요의 가슴에 하얀 베로 싼 四角의 箱子가 있었기 때문 이었다. 精神을 차리고 다시 보니까, 그것은 나오기의 가슴에도 복에 걸려 내려뜨려저 있었다.

　유끼꼬의 눈이 쓰루요를 쳐다 보았다.

「언니도 데리고 왔단다.」

하고, 쓰루요는 微笑를 띄운채 말했다. 유끼꼬의 얼굴

이 이그러져 왔다.

「아버지는 如前 하시겠지.」

쓰루요는 걷기 始作했다.

유끼꼬는 말없이 고개만 끄덕일 뿐이다.

「혼자서 苦生이 많았겠구나……..」

「나오기짱이 안고있는 것은 누구?」

「나오기의 할머니. 도쿄에도 菩提寺(보리사=한 집안이 代代로 歸依하여 葬禮式, 追善供養 따위를 하는 절)가 있다지만, 도무지 알 수도 없었단다. 아끼꼬와 함께 있으면 쓸쓸하지도 않을것 같기도 해서 말이다. 죽을때도 함께 였으니까……..」

「나오기의 아버지는 無事 하신가 부지.」

「그게 어떻게 해서도 알 수가 없었기에 이렇게 돌아오는 것이 늦었단다. 亦是……..」

하고, 쓰루요는 말끝을 흐리고 고개를 옆으로 져어 보였다. 나오기가 있는 앞에서 確實한 말투는 하고싶지 않았다.

고마끼 데쓰오가 無事히 살아 있었다면, 시루노는 勿論, 아끼꼬의 遺骨도 그에게 맡기고 돌아 오려고 생각하고 있었고, 萬一 그도 죽었다면, 그의 곁에 아끼꼬를 눕혀 놓고 싶었던 것이다.

아끼꼬로서는, 고마끼는 그 女의 모든 過去를 承諾하고, 그의 가슴에 抱擁하고서, 女子의 幸福을 가르쳐 준 男子 였었다. 이 世上의 普通 男便 그 以上의 存在였다. 아끼꼬에 있어서는 고마끼의 곁보다도 더 便安한 잠자리가, 이 世上 어디에도 있지 않다고 생각했다.

쓰루요는 와다세의 집에서, 挽留하는대로 기다리면서, 고마끼가 살아서 달려 오는 것을 기다리고 있었으나, 몇 日이 經過 했는데도, 그로부터는 아무런 連絡도 없었다. 류오까町의 불타버린 집터에 세워 놓은 팻말을 보고, 맨 먼저 카시와기로 찾아 온것은 이즈미 다카시루 였다. 그는 돗도리(鳥取)의 宿所에서 凶變이 일어난 것을 알고 도쿄로 돌아 오는 길에, 루오까町으로 달려 왔던 것이다.

쓰루요는 생각지도 못했지만, 그가 아끼꼬와 고마끼에게 깊은 愛情을 품고 있었는 것 같았다. 그는 그날로부터 고마끼의 安否를 確認하기 爲해서 東奔西走로 돌아 다녔다. 몇 분인가 고마끼의 親舊분들도 그를 뒤따랐다. 쓰루요도 다카시루를 따라 博文館의 오오하시 라 하는 社長을 찾아 뵙거나 했다.

그 結果, 고마끼가 九月一日 午後 二時頃 가마구라를 나와서, 도쿄로 向했다는 것 만은 確實했지만, 그로부터의 앞길은 不明 이었다. 警察에서는 도저히 個人의 行方

不明者를 찾을 수 있는 形便이 아니었다. 市內에서만도 몇 萬名이라하는 行方不明者가 나오고 있기 때문이었다.

다카시루와 몇 분의 고마끼의 親舊들은, 가마꾸라를 起点으로 해서, 고마끼의 발자취를 짚어가는 方法도 取해 보았으나, 그것도 時間만 허비할 뿐, 별다른 進展도 없었다.

「고마끼氏는 絕望인지도 모르겠군요.」

二, 三日前에 찾아 온 다카시루가 그렇게 말했다. 그의 목소리는 憤에 못이겨 샛파랗게 되어 있었다.

「二日 아침 일찍, 시나가와 入口에서, 社會主義者라는 사람이 殺害 當했다고 했는데, 어쩌면 그가 고마끼氏가 아닌지 모르겠어요. 自警團을 밀어 붙이고서, 暴力으로 境界線을 突破하려 했다고는 하지만, 武裝한 自警團에게, 單身으로 아무런 쥔것도 없이 밀어 붙인다는 것은 말도 되지 않지 않습니까. 여하튼간에 아주머니께서는 一旦 돌아 가시는 것이 좋겠습니다.」

다카시루의 말이 없었더라도, 더 以上 와다세博士의 厚意에 매달려 있을 수도 없고, 집의 일도 마음이 쓰이는 것이었다.

「고마끼氏의 生死가 確認되면, 더 以上 결코 危險한 行動은 하지 말아요, 다카시루氏. 當身에게 萬一의 일이라도 일어 난다면, 돌이킬 수 없는 일이니까요.」

하고, 쓰루요는 몇번이고 못이 박히도록 다짐을 했다.

「오빠랑 다께꼬 아줌마랑 만나지 못한거야.」

「만났다. 오빠들도 밤늦게나 내일 아침 일찍, 到着 하겠지. 함께 汽車를 타려고 했는데, 엄마들만이 겨우 타게 되었단다.

그 女들은 집 가까이까지 왔다.

「자아, 나오기짱. 안고 가자꾸나.」

유끼꼬는 나오기를 안고서 집으로 달려 갔다.

「쓰루요, 잘 돌아와 주었구려……..」

쓰루요들의 모습을 보고서, 쇼타이는 눈에 물끼를 촉촉히 적시고 몇번이고 고개를 끄덕거리고서는, 왜 그러는지 한쪽손을 가슴위에 얹어놓고서, 쓰루요애개 合掌하는 行動을 取했다. 그러고 나서 말을 잇지 못했다.

「아끼꼬도 데리고 왔어요.」

쓰루요가 무릎위의 잿箱子를 가리키자, 그는 天井에다 눈길을 꽂은채 끄덕거리기만 했다.

도교를 出發 힐때부터, 쓰루요는 아끼꼬의 죽음의 모양을 어떤 式으로 쇼타이에게 들려 주어아만 할것인가, 마음이 쓰이지 않을 수가 없었다. 別로 아무렇지도 않는 듯이 이야기 한다해도, 病床의 그에게는 別다른 衝擊없이 넘어갈 理가 없는 것이다.

 헌데, 쇼타이는 아끼꼬에 對해서는 한마디도 물어 보려고도 하지 않았다. 듣는 것이 견딜 수 없는 点도 있겠지만, 쓰루요가 늦게 돌아 오는 것을 기다리고 있는 中에, 모든것을 알고 覺悟를 단단히 하고 있었는 것 같았다.

「當身과 나오기가 無事 한것만으로도, 感謝 해야지. 그러고, 아끼꼬 代身에, 이 애를 내려 주셨잖소……」

 하고, 쇼타이는 유끼꼬의 무릎위에 안겨져 있는 오쓰루를, 弱하디 弱한 微笑를 띄우면서 바라 보았다.

 와다세 博士가 그의 記錄의 檢討를 承諾해 주셨다는 것과, 쇼타이의 몸이 恢復되는대로 함께 쿠시로地方을 調査하겠다는 約束을 해 주셨다는 것을 이야기 해 주어도, 그의 表情은 아무런 變化도 보이지 않았다. 다만,

「고맙구려. 고맙구려……」

 하고 두번 되푸리해서 人事만 할 뿐이었다. 그 人事는 쓰루요에게도 와다세博士에게도, 두 분에게 向한 생각을 담은 것으로도 받아 드려지는 餘韻을 풍겨주고 있었다.

 쇼타로는 그로부터 三日後에 돌아 왔다.

 쓰루요가 다께꼬의 일을 묻자, 그 女는 다카시루를 데리고 오려고 애를 썼지만, 다카시루에게는 그럴 마음이 없었으므로 그 女도 當分間 도쿄에 머물거라는 것이었

다.

「그 女子도,」

하고, 다께꼬의 일을, 그는 그렇게 말했다.

「他人에게는 威壓的인 態度로 自身의 意志를 밀어 붙이는 주제에, 子息에게만은 너무도 칠칠맞지 못하단 말씀이야. 그러니까, 그런 얼뜨기가 될 수 밖에. 그 다카시루란 놈도, 변변찮은 놈이야. 그런 子息들은 처음부터 監獄에라도 쳐 넣어서 根性부터 두들겨 고치지 않으면 안돼.」

「너는 오랜 期間동안, 軍隊에서 苦生하다가 이제 막 돌아 왔으므로, 잔소리는 하고싶지 않다만, 그런 건방지고 放恣한 말은 하는게 아냐. 다카시루氏에 對해서 넌 얼마나 알고 있다고 시건방을 떠는거냐.」

쓰루요는 꾸중을 했다. 이 앞으로, 이 애는 어떤 人間으로 살아 갈것인가를 생각해 보았다. 가슴 어디엔가가, 暗澹해 지기까지 했다.

그 女의 등어리에서 오쓰루가 울어 제켰다.

「유끼꼬에다 나오기에다 오쓰루까지…. 마치 孤兒院 같다니깐.」

달래면서 牛乳瓶을 입에 물리고 있는 쓰루요에게, 쇼타로는 눈섶을 드리 밀면서 두털거렸다.

「누나도 어쩔 수 없는 女子야. 낳기는 마음대로 낳고서, 뒷 收拾은 모두 이쪽으로 밀어 버린다니까……」

「쇼타로. 내게 情나미 떨어지는 소리 그만 둘 수 없겠냐.」

「그것은 어머니가 좋아해서 하는 일이겠죠. 그런 나이에, 가난뱅이 살림에다, 눈썰미도 없는 骨董品쟁이가 값어치도 없는 거의 깨어져버린 物件을 끌어 모으듯이, 얼뜨기 꼬마새끼들을 끌어 안고 있으니까요. 더군다나 유끼꼬나 나오기 子息들은, 누구 子息인지, 아버지도……」

벼란간에 쓰루요의 손바닥이 날으면서, 宏壯한 따귀소리가 그의 얼굴에서 들려 왔다.

「나는 너를 輕蔑하고싶지 않다. 그렇게 하지 않도록 해 달라고 말했었다.」

쓰루요는 感情을 抑制하면서 말했다.

「어머니는 무언가 잘못 생각하고 있는 겁니다.」

쇼타로는 차갑게 빨아 들이는듯한 눈빛으로, 쓰루요를 내려다 보면서 일어 섰다. 목소리가 휘감겨 오듯 粘着力을 띠고 있는데도, 不自然스러울 程度로 鄭重한 語調로 變했다.

「전 當身님의(어머니의)일을 생각해서 말하고 있다고 여깁니다만. 人間의 一生은 그 出生부터 始作하는 겁니다. 不潔하게 태어난 사람은, 結局 不潔한 生涯를 마치게 되는 겁니다. 周圍로부터 同情어린 어설픈 愛情만 가지고서는, 어째 볼 수도 없는 겁니다. 어떻게 되겠지하고 생각하는 것은, 僞善者의 安易한 우쭐댐 이겠죠. 그러한 僞善者는, 반드시 自身의 僞善에 復讐 當하고 말아요. 두고두고 봐 보세요. 언젠가는 當身께서도 後悔하게 될테니까요.」

쇼타로는 말을 끝내고, 입술 끝만으로 가볍게 비웃거렸다. 그러고나서 帽子를 들고 玄關을 나가 버렸다.

쓰루요는 말리려 했지만, 쇼타이의 기침소리가 들려 왔기 때문에 생각을 바꾸어 病室兼用의 食堂房으로 들어갔다.

「쇼타로가 當身에게 뭐라 했소.」

發作이 그치자, 쇼타이는 등어리를 문지르고 있는 쓰루요에게 숨을 헐떡이면서 물었다.

「神經쓸것까진 없어요.」

쓰루요는 아무일도 없었는것처럼 말했다.

「오랜 兵營生活에서 막 돌아오자마자, 地震 騷擾(소요)속에 휩쓸려 버렸으니까 말이에요. 마음도 몸도 지쳐 있을거에요.」

「當身이 도쿄로 떠나고 없을때, 노소쓰키라는 男子가

찾아 왔었소. 난 처음이었지만, 當身과는 한번 만난적이 있다고 하던데……」

「네에 네에. 제니바코(錢函)에서 漁夫를 하고 있는 사람이라 했죠.」

「只今은 오타루(小樽)에서 雜穀의 仲買人인가를 하고 있는것 같던데. 金가락지를 세개나 두툼한 손가락에 끼고서, 時計도 時計줄도 돗수도 없는 이다쓰(伊達)眼鏡의 金테도, 몸전체가 金빛갈로 번쩍거리는 모습이던 걸……」

「무슨 이야기라도 하던가요.」

쇼타이는 그 말에는 對答도 하지 않고, 베개에 얼굴을 파묻고 있다가, 잠깐 사이를 두고, 그대로의 姿勢로 낮게 중얼거리듯 말했다.

「쇼타로의 마음은 非正常的인데가 있어요……. 어릴때부터 그랬었지만, 軍隊에 들어 가서, 그것이 더욱 甚해졌다오. 그 애에게는 軍隊生活이 毒이었던게야. 가여운 자식…….」

쇼타이가 노소쓰끼로부터 무슨 이야기를 들었는가는, 쓰루요는 自身이 그 場所에 함께 있었는것처럼 確實하게 알 수 있었다.

그로부터 一週日 後에, 突然, 關東戒嚴司令官 후꾸다

가타로(福田雅太郎)大將이 更迭되고, 야마나시 한쓰쿠(山梨半造)大將으로 바뀌었고, 憲兵司令官 고이즈미 고이찌(小泉五一)少將, 도쿄 憲兵隊長 고야마 카이죠(小山介藏)大佐가 停職, 同時에 도쿄 憲兵隊 시부야·고우지(麴)町 分隊長 아마가수 마사히코(甘粕正彦)大尉가 某種의 違法行爲에 依해서 軍法會議에 넘겨졌다고하는 簡單한 報道가 新聞에 났던 날, 얼굴이 헬쓱한 모습으로 다께꼬가 혼자서 돌아 왔다.

쓰루요는 고마끼의 消息에 對해서, 或是나 하는 期待도 있고해서, 傳喝을 받자마자 찾아가 보았다.

그러나 다께꼬는,

「내코가 석잔데 남의 일이 알게 뭐냐. 그럴 處地도 못 되었다네.」

하고, 疲困해서 그러는 것이 아닌 氣分이 좋지 않았다.

原因은 다카시루 때문 이었다. 그는 今年에 들어서는 學校의 講義에도 全然 出席하지 않았고, 授業料도 未納인채로, 다께꼬가 가지 않았었다면 除籍處分을 當할 處地에 놓여 있었다.

그것 뿐인가, 그는 下宿을 나와서 女子와 同居를 하고 있었던 것이다. 相對는 긴좌(銀座)의 카-페의 女給 이었다. 다께꼬는 激怒했다. 女子와 다카시루를 끌어다 놓고

닥달을 했다. 그 女의 일이니만치, 어떻게 했는가는 쓰루요도 斟酌이 갈 程度였다.

「그런데 다카시루는 잘못을 빌 줄 알았는데, 顔色하나 變하지 않았다. 사람을 바보로 맨드는 비웃음을 흘리면서, 戀愛는 自由 입니단가 무언가 씨부렁 거린다니까. 뭐가 戀愛가 自由란 말이야. 父母가 보내는 돈으로 工夫하는, 아직도 엉덩이에 새파란 班點도 사라지지않는 애송이인 주제에.」

「그렇게도 다카시루氏는 그 사람을 좋아하고 있었나요.」

「자네가 무얼 말하려 한다는 것은 잘 알고 있다네. 나도 그렇게 나 自身을 誇示하려는 사람이 아니야. 진짜 사랑하고 있다면야, 나도 생각이 있잖겠나. 헌데 그게 아냐. 싫지 않으니까 同居하고 있지만, 꼭 헤어져야 한다면, 헤어져도 괜찮아요 라고, 女子를 앞에다 두고 꺼리낌없이 顔色 하나 변하지 않더라니까.」

그것은 다카시루가 虛勢를 부리고 있다고 여겼으나, 쓰루요는 아무말도 하지 않았다.

「허지만 日本內에 女子는 이 사람 혼자뿐만이 아니니깐, 또다시 같은 일이 되푸리 되겠죠. 라고 대어 드는 거 있지. 男子와 女子가 만나는 것 自體가 덧없는 일이라서,

언젠가 때가 오면 自然히 헤어지고 말지요, 어쩌면 倦怠가 올 수도 있잖아요, 하고 말 하더란 말일세. 마치 남의 일처럼 말이야.」

「그래서 어쩌고 왔어요.」

「네 멋대로 하고싶은대로 살아라. 그 代身, 더 以上 送金은 없다. 시궁창에다 버리고 있는 것과 진배 없으니까, 하고 말했다네. 하니까, 좋습니다, 女子가 먹여 살려 주겠죠. 그것이 그놈의 對答이었네. 난 입술이 찢어져서 피가 흘러 나올 程度로, 뺨을 후려 갈겨 주었다네. 男子 쓰레기의 말버릇 이었다네.」

다께꼬는 목소리를 낮추었다.

그렇다고 女子의 치마자락에 매달리게 할 수는 없기에, 돈은 두고 왔지만, 女子와 헤어지지도 않을것 같고, 學校는 勿論 落第일게라고, 다께꼬는 억울해 죽겠다는듯이 입술을 깨물었다. 그러고 나서 精神이 드는듯,

「아끼꼬가 그렇게 되다니, 가엾어서 어쩌지.」

하고, 중얼거리듯 말했다.

四, 五日後에, 아마가수(甘粕) 憲兵大尉에 依한 오오스기 사카에(大杉榮) 殺害事件이, 內務省으로부터 揭載禁止가 풀려서, 新聞의 紙面을 꽉 채웠다.

全國의 新聞社에 記事化禁止를 命令해 놓고, 그러는

사이에 唐慌하여 豫審을 끝낸 第一師團 軍法會議 檢察團
은,

『아마가수 마사히꼬 憲兵大尉는 今日 十六日 밤, 오오
스기 사카에 等 二名을 某處로 끌고 가서, 그들을 죽
게 만들었고, 그 動機는 無政府主義者의 巨頭인 오오
스기 사카에들이, 地震災禍後(지진재화후)의 無秩序
에 便乘하여, 어떤 不美스런 行爲를 할는지 모를뿐더
러, 스스로 國家의 害毒을 事前에 깨끗이 잘라버린다
는 意味에서 라고 함.』

하고, 아마가수의 殺人을 支持하는듯한 談話를 發表
했다.

오오스기 사카에는 도쿄外國語大學의 學生일때, 유끼
도꾸 아끼미즈등의, 平民社에 參加한 以來로 社會運動家
로서, 특히 無政府主義의 理論的 指導者 였지만, 마침 이
번 七月에 프랑스 파리로부터 送還 當해 歸國한지 얼마
되지도 않았으므로 "不健全한 行爲에 나선다."는 意志
等은, 勿論 있을 턱이 없었을 뿐더러, 될 수 있는 狀態도
아니었다.

오오스기와 함께 殺害 當했다는 두 사람을 말할것 같
으면, 勿論 社會主義者나 無政府主義者로서, 이름이 알
려져 있는 大物이라 했으므로, 그럴듯한 이름들이 입에

오르락거리고 있었지만, 十月에 들어서 軍法會議의 모양이 發表되고 보니까, 그들이 오오스기의 夫人 이도오 노에다(伊藤野枝)와 그들의 조카인 다찌바나 무네가쓰(橘宗一)少年 이었다고 알려지자, 世上을 啞然케 하고 말았다.

이토오 노에다는 히라쓰카 가미도리의 『청탑사(靑鞜社)』, 야마가와 기꾸에등의 『赤欄會(적란회)』등의 婦人解放運動을 涉獵(섭렵)했고, 大正 五年, 오오스기와 結婚하고부터는 無政府主義 運動에도 參加하고 있었지만, 조카인 다찌바나 무네가쓰는 여섯 살 밖에 않된 어린애에 不過했었다.

오오스기와 노에다는 요코하마의 쓰루미(鶴見)에 살고 있는 同生집의 災害에 對한 慰勞訪問次 갔다가, 被害의 뒷 處理를 할때까지 暫時동안만 조카인 무네가쓰를 데리고 있겠다고 하고서, 함께 돌아 오던 길이었다. 九月 十六日의 저녁무렵이었다. 집 近處에까지 왔다가, 과일가게에 과일을 사려고 들리는 途中에 기다리고 있던 아마가수와 도쿄 憲兵隊 本部勤務 모리 게이지로(森慶次郞) 曹長(中士級)에게 拉致 되었던 것이다. 逮捕해야만 할 理由도 없고, 아직 法的인 手續도 밟지 않고 있기 때문에 拉致라고 말 할수 밖에 없겠다. 憲兵隊 本部에로 끌려간 세 사람은, 그날 밤 中에 絞殺 當하였고, 死體는 거적으로 싸서 構內에 있는 옛 우물에 집어넣고 깨어진 기왓장등으로 메워 버렸던 것이다.

이 憲兵隊本部의 內部 깊숙히에서 저질러진 犯罪는, 當局에 依해서 極秘裡에 犯罪의 痕迹을 抹殺시킬 計劃이었으나, 四日後인 二十日頃, 事件의 냄새를 맡은 요미우리신문(讀賣新聞)과 時事新報가 號外를 發行하여, 오오스기 사카에 事件을 特種記事로 取扱했다. 號外는 卽時 販賣禁止處分을 當했으나, 이렇게 해서는 事件을 有耶無耶(유야무야) 埋葬시키는 것은 不可能해 졌다. 하는 수 없이, 急速히 戒嚴司令官을 更送하고 도쿄憲兵隊長 以下의 處分을 發令 시킬 수 밖에 없었고, 事件이 表面으로 틔어 나온 것은, 全的으로 두 新聞社의 特種記事 德分이라해도 좋겠다.

아마가수는 軍事法廷에서, "一個人으로서 殺害할 必要가 있다고 생각되었기 때문에 殺害했다."라고 陳述하고 있지만, 모리 曹長은 "이것은(殺害)司令官(憲兵司令官 고이즈미 고오이찌 少將)의 秘命에 依한 行動이었으므로 絶對로 입을 열어서는 안 돼."하고, 部下인 혼다 오모오 上等兵에게 命令했다고 傳해지고 있다.

이것은 혼다 上等兵의 陳述이지만, 모리 曹長도 고이

즈미 少將도, 그런 事實이 없다고 否認하고 있었던 것이다.

또한, 一說에 依하면, 오오스기들은 아사누노(麻布)의 第三聯隊에 拉致되어, 同聯隊의 將校에 依해서 殺害 되었다고도 傳해지고 있었다. 아무리 無政府主義者와 그 家族이라 할지라도, 一般 軍人이 市民을 誘拐(유괴)해서 殺害했다고 본다면, 問題가 重大化할 危險이 있으므로, 憲兵인 아마가수가 罪를 뒤집어 썼다고도 했지만, 眞相은 不明인채로 였다. 그러나, 事件의 推移나 軍 上層部의 處置에서 보더라도, 그것이 아마가수 혼자가 獨斷으로 저질렀고, 上層部는 이 事件과 無關하다고 하는것은 생각 할 수도 없고, 믿겨지지도 않았다.

도쿄日日新聞은 『人道의 敵』, 이라고 糾彈했고, 時事新報는 『陸軍의 엄청난 汚辱』라 非難했으며, 도쿄 아사히新聞은 『軍法會議에 司法能力 없음』을 指摘 함으로서, 다함께 "아마가수의 背後에는 어떤 人物이 있다는 것을 감추고 있는 것이 事實이다."하고, 그의 背後關係를 追求하라고 壓迫을 기했었다. 허나, 軍法會議는 世論을 無視하고, 오히려 事件의 背後關係가 들어나는 것이 두려운 듯이, 재빨리 公判을 서둘렀다.

判決은, 아마가수 大尉가 不過 懲役 十年, 모리 曹長이

三年, 혼다등 세 사람의 上等兵은 無罪였다. 더군다나, 그 後의 일이긴 하지만, 아마가수는 三年余만에 刑執行停止로 出獄의 許可가 내려졌다.

一般庶民에게는 社會主義와 無政府主義의 區別이 무언지 모른다. 그것들을 한데 묶어서 빨갱이라 했고, 빨갱이란 極惡無道한 사람이라고 여기고 있는 것이다. 그러므로, 萬一 殺害 當한 것이 오오스기와 이토오 노에다 둘 뿐이었다고 한다면, 國民은 但只 두려운 일이다 라는 程度의, 옅은 印象만을 남겼을는지도 몰랐다. 法治國家라 한다면, 假令일러 極惡人이라 하더라도, 法에 依하지 않고, 더군다나 殺害까지 한다는 蠻行은 있어서는 안 된다는 理性的인 判斷도, 相對가 빨갱이라면, 생각이 옅을 수가 있는 것이다.

이 事件이 國民 全般에 걸쳐 衝擊을 주었다는 것은, 不過 여섯살인 다찌바나 무네가쓰(橘 宗一)가 殺害 當했다는 것에 있었다. 아무것도 모르는 어린애를 殺害한 그것이 國民의 反感을 일으켰던 것이다.

庶民으로서는, 윗사람이 두려운 것이다. 그 윗사람이 빨갱이는 두려워 라고 하니까, 理由도 모르면서 그냥 고지곧대로 두려워 하는 것이다. 그런데, 다섯살이나 여섯살배기 어린애가 빨갱이가 뭐며 검둥이가 뭔지 알 까닭이 없는 것이다. 그런 어린애를 軍人이 죽였다는 것이다. 理由아닌 理由마져도, 이 境遇에는 該當이 되지 않는다. 武器를 갖고 있는 屈强한 軍人이, 理由도 없이 어린애를 죽였다고 하는 事實은, 누구나의 가슴을 새파랗게 만들기에 充分했었다.

「그러한 淺薄(천박)하고, 값 싼 感傷은 本質을 잘못 본 데에 있는거라구요.」

하고, 쇼타로는 憤慨하고 있는 쓰루요와 유끼꼬에게, 쌀쌀맞은 語調로 말했다.

「어린애가 하나 죽었다. 어머니는 但只 그 하나밖에 보이지 않아요. 글쎄요, 無自覺이고 아무것도 모르는 國民一般은 하는 수 없지만, 新聞이 모두 입을 맞추어 軍을 誹謗하는 것은 무슨 일입니까. 이것들이야말로 國家를 辱되게하는 國賊입니다. 社會主義나 無政府主義가 얼마나 凶惡無殘한 것인가, 적어도 新聞쟁이들이라면, 전혀 모를 理가 없을텐데, 이것들 모두가 그치들의 앞잡이들이야.」

쇼타로에게도 그나름의 信念이 있었다.

人間의 목숨같은 거, 하찮은 거라고까지는 생각지 않더라도, 絶對至上인것처럼 생각하는 것도 어리석은 偏見일뿐이라고, 그는 믿고 있다. 價値는 모두가 相對的인 것이다. 當然, 목숨보다도 더 切實한 것도 있다.

또한, 똑같은 목숨일지라도, 그는 七年동안이나 北滿洲나 시베리아에서, 러시아의 革命軍과의 싸움에서 죽어간 많은 兵士들을 보아 왔었다. 그 兵士들의 목숨과, 다찌바나 무네가쓰 少年의 목숨이 똑같은 값어치라고는, 그는 絶對로 생각할 수가 없었다.

兵士들은 故鄕에서는 제各各 堂堂한 社會의 一員으로서, 妻子를 扶養하고 一家의 기둥인 사람들도 많았다. 그들의 죽음으로 因한 社會的 損失이나 個人的인 周邊의 影響은, 여섯살박이 少年의 목숨과는 比較가 되지 않는다.

헌데, 世上의 一般的인 感情은, 온통 그 反對의 反應을 보여주고 있는 것이다. "아무것도 모르는," "純眞한" "귀여운" 等等 感傷的인 形容詞가, 妻子眷屬(처자권속)을 남겨두고 國家의 目的을 爲해서 죽어간 靑年들의 목숨보다도, 無政府主義者의 여섯살짜리 조카의 목숨을 더 貴重하다는듯이 擬裝하고 있다. 그리하여, 世上은 그 擬裝을 뜻도 모른채 그대로 받아 드리고 있다. 쇼타로의 立場에서 본다면, 그것은 本末顚倒이고, 容恕하기 힘든 價値觀의 뒤바뀜 이었다.

이런 낯뜨거운 뒤바뀜을 恣行해서 어리석은 百姓을

愚弄하고 있는것은, 디마크러시-의 탈을 쓴 自由主義者나, 그 新聞들이다. 디마크러시-는 世界大戰後의 流行思想이기도 하다. 日本에서는 요시노 쑤쿠쓰케의 飜譯에 따라서, 民本主義라 불려지고 있지만, 그것은 속임수에 지나지 않는다.

民主主義라 말 해 버리면, 主權在民의 思想이 너무 明確해서, 天皇制 君主體制인 日本에서는 法理的으로 抵觸되는 点이 크다 하겠다. 民本主義라면, 主權은 天皇에게 있지만, 그 主權行使의 目的이 人民에게 있다고 하는, 行政的인 解釋이 成立되기 때문이다. 그러나, 그러한 逃避路를 생각하지 않으면 안 되는 것 自體가, 디마크러시-가 君主體制 否定의 危險思想이 되는 證據인 것이다. 말해서, 社會主義나 無政府主義와는 종이 한장 差異밖에 없다. 말하자면, 只今 流行하고 있는 디마크러시-는 社會主義의 앞잽이 인 것이다----고, 쇼타로는 생각하고 있는 것이다.

日本의 運命을 그르치게 하는것은, 디마크러시-를 內包하고 있는 이들 反體制思想이 國民들에게 스며들어 번져가는 것이다. 日淸戰爭 以來 시베리아 出兵에까지, 日本은 滿洲와 시베리아에서 數많은 靑年들의 피를 흘려왔었다. 더군다나, 그 效果는, 그곳에 權益을 두고, 漸次

擴大化를 노리고 있는 歐美先進諸國을 牽制하고 妨害하는 것으로서, 마음대로 하도록 내버려 두지 안는다는 것이다.

滿蒙大陸은 日本의 生命線일뿐만 아니라, 그곳에의 自由로운 發展을 可能하게 하는지 못하는지는, 日本과 日本人의 興亡을 決定하는 열쇠 였다. 그렇기 때문에, 只今은 歐美列國의 重壓을 되돌려 보내기 爲해서는, 擧國一致의 體制를 만드는것이, 무었보다도 急先務가 아니면 안 되는 것이다.

社會主義나 無政府主義는 勿論, 그에 비슷한 民本主義 等도, 存在를 許諾해 줄 때가 아니었다. 危險思想의 傳播(전파)를 일삼아하는 國賊은, 오오스기 사카에와 이토오 노에다뿐만이 아니었다. 그들은 차례 차례로 徹底的으로 排除시킬 必要가 있는 것이다.

그것은 작은 感情이나 모-랄을 넘어선, 國家로서의 正義라고, 쇼타로는 믿고 있는 것이다.

그는 다이쇼(大正) 七年의 九月에 오오사카에서 일어났던 右翼愛國團體의 『오오사카(大阪) 아사히(朝日)新聞 膺懲事件(응징사건)』을 最近에 와서야 알게 되었던 것이다.

當時, 쌀값의 暴騰으로 全國的으로 쌀 騷動이 일어 났

고, 테라우찌 內閣은 官憲을 動員시켜 彈壓으로 나섰으므로, 各地에서 流血事態가 續發했었다. 그때, 政府의 政治責任追求의 先頭에 섰던 大阪朝日新聞은, 그 記事中에 『白虹日お貫く』『하얀 무지개 일본을 관통하다』라는 고어(古語)가 있었던것을 트집잡아, 發賣禁止, 新聞紙法 違反으로 起訴 當했었다.

그 古語가 內亂을 待望하는 意味를 품고 있고, 한편으론『日』은 天皇을 意味하는 것이므로, 政體改變, 皇室冒瀆에 該當한다는 理由였다. 火가 난 토야마 미쓰루(頭山滿), 우찌다 료헤이(內田良平)등의 浪人會(=떠돌이 사무라이)는 『非國民 大阪 朝日 膺懲, 國體擁護 運動』을 展開했고, 다시 이케다 히로수(池田弘壽)등의 黑龍會 會員은, 大阪朝日의 무라야마 류헤이(村山龍平)社長을 白晝, 나카노시마(中の島)公園으로 拉致해서, 石燈籠에 묶어놓고 『國賊 무라야마 류헤이를 하늘을 代身해서 罰을 내리노라.』하고 大書特筆한 종이깃발을 세우고 大衆의 구경거리로 삼았었다.

이 政府와 檢察과 右翼分子들의 合同攻擊을 받은 무라야마 류헤이는 社長의 자리에서 물러나게 되었고, 編輯局長 토리이 모토가와(鳥居素川), 社會部長 나가야가와 니요제간(長谷川 如是閑)을 爲始해서 오오야마 가오오(大山郁夫), 마루야마 겐지(丸山幹治), 쿠지다 후미쇼(櫛田民藏), 하나다 다이고로(花田太五郎)등의 社內 디마크러시-派는 하나씩 둘씩 退社할 수 밖에 없었고, 外部 寄稿家였던 가와가미 하지메(河上肇)나 사사키 후사가쓰(佐佐木惣一)도 몸을 도사리고 물러 서 버려서, 大阪朝日의 進步派는 文字 그대로 全滅해 버렸다.

이것은, 自身들이 긴긴 歲月동안 나라를 爲해서 身命을 다하여, 滿洲나 시베리아의 曠野를 轉戰하고 있는 사이에, 國內에서는 滔滔(도도)한 民本主義의 浸蝕에 中毒되어서, 시베리아 出兵을 無意味한 暴擧처럼 받아 들려지고 있는 風潮가 一般化 되고 있는 속에서, 조금이나마 쇼타로의 마음을 慰勞해 주는 事件 이었다.

오오스기 事件에 關해서, 故意로 無政府主義나 社會主義 撲滅의 急先務에 對해서 눈을 감아주고, 아마가수들의 憂國至情을 『人道의 敵』이라고 誹謗하는 國賊新聞도 當然히 天罰을 받아야만 했었다. 默過하는 것은, 그것만큼, 反國家 勢力을 키워 나가는 셈이 되는 것이다.

그는 憂國의 人事들이 行動으로 일어 나는 것을, 마음속에서 아무도 몰래 期待하고 있었다. 그러나, 아무런 일도 일어나지 않는 사이에, 그의 憂慮를 뒷받침 하는듯한 不祥事件이 일어나고 말았다.

그해도 거의 저물어가는 十二月 二十七日, 議會의 開院式으로 向하던 섭정궁(攝政宮)이 타고있던 自動車가 도라노문(虎の門)앞에 當到 했을때, 늘어서 있던 群衆속에서 뛰쳐나온 한사람의 靑年이, 스틱에 감추고 있던 銃으로 섭정궁을 狙擊 했다.

彈丸은 自動車의 유리門을 뚫고 함께 타고 있던 侍從長 이리에 다메노리의 얼굴에 輕傷을 입혔지만, 섭정궁은 無事했다. 犯人은 『革命萬歲』를 외치면서, 그곳에서 憲兵과 警察에게 붙잡혔다. 나니와 오오쓰케(難波大助)라는 二十五歲의 無政府主義者 였다.

이 事件은 狙擊이 行해졌다는 것과, 섭정궁이 無事하다는 것 以外는, 다음 해 九月까지 一切 報道가 禁止되었으나, 國民의 衝擊은 이만저만이 아니었다.

二十九日, 大震災의 業火中에 誕生된 第二次 야마모토 겐헤이 內閣은 責任을 지고 總辭職하였고, 警視總監 유아사 쿠라히라(湯淺倉平), 警視廳 警務部長 마사지카 마쓰타로(正力松太郎)는 懲戒免職處分을 當했다.

또한, 犯人 나니와 오오쓰케의 故鄕인 야마구찌縣(山口縣)에서는 縣 知事는 減俸處分, 衆議院의 議員이었던 父親은 卽刻 辭職하고, 푸른 대나무를 X 자로 묶어서 出入門을 閉鎖시켰으며, 兄弟들도 勤務處에서 쫓겨났을뿐 아니라, 모두 房하나를 定해서 蟄居(칩거)하도록 했다. 오오쓰케의 出身 小學校 校長도, 擔任을 맡았던 敎師도 引責辭職을 當하였으며, 온 동네가 正月의 祝祭도 廢止當하고 謹愼했다. 그리고, 오오쓰케가 上京할때 途中에 들렸던 교오토부(京都府)의 府知事까지도 譴責(견책)處分을 받았다. 그런데도 激昻된 右翼靑壯年들은, 內務大臣 고오토오 아라히라(後藤新平)는 危險思想을 取締하는데 있어서 徹底하지 못한 責任이 있다고 하면서, 고오토오의 私宅을 襲擊하는 騷動을 이르키기도 했다.

이 도라노문(虎の門) 事件이 일어남으로 해서, 오오스기 사카에들의 虐殺事件에 對한 新聞의 態度도 확 달라졌다. 國民들도, 옛날, 明治天皇의 暗殺을 企圖했으므로 死刑에 處해졌던 유끼도꾸 아끼미즈들의 『大逆事件』을 되살려 보게 되었다. 정말 社會主義者나 無政府主義者는 危險하다는 印象이, 急速度로 오오스기들의 殺害를 是認하는 쪽으로 기우러져 갔다. 다찌바나 少年의 죽음도 어쩔 수 없는 곁다리로서, 오오스기나 노에다와같은 極惡人의 血緣으로 태어난 것이 不幸이었다고 생각하는 쪽이 支配的으로 되기까지에는 그렇게 많은 時間이 所要되지 않았던 것이다.

二月에 들어 서서 어느날, 쇼타로에게 緣談이 들어 왔

다. 이즈미 나쓰기의 母親인 히로꼬로부터의 이야기로서, 이즈미 農場에서 오래 前부터 함께 일해 온 牧場 人夫의 딸 이었다.

軍隊에서 돌아 온 以後, 아직도 일자리도 없이 놀고 있는 쇼타로를 爲해서, 그이만 좋다면 農場에 와서 適當한 일을 해 보는 것이 어떻겠느냐는 나쓰기의 同意도 있었다.

「拒絶 해 주십시요.」

하고, 쇼타로는 말을 붙여 볼 틈도 없었다.

「마른 풀냄새 풍기는 女子를 여편네로 삼고, 소 젖이나 짜면서 살아 간다는 것은, 내게는 맞지 않네요. 내게는 나대로의 생각이 있습니다.」

「일을 하건 말건 너의 自由다. 허지만, 무엇을 하든지 간에 장가는 가야지 않겠냐. 너도 이젠 스물 일곱 이란다.」

「마누라나 子息같은 것은, 손발을 얽어 매는것 뿐이에요. 그러고요, 전 도쿄로 갈 豫定 입니다.」

「도쿄로 가서 무엇을 하려고 하느냐.」

「어머니가 알바 아니에요. 나에 關한 일은 그냥 내버려 두시라니깐요.」

그는 자주 오타루(小樽)로 들락거리고 있었다.

軍隊에서 만났을뿐인 漁夫出身의 投機師 노소쓰키가, 요즈음에 들어서 그럴듯한 날개짓을 하고 다니는 모양으로서, 쇼타로는 그와 손잡고, 무언가 投機事業이라도 始作하려하는 것이 아닌지도 모르겠다.

쓰루요는 投機事業과 같은 一攫千金的인 것으로서, 발바닥이 땅에 닿지않는 不安定한 事業에 好感을 가질 수도 없었지만, 더군다나, 쇼타로와 노소쓰키와의 關係가 깊어지는 것에 걱정과 두려운 생각을 품지 않을 수 없었다.

두 사람의 結合은, 軍隊에서 暫間동안 만난것 만으로서는, 무언가 釋然치 않을 程度로 緊密하고, 그 結点에 陰密하고 어두운 그림자가 드리워져 있는듯이, 쓰루요에게는 생각되는 것이었다. 그들의 一種의 友情은 秘密스러운 罪를 共有하고 있는 者들의 共犯者 意識에서 出發해서, 그로 因하여 헤어질래야 헤어질 수 없게 얽매어져 버려서, 漸漸 깊어져 가고 있는것처럼 느껴지는 것이었다. 그들의 사귐의 起点에, 쓰루요는 야마오 오우지의 死因을 생각지 않을 수가 없었다. 그러한 사귐에서 出發한 交友關係가 좋은 結果를 맺을 거라고는 생각할 수가 없었다.

「너는 七年이라는 歲月을 軍隊에다 빼앗겨 버리고, 苦

生苦生 해 왔기때문에, 마음이 보통의 삶에 익숙해 질때까지는, 하는 생각에서, 아무런 말도 않고 왔지만, 벌써 半年이나 흘러 갔으니까 괜찮겠지. 오늘은 너에게서 꼭 듣고싶은 것이 있단다.」

어느 날, 쓰루요는 前과 같이 오타루(小樽)에 가려고 하는 쇼타로를 비어있는 下宿人 房으로 불러 드렸다.

「뭔데요, 새삼스럽게스리. 바쁘니까 簡單하게 付託 드려요.」

쇼타로는 嚴肅하게 端座하고 있는 쓰루요앞에 兩班다리를 하고 앉으면서, 외투 품속에서 담배를 꺼내어 성냥을 그었다.

「넌 釀造場집 오우지氏가, 사가렌에서 죽었다는 것을 알고 있겠지.」

「그렇다더군요. 그것이 어떻다는 겁니까.」

「오우지氏는 戰病死로 되어 있다고는 하지만, 事實은, 班長으로부터 社會主義者라는 疑心을 받아서, 虐待殺人(학대살인)을 當했다는 所聞이 떠돌았었다.」

「今始初聞인걸요. 社會主義者들은, 特히 軍隊에 파고 든 녀석들은, 그 어떤 制裁를 當하거라도 當然하다고 생각 합니다만. 야마오와는 部隊도 다를뿐더러, 나와는 關係 없어요.」

「노소쓰키氏가 그 班長이 아니었느냐.」

「글쎄요, 그랬었나. 물어 본적도 없기때문에……」

「노소쓰키氏는 오우지氏는 中學生일때부터 社會主義者였으니까 注意하는게 좋다, 고 네게서 注意를 받았다고 말하고 있단다.」

쇼타로는 그말에는 對答도 하지 않고, 담배煙氣로 동그라미를 그리면서, 천천히 天井을 올려다 본다. 쓰루요의 視線은 그러는 그의 눈을 凝視한채 떼려고도 하지 않았다.

「노소쓰키氏가 내게 거짓말을 했다는 건지, 아니면 事實인가, 너의 입으로 確實하게 들어두지 않으면 안 되겠다.」

「그런것을 듣고서, 어떡허실려구요.」

「노소쓰키라는 사람이, 그런 거짓말을 함부로 하면서 돌아 다니는 사람이라면, 너도 그런 사람과는 交際를 해야 할것인지를 생각해야 하는 것 아니냐. 허지만, 萬一 그게 事實이라면, 난 너를 容恕 할 수가 없다.」

「容恕하지 않으신다면, 어떻게 하시겠다는 건가요.」

「그렇담, 넌 亦是…….」

「軍隊內에 主義者와 같은 사람이 있을 境遇, 그 兵士의 直接責任者에게 注意를 시켜 두는 것은, 當然한 處置

니까요.」

쇼타로는 담배끝에 눈길을 주면서, 無表情한 목소리로 말했다.

「헌데, 야마오는 戰病死라 했죠. 그렇담, 나의 忠告와는 아무런 關係도 없네요.」

「넌 아주 卑劣한 卑怯者다.」

쓰루요는 무릎위에 올려 놓았던 손을 꼭 쥐었으나, 목소리는 感情을 抑制하면서, 反對로 차분해졌다.

「오우지氏가 진짜 戰病死였는가, 너의 中傷謀略이 原因이었는가, 그것은 나도 모르겠다만, 假令, 戰病死가 事實이었다 하더라도, 中傷謀略한 너의 卑劣함은 지워지지 않을거다. 軍隊生活을 오래한 네가, 그런 重傷을 받은 兵士가 어떤 處地에 놓여진다는 것은, 모를 理가 없겠지. 充分히 알고 있으면서 그러한 짓을 한 以上, 너에게는 그만큼의 責任이 있는 것이다.」

「좀 더 主義者의 무서움을 배워 두셔야 겠군요. 유끼도꾸 아키미즈나 나니와 오오쓰케들이 한 짓거리를, 確實하게 두 눈을 부릅뜨고 잘 보세요. 그네들은 모두가 國賊 입니다. 그냥 내버려 두면, 흰개미처럼 니라를 기둥뿌리 한 가운데서부터 먹어 치워 버린다구요. 전요, 싫을 程度로 시베리아에서 그것을 보아 왔으니까요.」

「오우지氏는 그런 사람이 아니야.」

「전 確信을 갖고 있네요. 尼港에서 야마오는 러시아의 過激派들의 한패가 되어서, 日本軍을 誹謗하고 있었으니까요. 나를 同鄕의 오래된 親舊라고 믿고서, 率直하게 本心을 털어 놓았었어요.」

「中學生일때부터 그러한 思想에 물들어 있었다고 말했다던데.」

「그거야 야마오가 主義者라는 事實을 강하게 뒷받침하기 위한 덧붙임 말이지요.」

하고, 쇼타로는 입술 끝만 가지고 피식 웃었다.

「그런것은 別로 主要한 것이 아닙니다. 現實的으로 그는 主義者였으니까요. 萬一 야마오가 主義者였기 때문에 죽었다고 한다면, 그것을 公表해서 國民의 본보기로 懲戒했을거라고, 전 생각 합니다. 그렇게 되었더라면, 어머니같은 분들은 어느만큼은 얄팍한 感傷으로부터 눈이 트여졌을 텐데요. 글쎄요, 軍이 戰病死라고 했다면 戰病死인 것입니다. 야마오로 봐서는 過讚의 名譽인지도 모르겠군요.」

「쇼타로, 넌 殺人者다.」

쓰루요는 그를 똑바로 바라보면서 말했다.

「네가 어떤 犯罪를 犯했다 하더라도, 그때문에 네가

괴로워하고 있다면, 나는 너의 에미다. 假令일러 日本의 모든 사람이 너를 버린다 하더라도, 나는 너를 버리지 않아. 너 혼자서 참고 견디지를 못한다면, 나도 함께 罪를 짊어 지겠다. 헌데, 네게는 나쁜일을 했다는 反省 조차도 보이지 않았다. 親舊를 뒤에서부터 수렁속으로 밀어 떨어뜨리면서도, 그것이 卑劣한 짓이라고 생각도 하지 않았다. 괴로워해야 할것을 反對로 得意揚揚해 하고 있다. 넌 人間의 마음을 갖고 있지 않다. 난 네가 부끄럽다. 너와같은 子息을 두었다는 自身의 罪가 두려울 뿐이다.」

「무슨 말씀을 하고 계시는 겁니까. 義絶이라도 하시겠다는 겁니까.」

「義絶한다고 해서 父母의 責任이 없어지는 것은 아니겠지. 하지만, 더 以上 너를 子息으로서 認定하는 것은 나로서는 할 수 없다. 나가주기 바란다. 그리고, 두번다시 얼굴을 보이지 말거라.」

「좋습니다.」

쇼타로는 화롯가에 피우고 있던 담배를 부벼버리고, 천천히 일어 섰다.

「어느땐가 저를 사랑하고싶을 때가 오겠죠. 허나, 그때에는 잘 記憶해 두세요. 우리들은 새빨간 남남之間 이라는 것을. 아버지에게는 當身께서 適當히 말씀드려 주세요.」

 외투 소매가, 눈앞에서 빗질하듯 쓸리면서, 쇼타로가 언제나처럼 變하지 않는 발걸음으로 複道로 나가는 것을, 쓰루요는 꼼짝도 하지않고 바라보고 있었다.

 쇼타이는 알아 주시겠지. 허지만, 釀造場집은 어떡헌다지. 무엇을 어떻게 빌어야 한단말이지…….

 쓰루요는 눈을 감았다. 그런 모습으로 오래동안 몸한번 꿈쩍하지 않고 앉아 있었다.

9

　五月 中旬頃의 어느 和暢한 日曜日, 유끼꼬는 구주니시 하수꼬(葛西蓉子)를 따라서 나카시마 遊園地에 놀러 갔었다.
　여느해보다 季節의 찾아옴이 빨랐고, 어린 잎새의 色깔이 방울지어 떨어지듯이 거리를 물드렸으며, 淸明한 하늘을 건너지르는 微風에, 벌써 여름냄새가 은은히 풍겨 나오고 있었다.
「어제, 下校時에 敎務室로 불려 갔었지. 무슨 일이라도 있었던거니.」
　하수꼬가 묻자, 유끼꼬는 멋적은듯이 웃음을 띠우면서, 땋아서 느러뜨린 머리를 톡톡 두드렸다.
「當했지 뭐야. 망또히히(망또원숭이)한테.」
　망또히히란 擔任인 英語敎師의 別名이다.

「뭣 하다가.」

「틀켜 버렸지. 미만수관(美滿壽館)에 갔다가.」

「어머……」

하고, 가수꼬는 눈을 동그랗게 떳다.

미만수관이란 수수기노(薄野)의 繁華街에 있는 映畵館이다. 中學生도 女學生도, 映畵보러 가는것이 禁止되어 있다. 더군다나 유끼꼬들의 學校는 그 中에서도 第一 嚴重 했었다.

「大膽하다, 너. 映畵館은 風紀團束 先生님들이 第一 많이 돌아 다니는 곳이야.」

「그런것 같애. 上映하고 있는 것이 『戰爭과 平和』였단다. 그런데, 이번 한번만은 없는걸로 해 둘테니까 操心하랬어. 살았지 뭐야.」

「多幸이다 애. 망또히히도 톨스토이에게는 한수 접어 주는 모양이지.」

「그런데 말이지, 題目은 똑 같지만, 事實은 톨스토이 原作 것이 아니야. 나도 톨스토이 것이라고 생각하고 보러 갔었는데, 아베르·간스란 監督의 프랑스 作品이더란 말이야…….」

그것은 世界大戰中에, 獨逸軍의 通路가 되었던 프랑스의 시골집을 舞臺로 해서, 戰爭 慘禍로 發狂한 젊은 詩

人의 回想形式으로 描寫된 反戰 映畵였다.

  火災와 掠奪(약탈)과 殺人과 暴行과, 이 모든것을 남겨두고 獨逸軍이 떠난 뒤에는, 쥐죽은듯이 고요한 部落도, 살아 남은 部落民들의 마음도, 荒凉한 不毛의 廢墟로 化하고 만다. 詩人의 戀人도 獨逸兵丁들에게 凌辱을 當하고 自殺한다. "나는 糾彈한다."라는 原題가 나타내고 있는 바와 같이, 戰爭에의 悽絶한 憎惡와 抗議를 表現하는 作品이었다. 詩人으로 扮裝한 로뮤알·쥬-베와, 戀人役의 마리-·도-브레라하는 俳優의 演技가 퍽이나 印象的이었다.

  유끼꼬는 마음의 眩氣症과같은 것을 느꼈다. 아베르·간스라하는 映畵作家의, 戰爭에의 憎惡心이 畵面으로부터 가슴속으로 파고 들면서, 이쪽으로 건너와 자리잡으려는 것처럼 느껴져 왔다.

  「그런 活動寫眞이라는 것을 알았다면, 큰 일 아니니. 操心해야 겠다야.」

  하수꼬는 누가 듣고 있기라도 하는양 목소리를 낮추었다.

  「허지만 나도 돌스토이인줄만 알았지 뭐니.」

  유끼꼬는 연초록 새잎의 냄새에 눈을 주면서, 장난끼어린 웃음을 띠었다.

「허지만 별었지 뭐야. 잘 봤지 뭐니. 都大體, 活動寫眞을 보면 안 된다, 小說을 읽어도 안 된다니, 도무지 알 수가 없단 말이야. 이젠 슬슬 戀愛도 할 나이인데 말이지.」

「유끼짱, 너무 큰소리 내지 말어, 얘.」

하수꼬가 발갛게 달아 올랐다.

유끼꼬는 가볍게 소리를 내면서 웃었다.

연못가에는 수양버들이 줄을 지어 심어져 있다. 새눈을 트고 있는 가지가, 微風에 하늘거리면서, 걸어 가고 있는 두 사람의 어깨를 문질러 주었다. 水面에서 反射되고 있는 햇살이 눈부시었다.

「보-트 한번 타 볼거나.」

보-트 貸與所 앞에서 유끼꼬가 멈춰 섰다.

「유끼짱은 저을 수 있겠니.」

「타 본적은 없지만, 怯낼거 없어.」

「무섭다, 얘.」

「노도 두개, 손도 두개. 念慮 부뜨러 매라구.」

하고 말하면서 유끼꼬는 船着場으로 내려 가면서 "아저씨 태워줘요."하고 큰 소리로 擔當者를 부르고선, 管理事務室에서 나오는 男子에게 재빨리 돈을 支拂했다.

처음에는 兩쪽손이 제멋대로 움직였기 때문에, 물받이가 너무 깊어졌거나, 水面을 미끄러져 가거나 해서, 두사람이 서로가 몇번이고 머리에 물을 뒤집어 쓰고서, 하수꼬는 悲鳴을 지르곤 했지만, 얼마 後에 유끼꼬는 操作의 要領을 攄得(터득)하게 되었다.
「유끼꼬는 뭐든지 잘한단 말이야.」
「우리 오빠 말을 빌린다면, 머리가 텅텅 비어 있기때문에, 運動神經으로 빈곳을 꽉 채우고 있대나 어쨌대나.」
 유끼꼬는 얼굴이 발갛게 되어서, 노를 저으면서 말했다.
「오빠는 어쩌고 계시는데. 連絡이라도 있는거니?」
「요전번에 上海로부터 葉書가 왔단다.」
「上海라면 中國의? 그런곳에서 무얼 하고 계시는데.」
「몰라. 나같으면 모처럼 中國에까지 갔으니깐, 馬賊頭目이라도 될텐데 말이야.」
「설마.」
 하고 하수꼬가 웃었지만, 유끼꼬는 천연덕스러운 얼굴이었다.
 햇볕의 反射로 銀종이를 깔아 놓은듯한 넓은 水面에, 드문 드문 보-트가 움직이고 있다. 中學의 上級生인듯한 세 사람이 타고 있는 보-트가, 스쳐 지나가면서 유끼꼬들에게 奇聲을 질렀다.
 하수꼬는 새빨개져서 얼굴을 돌렸지만, 유끼꼬는 세

사람을 노려 보았다.
「우와아, 무서워라.」
上衣의 단추를 끌르고, 學帽의 창을 쭈구려서 쓰고있는 여드름 투성이의 얼굴이 두렵다는 흉내를 내면서 소리를 질렀다.
「멍텅구리!」
유끼꼬가 소리쳐 대꾸했다.
연못의 한가운데이므로, 新綠의 그림자를 내리뜨리고 떠 있는 작은 섬의 기슭으로 보-트를 져어가서, 두 사람은 기슭이 緩慢한 傾斜地로 올라가서, 나란히 두다리를 쭈욱 뻗고서 앉았다.
「그런데, 뭐니? 아까 이야기.」
유끼꼬는 땀방울이 솟아 있는 이마를 손바닥으로 쓱 문지른다음, 이야기를 재촉했다. 하수꼬는 虛点을 찔린듯이, 狼狽스런 얼굴로 변했다.
「뭔데?」
「너. 뭔가 이야기 하고싶은 것이 있다고 했잖니. 너의 얼굴에 分明히 쓰여 있는 걸.」
하수꼬는 唐慌해서 얼굴을 숙였다. 그리고 아뭏 소리도 없었다.
유끼꼬도 다그쳐 묻지도 않고, 풀위에 벌떡 드러 누워

푸르른 하늘에 눈을 던져 올렸다.

「유끼짱, 너 사람을 좋아해 본 일이 있니?」

暫時 後, 하수꼬기 말했다.

유끼꼬는 하늘의 色깔로부터, 옅게 물드려져 있는 하수꼬의 옆얼굴에로 눈길을 돌렸다.

「있지.」

「진짜?」

하수꼬는 갑자기 元氣가 솟아 나는것 같았다. 주눅과 躊躇함이 사라지고, 갑자기 親近感이 얼굴 全體에 흘러 넘치는 것 같았다.

「그거, 몇살적때 이야기?」

「글쎄다. 어릴때부터 싫어하지 않았지만, 얼굴만 마주치면 싸움만 하고 했으니까, 自身으로서도 마음이 맞지 않는 게로구나하고 생각했지 뭐니. 그리고 나서, 精神을 차리고 보니까 좋아하고 있는것 같더라. 어느날 갑자기 그렇게 느끼고선, 唐慌했지 뭐야.」

「只今도?」

「응.」

「좋겠다야. 相思相愛잖니.」

「천만에. 아까 中學生처럼은 아니지만, 相對는, 히야두려워, 程度로밖에 생각하지 않는것 같애. 너무 鈍感해서, 부드럽고 微妙한 處女마음같은 거 하나도 모르는 것 같애.」

「그 분 어디에 사는 사람? 나도 알고 있는 사람이니.」

「그건 말 할 수 없네요. 나의 마음속만의 일일뿐, 相對는 아무것도 모르고 있으니까……. 그보다 이야기 하고 싶은 것이 있다고 했잖니. 좋아하는 사람이 있는거지.」

「그래. 유끼짱도 알고 있는 사람.」

유끼꼬는 暫時동안, 숨이 막히는듯한 表情으로 變했지만, 얼른 웃는 얼굴로 바뀌면서 몸을 이르켰다.

「알았다. 수와 나나로다.」

하수꼬는 발갛게 되어서, 끄덕하고 首肯했다.

「얼마만큼 좋아 하는데?」

「몰라. 허지만, 아무것도 생각이 나지않고, 아무것도 하고싶지도 않아. 工夫도 쬐끔도 머리속에 들어 오지도 않고, 괴로워. 너무도……」

「相當히 重症인것 같은데.」

「眞心으로 들어 줘. 弄으로 받아 드린다면 이야기 그만 둘래.」

「아니야, 未安. 그래서 나나로에게는 이야기 했는거니.」

「弄談이 아니야. 멀리 수와氏가 오는것만 보아도, 온

몸이 저려 오는것 같고, 다리가 후들거려 걸음도 걷지 못하겠는 걸. 이야기를 어떻게 한단 말이니.」

「저런 저런. 그렇다면 便紙라도 써 보지 그래.」

「그런거……, 不良少女와 같아서 말이지…….」

하수꼬는 어림도 없다는듯한 얼굴로, 세게 도리질을 한다.

「좋아하니까, 좋아한다, 고 正直하게 意志表示를 하는 것은, 조금도 나쁜 일이 아니야. 첫째, 나나짱은 멍청해 있으니까 아뭇 소리없이 가만히 있으면, 언제까지나 모른채 있단 말이다.」

「괜찮아, 알아주지 않아도…….」

「어거지 좀 그만 부려. 나나짱도 말이야, 너를 좋아하고 있는지도 모를 일이고, 부딛쳐 보지 않고서는 모르는 일이잖니. 진짜로 좋아 하는거지.」

「응.」

「하는 수 없군……. 좋아, 내게 맡겨 둬라.」

「어떻게 하려고.」

「내가 말 헤 줄테니까.」

「안 돼. 그런…….」

하수꼬는 心臟이라도 멈추는듯한 얼굴 이었다.

「안 된다는 게 어디있어. 너, 그렇담, 내게 뭣하러 털어 놓았니.」

「但只 들어 주었으면 해서야. 혼자서 끙끙대고 있는 거, 괴롭고 견딜 수가 없어서 말이다…….」

「그러면 언제까지나 아무것도 되지 않아. 나나짱은 어린애때부터 싸움 相對였고, 내가 더 쎄니까, 진짜 正直한 對答을 주지 않으면, 그냥 가만두지 않을테다.」

「하지만……. 두렵다, 유끼짱. 나같은 거 싫어 할는지도 모르잖니. 만일 그렇다면…….」

「그때에는, 이쪽에서도 "에잇"하고 氣分을 바꿔서, 깨끗이 잊어 버리라구. 나나짱같은 거, 내가 좋아 해 줄 價値가 없다, 고 생각해버리면 그만일테니까.」

유끼꼬는 거기까지 말하고선, 주먹을 쥐고서, 두세번 兩손을 높이 올렸다 내렸다 해 보이고 나서, 氣勢도 좋게 일어 섰다.

「그만 돌아 가자꾸나. 보-트집에 追加料金이라도 빼앗기면 損害니깐.」

하수꼬도 일어 섰다.

「氣 죽지 말거라. 너, 戀愛를 하고 있는 얼굴이 아니잖니. 어쩌믄, 지갑이라도 잃어버린 얼굴이다.」

男子처럼 兩다리를 쩍 벌리고 노를 저으면서, 유끼꼬가 말했으므로, 하수꼬도 함께 웃었다.

「유끼짱은 狡猾해.」

「뭐가?」

「그렇잖니. 나만 怯쟁이라고 욱박지르고선, 自己도 그 사람에게 自身의 氣分을 말하지 못하고 있는것 아니니.」

「말할 必要가 없으니깐. 난, 깨끗이 斷念한지 오래야.」

「어째서. 그거야말로, 부딛쳐 보지 않고서는 모르는거 아니니.」

「相對의 氣分을 알더라도, 어쩔 수 없는 걸. 내쪽에, 絶對로 안 되는 事情이 있단다.」

「그말, 무슨 말인데?」

「말 할 수 없어. 누구에게도 어쩔 수 없는 일이니깐.」

유끼꼬의 얼굴은 밝다. 그 女에게 무슨 事情이 있는걸까, 어두운 그림자라곤 어디 하나 찾아 볼 수 없는 그 女의 表情으로부터서는 想像도 할 수 없었다.

다음 날 아침일찍, 유끼꼬는 牛乳를 配達하러 간김에, 수와의 집 뒷 門쪽으로 돌아가서 큰 목소리로 氣勢도 좋게 사람을 불렀다. 집안에서 나나로의 어머니가 나왔는데, 나나로는 이미 登校하고 없었다. 二, 三日前부터 柔道部의 아침 訓練이 始作되었기 때문에, 여느때보다 빨리 집을 나선다는 것이었다.

「나나짱에게 이야기가 있습니다. 잠깐 餘暇가 있을때,

우리집으로 좀 들려 달라고, 그렇게 傳해 주십시요. 付託 드리겠습니다.」

하고, 유끼꼬는 나나로의 어머니에게 傳言을 付託했다.

그러나, 몇 日이 흘러가도 나나로는 나타나지 않았다.

그리고 나서 一週日 程度 지났을까, 유끼꼬는 學校에서 歸家길에 偶然히 나나로와 만나게 되었다. 그날은 土曜日이었고, 淸掃 當番이었기에 좀 늦게 歸家하는 길이었는데, 植物園 가까이 까지 오자, 반마장 程度 앞을, 가방과 함께 柔道服 가방을 어깨에 둘러 메고 걸어 가고 있는, 나나로의 뒷모습이 눈에 비춰져 왔다.

「임마, 기다려, 나나로…….」

유끼꼬는 재빨리 따라 붙어서는, 재빨리 옷자락을 움켜 잡았다. 나나로는 깜짝 놀라서 돌아 보았지만, 困惑스러운 나머지 얼굴이 빨개졌다.

「이것 놓으란 말이야, 큰 길에서…….」

그는 재빨리 周圍를 휘둘러 보면서, 유끼꼬와의 사이에 間隔을 만드려는듯이 뒷걸음질을 쳤지만, 그 女는 꼭 쥔 옷자락을 놓지 않았다.

「할 이야기가 있으니까 와 달랬는데, 왜 오지 않았었니.」

「그런 큰 목소리를 내지 말라니깐. 사람들이 보고 있잖니. 이것 놔.」

「逃亡치지 않을거지.」

「女學生과 걷거나하면 시끄럽단 말이야, 學校에서.」

「用務가 있으니까 하는 수 없는거야. 逃亡치면, 큰 소리를 치면서 쫓아 갈테니까.」

「難處한데, 뵈기 싫어 야….무슨 일인데.빨리 말 해 봐.」

「헌데, 그렇게 簡單한 問題가 아니라서 말이야.」

유끼꼬는 이젠 그의 옷자락은 놓고, 相對의 꼭다문 입을 쳐다 보면서, 장난끼어린 微笑를 띄었다.

「너 말이다, 하수꼬를 어떻게 생각하니?」

「하수꼬라니, 구주니시 하수꼬를 말하는거니.」

「응.」

「아무런 생각도 없어. 왜 구주니시에게 무슨 일이라도 있는거니.」

「이렇다니까, 진짜 鈍하긴…….」

어처구니가 없다는 듯이, 유끼꼬는 팔장을 긴채 고개를 설레설레 흔들었다.

「하수꼬의 집은 나나짱의 집 한집 건너야. 아침 저녁 얼굴을 마주치고 있으면서도, 모른단 말이니? 感受性 제로(0)구나, 너. 이 봐, 너가 좋아서 죽을 地境이란다.」

「야 임마, 쓰잘데 없는 말 하지 말어.」

唐慌한 나머지, 나나로는 말을 더듬기까지 했다.

「쓰잘데 없는 말이 아니라니깐. 本心이란 말이다.」

「치우지 못해. 나, 火낼거다.」

「좋아 한다는데 火낼것까진 없잖아. 나나짱은 어떻니. 男子답게 正直하게 말 해 봐.」

「알게 뭐야, 바보같이. 나 말이야, 只今 學校 일로 시시덕거리고 있을 때가 아냐. 同盟休校가 일어 날것 같단다.」

「헤에, 무슨 일로…….」

「學校長 留任 運動이다.」

나나로의 表情으로부터 狼狽스러운 氣가 사라지고 눈에는 緊張하고 强熱한 빛이 숨어 있는 것을, 유끼꼬는 보고 있었다.

來年부터는 中學 以上의 學校에 軍將校를 配屬시켜서, 學生에게 軍事敎鍊을 實施하는 方針을, 政府가 發表한 것은 요 最近의 일이었다.

世界의 大勢와 國內世論에 抵抗할 수가 없어서, 結局 四個師團의 軍備縮小를 認定하지 않을 수 없었던 陸軍의, 그것은 形式을 바꾼 軍備維持策(군비유지책)이기도 했다.

 軍縮에 依해서 豫備役으로 編入되려는 將校群을 配屬將校라는 이름으로 存在시키고, 全國의 學生, 生徒들에게 兵式敎練을 强制化 시킴으로 해서, 削減된 四個師團이 아닌 尨大(방대)한 實質的인 兵力을 養成하는 것이다. 말해서 軍縮을 有名無實化하는 一石二鳥의 노림수 였다.

 나나로들의 校長은, 學校는 어디까지나 學校가 아니면 안 된다, 는 信念을 갖고 있었으며, 學校敎育의 軍隊化나 學生의 士兵化에 反對하고 나섰던 것이다.

 道廳으로서는 나나로의 學校가 道立인 關係로, 가만 내버려 두지 않았다. 說得도 해 보았고, 半은 威壓的으로 壓迫도 해 보았으나, 頑固하게 自身의 主張을 굽히지 않았거니와, 全道의 中學校 校長會議 席上에서도 軍敎反對의 運動을 提唱하기도 했다. 그의 更迭이 갑자기 이루어지고 있었던 것은 바로 그 때문 이었다.

 敎員과 學生도 두 派로 나뉘어 졌다. 敎員 사이에서는 無事安逸主義者도 합쳐서 反校長的인 空氣가 强했고, 學生들은 壓倒的으로 校長 支持派 였다. 그 中心軸이 되어 있는 것이 勿論, 五學年과 四學年으로서, 나나로는 四學年의 代表委員의 先頭에 서 있는 것이다.

 집에서는 柔道의 아침 訓練이라 말 해 두었지만, 實은

連日 學生의 委員會議가 繼續되고 있었던 것이다.

「와아, 멋있다. 달리 봐야 겠는 걸.」

유끼꼬는 깡충깡충 뛰면서 나나로의 등을 두드려 주었다.

「허지만 큰일이다. 그냥의 人事移動 이라면 몰라도, 그 校長先生님은 軍의 方針에 反對하고 있으므로, 强制로 그만두게 하는 거란 말이거든. 그 留任運動을 한다는 것은, 말하자면, 大日本帝國 陸軍을 相對로 槍을 겨누는 일이란 말이야. 히야, 큰일 났구나.」

「成功할 可望이 없어. 하지만, 하지 않을 수가 없지 뭐니.」

「軍人이 學校內에 들락거리고, 學生에게 軍事訓鍊을 시킨다는 것인데, 왜 反對하는가를, 처음부터 學生들 全體에게 잘 納得시킨 後에 行動을 이르키지 않으면 안 되는 거라고 생각된다구. 그렇지 못한다면, 特히 下級生들은 軍事敎鍊 같은 것은 잘 모르기 때문에, 校長先生님을 따르는 人情같은 것에 얽매어져 있는것 만으로 同盟休校에 參加하고 있기 때문에, 오래 가지를 못한단 말이야. 틀림없이, 곧 內部로부터 行動統一이 崩壞되고 말거야.」

「헤에……. 대가리 텅텅 빈 콩颱風이라고 생각했는데, 진짜 달리 봐야겠는 걸.」

나나로는 생각지도 못한 것을 본 것 같은 눈매로 變했다. 弄談처럼 말했지만, 진짜 本心이었다.

「나도 그 点을 말하고 있단다. 下級生 뿐만이 아니고, 委員들에게도 밑바닥에 얄팍하게 깔려 있거든.」

「於此彼 普通의 學校騷動이 아니니까, 나나짱들 委員들은 빠져나올 틈이 없겠네. 아마도 退學處分이겠지.」

「覺悟는 되어 있으니까.」

나나로는 발걸음을 멈추고 싱긋 웃어 보였다. 헤어지는 길에까지 왔다.

「나, 마음속에서나마 熱心히 應援해 줄께.」

「응. 그럼, 또……」

나나로는 무뚝뚝하게 끄덕이고서, 官舍쪽으로 걸어갔다. 좋은 点이 있구나…….

教科書 보따리를 휘 휘 돌리면서 걸어가면서, 유끼꼬는 생각 했다.

같은 나이인데도, 女子애들이 생각하는 것은 고작해서 누구에게 사랑을 받고싶다, 라는것 程度인데도, 男子의 視野는 보다 더 넓고 깊다. 그들에게는 이미 眞理에의 憧憬이 눈을 트고 있고, 不合理를 미워하고, 그것을 是正하려 하는 情熱과 意志가 불붙기 始作하고 있는 것이다.

나나로가 그만치 凜凜(늠늠)하고, 男子답게 보인 것은

처음 이었다.

쇼타이가 와타세 쇼지로의 갑작스런 訪問을 받은 것은, 그러고 나서 얼마 後였다.

와타세 博士는 그날 아침, 以前에 그의 弟子였던 이사(伊佐)라 하는 젊은 도쿄帝大의 講師를 帶同하고, 삿포로驛에 到着했었다. 小數의 大學關係者의 歡迎을 받고서, 停車場 近處의 알만한 旅館에 旅裝을 풀고, 곧 人力車를 달려서 쇼타이를 만나러 왔던 것이다.

쇼타이는 말할것도 없고, 쓰루요도 너무도 기쁜 나머지 어쩔줄을 몰라 할 程度였으며, 와타세는 病床의 쇼타이를 보고서 가슴이 아파 왔다. 아무것도 모르는 사람이 보더라도 病勢가 무겁다는 것을 알 수 있을 程度였다. 와타세는 쇼타이의 입으로부터 그가 調査했던 地域의 仔細한 狀況을 들을 豫定을 取消하지 않으면 안 되었다.

「先生님께서 와 주셔서 이제 安心했습니다. 언제 죽더라도, 마음에 걸리는 것이 없어졌습니다…….」

쇼타이는 부어있는 손을 들어 와타세의 손을 붙잡고, 톡톡 두드리는 모습으로 말했다. 괴로운듯이 기침을 하면서, 목소리가 끊어지곤 했지만, 爽快한 氣分이 넘쳐 흐르는듯 했다.

와타세 博士가 實地調査에 着手한 以上, 기타도롱뇽의 北海道 棲息은 반드시 밝혀질것이라고, 그는 믿고 있는 것이었다.

「이 일은 元來가 자네가 해 주어야 할 일이니까, 얼른 일어 나서, 나를 도와주지 않으면 안 되는 것일세.」

하고 와타세는 激勵해 주었지만, 쇼타이가 完快되어 일어 서리라고는 그도 생각하지 않았다.

와타세는 患者의 興奮을 念慮해서 오래 앉아 있을 수가 없었다.

「어떻게 感謝의 말씀을 드려야할지 모르겠습니다. 先生님을 만나 뵙게 되어서, 그 사람에게는 더 以上의 죽음에 對한 膳物은 없습니다.」

쓰루요는 큰길까지 바래다 드리면서, 처음으로 눈물을 글성거렸다.

醫師는 벌써 以前부터 抛棄(포기)하고 있었다. 現在의 醫學으로서는 治癒方法(치유방법)이 없다는 것이었다.

와타세가 旅館으로 돌아와 보니까, 歡迎會나 講演會의 計劃을 가진 大學關係者나 新聞記者가 모여 있는 가운데, 스가 博士도 그를 기다리고 있었다.

와타세는 自身을 爲한 모임을 갖는 것을 一切 固辭했다. 그리고 나서 스가만을 남게 하고서, 그의 調査나 飼

育에 關해서 姿勢한 이야기를 들었다.

「先生님께서 直接 調査를 하시게 된것은, 스기君의 키타의 北海道 棲息說에, 적게나마 可能性을 認定하셨기 때문인 것으로 알고 있습니다만, 그 根據가 무엇인지요.」

스가는 自身의 否定說을 詳細히 說明한 後에, 若干 正色한 語調로 質問했다.

「난 자네와 스기君의 調査한 것 以外는 아직 아무것도 알지 못하고 있으므로, 否定도 肯定도 할 수 있는 立場이 아닐세.」

와타세는 柔和한 微笑를 띄우면서 말했다.

「다만, 나는 스기君의 人格을 믿고 있기 때문에, 그 사람이 功名心이나 名譽慾 때문에, 제멋대로 꾸며서 한 이야기로는 보지 않는다네. 스기君이 있다고 한다면, 키타는 있는 것이고, 그것은 자네도, 적어도 데시카카의 境遇에 만은 認定하고 있었네. 자네는 스기君을 도와 飼育을 해 보기도 했었네.」

「제가 본 것은 틀림없이 키타였습니다. 헌데, 그것만으로서는 기타의 道內 棲息說의 根據로서는 될 수 없다고 생각 됩니다. 또한 飼育도 失敗로 끝나 버렸고……..」

「누군가가 間島나 樺太에서 가지고 왔다던가, 무언가의 짐에 附着되어 옮겨졌던 알이 孵化된 것을, 偶然히 스기君이 發見한 것에 지나지않다는 자네의 假說도, 可能性은 너무도 터무니가 없지만, 絶對로 그렇지 않다고 斷定 지울 수도 없겠지.」

와타세는 相對를 달래듯이 고개를 끄덕여 보였다.

「그러나, 그러한 偶然에 依해서 들여져 왔다고 한다면, 두번씩이나 스기君이 發見者였다고 하는 偶然의 二重性이 너무 異常하지 않은가.」

「히라토마에(平戶前) 일때에는 저에게는 기타였다고는 생각지 않습니다. 보지 못했으니까요.」

「자네의 立場으로서는 그게 當然한거네. 허지만, 그것은 스기라 하는 사람을 믿는가 그렇지 않는가에서 見解가 달라지는 것이겠지만, 난 히라토마에 것도 키타였다고 믿고 싶다네. 實證은 빼고서, 相對方의 人格이라는 曖昧한 것 만을가지고 判斷의 根據로 삼는다는 것은, 學者답지않는 어리석은 짓이라고 생각되지만……..」

「罪悚스런 말씀입니다만, 率直히 말씀드려서 저도 同感입니다.」

「學者도 人間이니까, 그럴 수 밖에 없는 거 겠지.」

하고 와타세는 微笑를 흘렸다.

「잘못이라 한다면, 자네도 나도 똑같은 잘못을 하고 있는 거라네.」

「전 先生님만큼, 스기君의 人格에 믿음을 두고 있지 않습니다.」

「바로 그거라네. 나는 스기君을 믿고 있기 때문에, 보지도 않은 히라토마에의 도롱농를 『키타』라고 생각한다네. 똑같은 意味로 자네는 스기君을 믿지 않기때문에, 實證이 없는 히라토마에의 것은 『키타』가 아니라고 斷定하고 있는 것일세.」

「…………..」

「히라토마에 것이, 스기의 말 그대로 『키타』였는가, 그렇지 않는건가, 事實은 아직, 자네나 나나 斷定을 내릴 수 없다는 뜻일세. 또한 道內 棲息說을 否定하기 爲해서는, 스기君이 發見한 『키타』가 누구에 依해서 어느곳으로부터, 어떻게 해서 옮겨졌는가를 分明히 할 必要가 있다네. 그것이 證明되지 못하는 限, 자네의 否定說도 假說의 域을 벗어나지 못한다는 뜻이라네. 어떤가, 좋으시다면, 자네도 나와 함께 그 假說의 證明을 밝혀 보는 것이. 서로가 反對側에 서서 산을 오른다해도, 다다를 頂上은 단 하나밖에 없으니까 말일세.」

「알겠습니다. 저도 데리고 가 주십시요.」

暫時 後, 스가는 와타세를 바라보면서 말했다. 아무런 응어리도 없는 率直한 語調로 바뀌져 있었다.

다음 날 아침, 스가를 合勢시킨 와타세 博士 一行은 쿠시로(釧路)를 向하여 探査 길에 올랐다. 몇번이고 쇼타이의 발자취를 따라서 調査旅行을 經驗했던 스가博士가, 이번에는 길 案內役을 맡기도 했다.

와타세 쇼지로 博士가 스가博士의 協力을 받아서, 『키타도롱눃』의 北海道 棲息 調査에 着手했다고 하는 報道가, 그날 新聞의 社會面을 크게 裝飾했다.

쇼타이는 쓰루요가 보여주는 그 新聞을, 베갯머리에서 떼어 놓지를 않았다.

그 新聞의 같은 社會面에, 수와 나나로들의 中學校가 同盟休學에 들어 갔다는 것도, 제법 많은 스페이스를 차지하면서 報道 되었다.

쇼타이가 新聞을 놓지 않기 때문에, 유끼꼬는 그의 베갯머리에서 그 記事를 仔細히 읽어 보았다.

記事內容은 學生들에게 好意的이지 못했다. 스트라이크라는 一種의 行爲는 反社會的이라는 생각이, 一般의 常識으로 되어있다. 그런데도 中學生이 무리를 結成해서 學校行政에 反對하는 그런 行爲가 容認될 수가 없다는 것이다.

더군다나, 이번의 同盟休校는 現 校長을 敬慕한 나머지의 逸脫行爲라기보다는, 軍事敎鍊의 施行이라 하는 軍

部와 政府의 方針에 對한 抵抗의 色彩가 濃厚하다. 그러는 程度로, 記事는 反撥的 이었다.

「유끼꼬, 이젠 安心이다. 와타세博士가 直接 나서는것 뿐만 아니라, 스가先生님도 協力해 주기로 했다니까….」

쇼타이가 낮은 목소리로 끊어질듯 말듯 말했다. 유끼꼬도 와타세博士의 記事를 읽고 있다고 생각했던것 같았다.

「多幸이네요, 아빠. 요전번에도 두번씩이나 發見 했잖아요. 이번에도 꼭 찾아 낼거야. 그러니까, 빨랑빨랑 氣運 채려야지, 아빠. 病에 지고말면, 先生님들에게 뵐 낯이 없잖아요.」

유끼꼬가 新聞을 되돌려 놓으면서 말하자, 쇼타이는 네겹으로 접은 新聞을 가슴위에 올려 놓고, 그위에 끌어안는듯이 손바닥깍지를 끼고서, 어렴풋이 끄덕이었다.

玄關에서 쓰루요가 마다를 職場으로 내어 보내는 목소리가 들렸다.

「學校 다녀 올께요.」

유끼꼬는 쇼타이에게 목소리를 남겨두고 일어 서서는, 急히 책보따리를 찾아 들고 뒷 門으로해서 달려 나갔다.

「마다氏, 저기까지 함께 가요.」

「어-, 安寧.」

마다는 달려온 유끼꼬에게 웃음을 보내면서 나란히 걸었다.

「마다氏의 新聞社의 記事, 뭐에요. 不公平해요.」

「아닌 밤중에 홍두깨式으로 그게 무슨 말인데?」

「中學校의 同盟休校에 關한 記事 말이에요. 그렇게 一方的으로 쓰는 法이 어데 있어요.」

「아아, 그건 내가 쓴 記事가 아냐. 허지만 그것이 一般的인 見解란다.」

「一般의 見解가 한쪽으로 지우쳐 있다면 그 点을 指摘해서 바로잡아 줘야만 해요. 新聞까지 한쪽으로 지우쳐 버린다면 어떻게 되겠어요.」

「어쩐 일이야, 유끼짱. 서슬이 시퍼런데.」

「그럼요. 나요 너무 火가 나 있걸랑요.」

「콩颱風인 유끼짱이 말이니.」

하고 마다는 웃었지만, 유끼꼬는 眞摯한 表情을 흐트러 뜨리지 않았다.

「無條件的으로 世上의 見解가 한쪽으로 지우쳐 있다고는 보지 않아. 中學生은 아직까지 父母에게 얹혀있는 배움 途中의 어린애들이니까. 社會的인 發言權이 없다는 거다. 그런데 나라의 方針에 反旗를 들고 實力行動을 取하고 있다는 것은, 좀 지나친 거 아닌지 모르겠구먼. 유끼짱은 그렇게 생각하지 않나.」

「생각하지 않아요. 그렇잖아요, 軍事教鍊을 強制當하고 있는 것은 中學生들 그들 自身들이잖아요. 그것은 直接的인 그들 自身의 問題인데, 意志表示를 하면 안 된다고 하는 것이 橫暴가 아니고 뭐에요.」

「하지만, 學生들은 只今의 校長先生님을 留任시키고 싶은거 아니니. 그렇다면 華麗하게 騷動을 일으키거나 한다면, 逆效果를 불러 올 수 밖에 없다는 거다.」

마다의 말 그대로, 新聞에서도 道廳의 學務課長이 강경한 談話를 發表하고 있었다.

그에 依하면, 이번 騷動은 學生들의 自發的인 行動이라기보다, 校長이 생각이 모자라는 學生들을 煽動(선동)해서 이르킨 不祥事다, 고 떠들고 있는 것이다.

같은 생각은 父兄들 사이에서도 相當히 뿌리깊게 퍼져 있고, 同盟休校의 첫째날인 어제 아침에는, 父母로부터 登校하라고 強制當한 學生들과, 若干의 父兄들이, 피켓을 들고 있는 同盟休校派의 學生들과 若干의 입씨름이 벌어지기도 했다. 주로 下級生과 그들 父母이긴 했지만, 上級生 中에서도 登校하는 學生이 제법 있었다. 同盟休校가 校長을 생각한다는 單純한 師弟間의 情誼(정의)를 넘어서, 政治性을 띄고 있다는 것이, 學父兄들의 反感을 불러 이르킴과 同時에, 怯쟁이처럼 웅크리고 있는 것은, 틀림없는 事實 이었다.

「學生들이 騷動이라도 이르키지 않았다면, 左遷 程度로 끝날 것을, 德分에 校長先生님은 敎育界에서 永遠히 埋葬(매장)當하고 말는지도 모르는 거다. 勿論 學生中에서도 犧牲者가 나올게 틀림없고 말이지. 더군다나, 國家의 方針이, 不過 五百이나 千名의 學生들이 물구나무를 서서 發狂을 한다해도, 沮止할 수 없다는 것은 처음부터 뻔한 일이잖나. 그렇게 되고 보면, 대체 同盟休校에 무슨 意味가 있다는 거지? 쓰잘데없는 헛 騷動에 지나지 안잖아. 新聞에 限한다는 것만이 아니고, 常識을 가진 어른들이 贊成할 理가 없잖니.」

「그렇지 않아요.」

유끼꼬는 昻然히 눈을 들어 마다를 쳐다 보았다.

「진다고 하더라도, 아무것도 말하지 않고, 아무것도 하지 않는것보다 百倍나 훌륭하다고 생각해요. 納得할 수 없는 일에 對해서, 反對한다는 것은, 그것만으로서도 대단한 일 아닌기요. 지고 또 지더라도, 結局에는 그것이 겹겹이 쌓여져서, 모두가 反對하는 것처럼 되어 버린다면, 그것만으로서도 不合理를 억지로 通하게 할 수는 없는 거에요. 언젠가는, 틀림없이 그렇게 될거에요. 그런데도, 於此彼 질것인데 하면서 누가 아무일도 하지 않는다면, 언제까지나 아무일도 하지 못해요.」

「이것 봐라!, 콩颱風이라고 볼 수 없잖아, 유끼짱은. 이거 難處한데.」

마다는 苦笑를 지어 보였지만, 어떻게 處理하면 좋을지 몰라서 눈빛마져 흐트려져 보였다.

「學校는 工夫하는 곳으로서, 學生은 軍事敎育을 받기 爲해서 다니고 있지 않다는 것은, 마다氏도 認定하고 있잖아요.」

「그야, 그렇지만……..」

「그렇다면, 學生의 主張이 옳다고 쓰지 못하는 것은, 不正直하다고 생각드네요.」

「내가 쓴 記事가 아니라니깐.」

「쓴 사람에게 그렇게 말 해 줘요. 權力에 阿諂(아첨)해서 筆을 굽히는 것은, 新聞記者로서의 最高의 羞恥라구요.」

「놀라 자빠지겠구나야, 이봐…….」

「마다氏의 그런 장난같은 態度, 第一 싫어요. 나, 진짜 眞心으로 하는 이야기란 말이에요.」

「네,네. 유끼짱님 말씀 그대로 傳해 올립죠.」

「고마워요. 그래서 마다氏가 좋다니깐요.」

유끼꼬는 처음으로 방긋 웃으면서, 끄덕하고 머리를 숙이고선, 뜀박질로 큰길을 가로 건너갔다.

그 날 點心 休息時間에 유끼꼬는 校庭의 한쪽 구석으로 하수꼬를 불러내어, 나나로의 모습을 물었다.

「수와氏의 집, 每日 이만 저만이 아닌가 봐.」

하고, 하수꼬의 얼굴에 그늘이 드리워져 있었다.

나나로의 아버지는 그가 盟休派를 脫退하지 않는다면, 父子之間의 因緣을 끊겠다고 욱박지르고, 어머니께서도 매달리다싶이 하면서 그에게 哀願하고 있으며, 結局에 가서는 激昻한 父親께서 나나로를 두들겨 패기까지 되었고, 母親께서는 울고불고하는 騷動이 밤 늦게까지 繼續되었다는 것이었다. 아침이 되자, 나나로를 登校시키지 않으려고 또다시 騷動이 일어 났고, 오늘 아침에는 아버지께서 맨발로 門밖까지 쫓아 나와서, 미친 사람처럼 소리치면서 그를 끌어 들일려고 했다는 것이다. 요 몇 日間, 온 官舍가 수와의 所聞으로 꽉 차 있었다고 했다.

하수꼬의 아버지의 이야기로는, 수와의 아버지는 學務部長에게 불려가서, 嚴한 注意를 받은것 같았다. 나나로의 中學校는 道立이었고, 父親은 土木部의 道路課長으로서, 말하자면 道廳의 中堅 幹部인 셈이다. 그런 그의 아들이 政治的인 色彩가 濃厚한 同盟休校의 委員에 合勢하고 있다고 한다면, 廳內에서의 立場이 窮塞(궁색)하다는 것은 當然한 일이었다. 問題가 잘못 꼬이기라도 한다면, 進退를 생각할 必要도 일어 나지 말란 法도 없는 것이다.

「나나로짱도 괴롭기 짝이 없겠다, 그지.」

「그럼. 수와氏의 집은 아직도 어린 男同生과 누이도 있고, 아버지께서 그만 두는 일이라도 일어나면 큰일이라고, 우리 집에서도 걱정하고 있단다.」

「그런데도 해 내고 있구먼. 제법이야.」

「수와氏는 그런 두려운 일에, 스스로 들어 갈 사람이 아니야. 틀림없이 五年生의 나쁜 先輩에게, 無理스럽게 이끌렸을 거야.」

「무슨 말을 하고 있는거니. 너, 그렇게 멍청한거니. 나나짱이 誘惑을 當했다고, 마음에도 없는 일에 끌려 다닐 程度로, 흐늘흐늘 뼈도 없는 애가 아냐. 그보다, 우리 應援해 주지 않을래.」

하수꼬는 啞然해져서 유끼꼬를 바라본채, 얼른 對答을 하지 못했다.

「무슨 말을 하는거니, 그런……」

怯에 질린 顔色으로, 그 女는 소리를 친다.

「應援이라 했지만, 우리도 同盟休校를 하자는 게 아냐. 슬프게도 우린 女子니까, 軍事敎鍊과는 關係가 없잖니. 허지만, 中學 以上의 男子學生으로서는, 모두가 自身들의 問題겠지. 그냥 보고만 있지는 않을 것 같애.」

「都大體가 어떻게 하자는 건데?」

「삿포로에는 北大도 있고, 中學도 세군데나 있단다. 商業學校와 工業學校도 있지. 나나짱들의 學校만이기 때문에 弱하지만, 이들 學校의 學生들이 全部 함께 反對運動에 일어 선다면 어떻게 될것같으니? 그것이 導火線이 되어서 全道의 學校가 奮起할는지도 모른다니까. 萬一의 境遇, 日本內의 中學 以上의 學生이 參加한다고 생각해 보렴.」

「…………」

「校長先生님의 留任運動이라는 名目을 너무 앞장세워서, 한 學校만의 問題라는 印象을 주고 있는 것이, 나나짱들의 머리가 나쁘다는 證據란다. 모처럼의 運動을 龍頭蛇尾式으로 끝내지 않으려면, 日本學生의 全體의 일이라는 것에 力点을 두고, 橫的인 結束을 넓혀 나가지 않으면 안 된다고 본단다.」

「무서운 애로구나, 너 말이다……」

「어째서.」

「그렇잖니, 마치 빨갱이들 같애. 유끼짱이 하는 말이.」

「헤에, 그렇게 들리니. 틀림없는 事實을 말하고 있는

데도 말이니……. 글쎄, 빨갱이든 검둥이든 相關 없다, 얘. 하여튼간에, 우리들이 다른 中學의 上級生이나 北大의 豫科生들을 만나서, 軍事敎鍊 反對運動을 일으키도록 이야기 해 보지 않겠니.」

「絕對로 싫어. 그렇게 했다간, 우리들 無條件 退學이다, 얘.」

「너, 나나짱을 좋아하잖니. 그 사람이 옳다고 믿고 熱心히 하고 있는데도, 應援 해 주지 않겠다는거니?」

「수와氏는 좋아하지. 하지만, 同盟休學같은 騷亂을 이르키고 있는 수와氏는 싫어.」

「그렇다면, 좋아하고 있는게 아냐. ……글쎄, 좋아. 싫다면 하는 수 없지 뭐야.」

유끼꼬는 싹뚝 자르듯이 말하면서, 하수꼬의 이마를 손가락 끝으로 가볍게 콕콕 찌르면서 웃었다.

「유끼짱도 안 돼, 그런 일 하다간…….」

「난 할거다. 아무것도 되지 않을는지도 모르겠지만, 여하튼간에 應援을 하기로 決定했으니까.」

하수꼬는 暫時동안 유끼꼬를 물끄러미 바라만 보고 섰다. 突然, 그 女는 무언가 마음에 짚이는 것이 있는듯 했다. 그 女는 숨이 막혀 오는듯이 유끼꼬의 눈속을 드려다 본채로, 낮게 중얼거리는듯한 목소리로 말했다.

「너, 좋아하고 있는거지. 수와氏를……」

「弄談이겠지. 뭐야, 나나로 같은거……」

목소리는 火난듯 하긴했지만, 귀밑까지 물드려진 발가스러움이 그것을 背信하고 있는 것이다. 말이 途中에서 끊어지고, 유끼꼬는 싸 안듯이 兩손으로 머리를 감쌓다.

「實은 말이지, 싫어하지는 안 는단다.」

온 얼굴에 慊然쩍한 웃음을 띄우면서 그렇게 말 하고선, 고개를 숙이고 혀를 낼름 내어 보였다. 그리고선 方向을 바꾸어, 學校쪽으로 달려가 버렸다.

授業이 끝나자, 유끼꼬는 재빨리 自身이 생각한 것을 實行에 옮기기 始作했다.

그 女는 北大로 向하는 큰길을 따라 걸으면서, 스쳐가는 豫科生 中에 上級生으로 보이는 사람을 物色했다. 亂暴스럽기도 했고, 부끄럽기도 했지만, 달리 適當한 方法이 떠오르지 않았다.

最初로 豫科生을 對象으로 삼은 것은, 中學生 보다도 軍事敎鍊의 强制化에 敏感한 反應을 가지고 있을게 分明하고, 그게 對應하는 行動力에 있어서도 보다 나으리라고 생각 했기 때문이었다. 本科의 學生은 그 女의 눈에는 너무 어른같아서 距離感이 있었고, 벼란간에 불쑥 말을 거는 勇氣가 나지 않았다.

校門의 바로 앞까지 와서, 유끼꼬는 몇 분인가 學生들에게 말을 걸어 보았다.

「저… 當身은 只今 몇 學年이세요.」

「……三學年인데.」

學生은 異常하다는듯이 멈춰 섰다. 쭈구러진 學帽의 채양밑으로, 짙은 눈섶과 부리부리한 눈이 보였다. 彫刻을 해 놓은듯이 角이 뚜렸한 容貌로서, 대나무 옷걸이처럼 直線的인 어깨가 印象的 이었다.

「當身은 學生으로서, 軍事敎鍊이 强制되고 있다는 事實을 알고 있습니까.」

「아다마다요.」

「贊成입니까, 反對입니까.」

「異常한 사람이군, 學生은.」

相對는 苦笑를 禁치 못하면서, 異常하다는듯이 유끼꼬를 바라보았다.

「자네는 누구? 왜 아닌 밤중에 홍두깨 모양으로 그런 質問을 하는거지.」

「罪悚합니다.」

하고 유끼꼬는 발갛게 되어서 머리를 숙였다.

「전 스기 유끼꼬라 합니다. 萬一, 當身께서 軍事敎鍊을 反對하신다면, 相談에 應해 주시기를 付託 드립니다.」

「하지만, 난 자네를 알지 못하는데.」

「저도 모릅니다.」

豫科生은 어이가 없는듯이 하얀 이를 들어내어 보이면서 웃었다. 그러고 나서 그 女를 재촉해서 건너편의 밀-크 홀에로, 먼저 들어 갔다.

유끼꼬는 나나로들의 同盟休校가, 學生全體의 問題라는 것과, 때문에 他校의 學生들도, 그들을 못본체 내버려 둬서는 안 된다는 것과, 豫科에서도 反對運動을 組織해 달라는 것을 이야기 했다. 이야기를 하고 있는 中에, 熱이 북밭쳐 올라서, 그가 사 준 밀크 세-키(Milk Shake=우유에 달걀·설탕등을 넣고 흔들어 얼음을 띄운 飮料)에 손을 가져가는 것까지도 잊어 버렸다.

「우리 親舊들 사이에서도, 그 問題에 對해서는 眞摯(진지)하게 討議하고는 있지만, 直接 關係도 없는 女學生인 자네들까지가 이렇게 積極的인 關心을 갖고 있으리라고는 생각지도 못했지 뭐야. 등줄기를 후려 맞은것같은 氣分이 드는데.」

그는 골든배트(황금박쥐의 그림이 그려진 값 싼 담배)의 푸른 담배갑을 손가락으로 매만지면서 말했다.

「헌데 말이야, 놀라 자빠지겠단 말이다. 자네의 純粹한 眞情에는 帽子를 벗고 敬意를 表할 일이지만, 아무리 생각해도 그런 行動은 너무 無謀하다네. 너 나 없이 아무에게나 스트라이크를 煽動하면서 돌아 다니고 있는 모습이잖아.」

「알고 있어요. 허지만, 다른 생각은 떠오르지 않는걸요.」

「操心하는게 좋아. 警察에게라도 알려지게 되면 귀찮은 일이 일어 날테니까.」

그는 빠른 時日內에 同僚들 間에 結論을 끝내고, 그것을 基礎로해서 學內에서 反對運動을 이르켜야 겠다고 말했다. 以前부터 連絡을 取하고 있던 오타루(小樽)商高의 學生幹部들과도 急히 結束을 하고, 나나로들과도 만나보겠다는 것이었다.

「한번쯤, 자네가 우리들 同僚들 모임에 參席해 주었으면 하는데 어떤가. 엉뎅이가 무거운 愼重派도 자네와 만나게되면, 툴툴 털고 일어 설는지도 모르겠는 걸.」

「네에. 언제라도, 어디에서든 가겠습니다.」

「난 오타루(小樽)에서 汽車通學을 하고 있는데, 무언가 連絡이라도 있으면, 요앞의 雅山堂이라는 古書店의 主人 아저씨에게 남겨 둬. 난 카사마 히데수게(笠間英輔)라 부른다네.」

「카사마氏……, 오타루(小樽)의?」

유끼꼬는 밀크세-키의 컵을 입술에 대다말고, 튕기듯이 그를 바라 보았다.

「무슨 일이라도 있는건가.」

「그럼, 製粉會社의 카사마氏 입니까.」

「어떻게 알고 있다지.」

「그거야, 有明한 富者 이시니까요…….」

하고, 유끼꼬는 얼른 臨機應變(임기응변)으로 謀免했지만, 목소리가 막힐 程度로 가슴이 울렁거렸다.

그는 不愉快한듯한 顔色으로 變했다. 有明한 富者라는 말이, 그를 氣分 傷하게 한것 같았다.

「나가자구.」

그는 바지주머니에서 잔돈을 꺼내어 卓子위에 올려놓고 일어 섰다.

유끼꼬도 그를 따라 밀크·홀을 나왔다.

대여섯집 앞쪽으로 古書店이 있었다. 유리門에 雅山書店이라 쓰여져 있었다.

그곳을 들려 봐야 한다는 그와 書店앞에서 헤어져서, 혼자가 되고 나서도, 유끼꼬는 아지도 가슴속의 波濤가 가라앉지를 않았다.

그즈음, 카사마 다카나오(笠間隆治)에게는 아직 小學生인 同生이 있었다는 것은 유끼꼬도 들은 記憶이 있었다. 同生이라고는 하지만 피가 달랐었다.

　다카나오는 養子였고, 養子를 드린지 한 十年 程度 後에 생각지도 않은 實子息을 낳게되자, 그때부터 집안 空氣가 다카나오에게 冷情하게 돌아 갔다는 것도, 只今 생각해 보면 다카나오의 性格에 影響을 미치고 있었다는 것이 틀림없는 事實 이었다.

　유끼꼬는 다카나오가 집에 下宿을 하고 있을때부터 그가 싫었다. 自身이 너무도 사랑하고 있는 아끼꼬를 빼앗아 가 버렸기 때문 이었다. 只今은 그 程度로 單純치가 않다. 그 女에게도 女子의 慕情이 어떤것인가, 알기 始作했고, 歲月이 그때의 두 사람을 肯定하는 눈을 뜨게 해 주었다. 그러나, 그렇다 하더라도 只今, 다카나오에게 好意를 갖고 있지는 않았다. 나쁜 사람은 아니었다. 허나, 다카나오에게는 무언가 뻥하고 뚫린 곳이 있었다. 그것이 아끼꼬를 不幸하게 만들었다고 아니할 수가 없었다.

　유끼꼬는 나오기에 對해서 생각해 보았다. 나오기에게는 어디엔가 쓸쓸한 그늘이 드리워져 있다. 途中에서 轉校해 온 탓도 있겠지만, 같이 노는 親舊들도 別로 없는것 같았다. 칼싸움 놀이를 좋아해서, 學校에서 돌아 오면, 보자기로 覆面을 하거나, 얼굴에 빨간잉크로 칼자욱을 그리든지 하고서는, 무언가를 중얼거리면서, 대막대기를 휘두루곤 했는데, 언제나 대개는 혼자였다. 그래서, 유끼꼬는 때때로 그의 相對役을 해주면서 칼에 베이는 役割을 해 주기도했다. 나오기는 아끼꼬 보다도, 카사마를 쏙 빼 닮았다.

只今의 大學生이 핏줄은 여하튼간에 나오기의 叔父에 該當한다고 하는 事實은 아무것도 아니라 하더라도 유끼꼬의 마음으로부터 沈着함을 잃게 하였다. 自身이 다카나오의 同生에게 목소리를 건느게 된 偶然이, 異常하게 느껴지기까지 했다.

「에잇, 털어 버려야지.」

유끼꼬는 낮게 목소리를 내면서 그렇게 말했다.

다카나오는 다카나오, 히데수게는 히데수게인 것이다. 제 各各 獨立해 있는 異質的인 人間일 따름이다. 끈적끈적한 想念을 끌어 내어서, 새삼스럽게 두 사람을 찍어 붙혀서 생각할 必要가 어디 있단 말인가.

그렇게 생각해 버리자, 유끼꼬는 활짝 트인 表情으로 變해서, 가슴을 쭉 펴고서 큰걸음으로 걸어 갔다.

흰百合館의 산뜻한 建物앞을 지나려할때에, 그 女는 잠깐 걸음을 멈추었다. 玄關 兩옆에 몇대의 人力車가 놓여 있었기 때문이었다. 손님들이 제법 붐비고 있는것 같았다.

집앞에 到着해서 보니까, 마침 쓰루요가 醫師를 보내려고 따라 나와서, 人力車에 타고 있는 醫師와 작은 목소리로 무언가를 이야기 하고 있을 때였다. 그 얼굴이 어둡게 굳어 있었다.

유끼꼬는 쓰루요와 나란히 서서, 人力車가 달리는 것을 바래다 주고서, 말없이 쓰루요를 돌아다 보았다. 쓰루요의 얼굴만 보아도, 쇼타이의 容態가 좋지 못하다는 것을 얼른 直感할 수 있었다. 그러니만치 소리를 내어서 물어 보는 것이 두려웠다.

「오래 가지는 못하겠단다. 오늘 내일 程度는 아니더라도.」

쓰루요는 목소리를 낮게 떨어 뜨리면서 그렇게 말하고선, 눈을 똑바로 뜨고서는 유끼꼬를 바라 보는 것이었다. 잘 들어 둬, 얼굴에 내어 비치는게 아니다. 沈着하게 해야한다고, 다짐을 해두는 눈매였다.

유끼꼬는 아랫입술을 깨물면서, 쓰루요의 눈을 바라보면서 고개를 끄덕여 보였다.

「오빠가 보고싶겠지, 아버지는……..」

「보고싶겠지, 입으로는 말하지 않지만.」

「나, 오타루(小樽)에 가서, 그 노소쓰키라는 사람을 만나보고 올까부다. 그 사람이라면, 오빠가 上海 어디쯤 있는지, 詳細한 住所를 알고 있을것 같애, 틀림없이.」

「쇼타로에게 알려서는 안 된다.」

「왜 그러는데?」

「왜 그렇든간에.」

뿌리치듯 말하고선, 쓰루요는 집안으로 들어가 버렸다.

쇼타로는 하나밖에 없는 아들 이었다. 쇼타이가 그와 만나고싶지 않을 턱이 없는 것이었고, 쓰루요도 똑같은 생각 이었다. 허나, 야마오 오우지와 그 家族의 일을 생각한다면, 自身들 夫婦는 當然히 그런 程度의 犧牲은 甘受하지 않으면 안 된다고, 마음속으로 다짐했었다.

죽을 때가 다 되었다는 것을 自覺하고 있는 쇼타이가, 한마디도 子息의 이름을 입에 올리지 않고 있는 것도 쓰루요는 가슴이 아플 程度로 잘 알고 있는 것이었다.

그러나, 유끼꼬는 쇼타로가 집을 떠난 진짜 理由를 모르고 있었다. 漠然하게나마, 무언가 隱密한 事實이 介在되어 있는것 같은 느낌은 있었지만, 强하게 推測해 본다면, 그것은 自身이나 나오기에 關係가 있지않나하는 氣分이 드는 것이다.

그가 上海에 있다는 것을 본다면, 若干 생각이 지나쳤는지는 모르겠으나, 쇼타로는 海外에서 무언가의 일을 하기 爲해서, 進退가 自由로운 立場에 몸을 놓아두고 싶었는지도 모른다고 생각 되는 것이다.

다음 날은 土曜日 이었다.

유끼꼬는 쓰루요에게는 몰래, 學校에서 곧바로 汽車를 타고 오타루(小樽)로 갔다.

바다를 등진 繁華街에 있는 노소쓰키證券은 얼른 찾을 수 있었다. 石造의 오래 된 二層 建物로서, 元來 海産物의 都賣商을 했던 자리라고 했다.

노소쓰키 야노요시는 얼른 만나 주었다. 上海의 쇼타로의 住所도 알고 있었는데, 그는 그것을 卓子위의 메-모用紙에 써서 유끼꼬에게 건네면서,

「그러나, 便紙를 보낸다 하더라도, 언제 오빠손에 닿을는지는 잘 모르겠습니다.」

하고 말하는 것이다.

「住所라 하지만, 그곳에 살고 있는 것도 아니고, 但只 連絡場所 일 뿐이니까요. 아무튼, 온 中國을 빠쁘게 돌아다니고 있어서, 좀처럼 上海에 便히 앉아 있을 틈이 없는 것 같아요.」

「亦是 오빠도 株式 아니면, 貿易關係 일을 하고 있는 건가요.」

「어림도 없습니다. 그런 돈벌이 일이 아닙니다.」

노소쓰키는 金時計 줄이 느려져 있는 죠끼 포겟에 손가락을 꽂아 넣은채, 椅子의 등받이에 비스듬히 기대고 선 천천히 시키시마(敷島=일본의 옛이름=담배)의 煙氣를 내품고 있었다.

「스기氏는 나라를 爲해서, 몸을 던진채 일하고 계십니다. 日本이 世界에서 으뜸가는 大躍進을 이루기 爲해서, 하지 않으면 안 될, 땅고르기를 하고 계십니다. 두고 보십시요. 언젠가 집안 여러분들도 아시게 될 때가 올겁니다.」

노소쓰키의 語調에는, 臨時應變이 아닌, 尊敬의 念이 넘쳐 있었지만, 그것은 유끼꼬속에 潛在해 있는 오빠의 모습과는 잘 合쳐지지 않기 때문에, 유끼꼬는 適當하게 對答을 얼버무릴 수 밖에 없었다.

노소쓰키와 헤어져서 停車場쪽으로 되돌아 가면서도, 유끼꼬는 쇼타로가 하고 있다는 일이, 妙하게 마음에 거슬렸다.

憂國志士라던가 남의 依賴를 받고 協商을 하는 無賴輩(무뢰배), 國際的인 깡패, 라는 이메-지가 어떻게 생각해 보아도 쇼타로와는 너무도 먼 이야기라고 생각 되었다. 그 女가 생각하기로는, 그런 種類의 사람들은 一種의 純眞한 誇大妄想症을 가진 사람들 이었다. 입만 벙긋하면 天下 國家를 論하고, 悲憤慷慨(비분강개)하여 憂國의 포-즈를 取하는가하면, 無賴漢처럼 酒色에 빠져 있고, 그러면서도 家族을 奉養할 能力조차도 없는 夢想家로 밖에, 유끼꼬는 그를 생각하고 있지 않았다. 쇼타로의 陰沈하고 閉鎖的인 性格과, 그것은 너무도 差異가 많은 印象이었다.

쇼타로는 反對로 普通 사람이라기 보다, 一身의 利害에 執着하는 쪽에 屬한다. 自身을 버리고, 國家를 爲해서 獻身한다고 하는 것은, 있을 수도 없는 일처럼 느껴졌다. 具體的으로, 上海 近處에서 그는 只今 무슨 일을 꾸미고 있는걸까. 密貿易……. 벼란간에 그런 말이 腦裡를 스쳐간다. 그런것이라면, 새삼스러울 것은 없지만, 그가 할만한 일인지도 모르겠다.

「야아, 스기君 아니니.」

벼란간의 목소리를 듣고, 유끼꼬는 깊숙히 빠져있던 想念으로부터 얼굴을 들었다.

옆에 세워져 있는 三層짜리 빌딩의 돌 階段 위에, 카사마 히데수게가 서 있었다. 入口의 큰 門짝위에 기타부리 제분주식회사(北振製粉株式會社)라는 金色으로 칠을 한 글자가, 옆으로 쓰여져 있었다. 그는 그 建物에서 막 나오려든 참이었다.

「어머……. 어제는 未安했어요.」

유끼꼬는 걸음을 멈추고, 꾸벅하고 재빠르게 人事를 했다.

「이런 곳에서 만나리라고는 생각지도 못했는데. 자주 오는 게니, 오타루(小樽)에.」

「아아니요, 저쪽에 무언가 일이 쬐끔 있어서요……. 여기, 아버지네 會社?」

「응, 아버지에게 겔(Geld=稅金)을 좀 얻을까 해서….」

히데수게는 굽이높은 게다를 끌면서 돌階段을 내려오자,

「어제 헤어지고 나서 곧장 수와君들과 만났단다.」

하고 말하면서, 유끼꼬와 나란히 걷기 始作했다.

「고맙네요, 그런데 狀況은 어떻대요?」

「別로 좋지가 않더구먼. 先生도 學生도 兩쪽으로 갈라져 갈팡질팡이고, 中心軸인 校長先生님도 事態收拾을 爲해서, 스스로 辭表를 던진것같애.」

「辭表를? 그럼, 校長先生님께서 맨 먼저 降伏했다는 건가요?」

「그런것같애. 어떻든 留任運動의 形式을 取하고 있기 때문에, 校長께서 辭表를 던져버렸다면, 일은 끝난거지 뭐. 잘 버틴다해도 向後 二, 三日이 되겠지.」

「그런거, 背信이잖아. 校長이 學生을 背信한다는 것은, 容恕할 수 없어.」

유끼꼬는 히데수게가 校長이라도 되는것마냥, 그를 노려 보았다.

「儒敎的인 道德觀 속에서 자라 온 老人이니까. 縱의 關係(上下의 關係)에는 本質的으로 弱하기 때문이지. 背信한다는 氣分은 아닐지라도, 權力에의 抵抗이 뚜렸하게 나타나면, 어떻게 하더라도 一種의 罪惡感에서 벗어날 수가 없겠지. 그래서 敎育者는 明治 以來로 말하자면 위에서부터의 嚴重한 思想統制에 꼭 쥐어져 왔기 때문에, 國家權力에 對한 抵抗力이 稀薄하다는 거다. 自己의 所信을 굽히는것보다 辭任한다는 것은, 抵抗으로서는 消極的이기는 하지만, 그 속에는 뼈가 들어 있단다.」

「나나짱은……수와君은 어떻게 말하고 있던가요.」

혼자 남더라도 싸우겠다고 興奮해 있지만, 어떻게 할 수도 없더구먼. 準備도 不足했었고, 戰術도 잘못되었더군. 수와君의 親舊分들, 모두 孤立되어 있더구나.」

「그렇다면 應援도 必要없게 되었다는 건가요.」

「未安하지만 어쩔 수가 없다네. 우리들은 우리들끼리만의 運動을 하지 않으면 안 되게 되었어. 오늘도 그 일로해서, 오타루(小樽) 商高의 幹部들과 만나기로 되어 있단다.」

停車場 가까이, 느슨한 비탈길로 되어있는 十字路에서 히데수게와 헤어지고 부터, 유끼꼬는 完全히 沈沒되는 氣分이 되었다.

同盟休校가 失敗로 끝나버린다면, 主謀者들은 當然히 嚴重한 處罰을 받게 되겠지. 그것도 걱정이었지만, 그런데도 하물며, 學生으로서의 正當한 抗議가, 學生 自身들에게 마져도 理解시키지 못하고 敗하고 만 나나로의 氣分을 생각하면, 유끼꼬는 가슴이 아파 왔다. 軍事敎鍊을 强行하려 하는 政府나 陸軍이나, 나나로들의 抗議運動을 눌러 없애버린 道廳이나 警察의 官僚보다도, 學生들의 無關心이나, 學父兄들이나 世上의 偏見쪽이 훨씬 더 미웠다. 복받쳐 오르는 感情때문이라고 알고는 있지만, 自身으로서는 어쩨볼 道理가 없는 것이다.

카사마 히데수게가 말 한 그대로, 同盟休校은 그로부터 三日도 견디지 못했다. 校長은 辭表를 提出했고, 그것은 卽時 受理 되었다. 校長은 學生들에게서 犧牲者가 나오지 않도록 해 달라는 깃이 唯一의 條件 이었다고 傳해지고 있었지만, 結果는 두 學生이 退學處分을 받았고, 네 學生이 無期停學 處分을 받았다. 모두가 五學年生으로서, 四學年 中에서도 三個月의 停學者가 한사람 있었으나,

수와 나나로는 處分을 받지 않고 끝났다.

「千萬多幸이야, 수와氏가 罰을 받지 않아서……」

그날 아침, 유끼꼬가 學校에 가니까, 하수꼬가 달려와서 껴안는다.

유끼꼬는 아뭇소리도 하지 않았다. 罰을 받지 않아서 多幸이라는 말이 마음에 들지 않았다. 露骨的으로 利己的인 餘韻이 풍겨 나고 있었다.

「수와氏는 宏壯한 秀才 아니니. 그래서, 學校에서도 생각해 주신것 같애.」

「나나로는 어쩌고 있는거니?」

「그야 즐거워하고 있겠지.」

「흥……. 나나로가 그렇게 말하든?」

「그렇지는 않지만, 기뻐하는 것은 뻔하지 않겠니.」

하수꼬는 어덴가 期待가 어긋났다는 表情으로, 유끼꼬의 얼굴을 드려다 보았다.

「그렇잖니. 수와氏는 來年에 北大 豫科의 試驗을 치르잖니. 그사람이라면, 四年 修了라도 合格은 틀림 없다고 先生님들도 큰소리 치고 있단말이야. 그런데도 여기서 異常한 일이라도 일어나 봐. 試驗이고 뭐고 불 수 없게 될거다. 九死一生이지 뭐니.」

「글쎄 올시다……」

「뭐니, 글쎄 올시다, 라니……. 유끼짱도 잘됐다고 여기는 거 아니니.」

「…… 어덴가 산뜻한 氣分이 들지 않누만.」

「어째서.」

「退學과 停學이 일곱名이나 나왔단 말이야. 나나짱이 自己 혼자만 살았다고, 기쁨에 빠져 있을만치 얼간이라고는 생각지 않아. 첫째, 나나짱 혼자만이 處分을 받지 않는다는 法은 없어. 主謀者들 中의 한사람이니까.」

「그럼, 유끼짱은 수와氏가 退學이라도 當했으면 좋을 뻔 했단 말이니.」

「그러는 便이 나나짱에게도, 氣分學上으로 봐서는 좋았던것이 아닌지 모르겠네……. 바보같이, 그런 무서운 얼굴을 할것까진 없다, 애.」

유끼꼬는 웃으면서, 툭하고 하수꼬의 어깨를 치고서는, 自己 자리로 敎科書를 가질러 갔다.

나나로가 處罰을 免하게 된 것은, 그의 아버지가 奔走하게 돌아 다닌 德分이라는 所聞을 들은 것은 그날 밤이었다. 下宿人인 마다記者의 消息通이고 보면, 根據없는 所聞만은 아닌것 같았다.

나나로의 아버지가 學務部長앞에서 泣訴를 한 結果. 그에게로부터 學校側에, 나나로를 處分對象에서 除外시키라는 內密의 示達이 있었는것 같다는 것이었다.

　마다는 그렇다고 그런 일에 反撥心을 느끼고 話題에 올릴 必要가 없었다. 그 程度의 恩惠는, 公務員을 아버지로 둔 少年이라면 當然한 일이라고 생각하고 있는 것 같았다. 저녁 食事 後의 한낱 世上 이야기였을 뿐이었다.

　「道廳이거나 警察署거나 裁判所의 높은 분들의 子息들을 리-더로 하는 方法도 있긴 있지. 傷處받을 사람이 나오지 않아서 좋으니까.」

　하고 웃는것도, 비꼬는 말투만은 아니었다.

　그러나, 유끼꼬는 매우 憂鬱한 氣分에 빠져 있었다. 나나로가 그러한 特權的인 暗去來로, 아무렇지도 않게 便安히 兩班다리를 하고 앉아 있을 그러한 人間이라고는 생각하지 않았다. 그는 그런 일이 있었는지 조차도 모르고 있었고, 萬一 알았다고 한다면, 얼마나 懊惱(오뇌)했을까 모른다. 그의 父親은 子息을 救하기 爲해서 인지는 모르겠으나, 그것은 나나로로 봐서는 同盟休校가 失敗했는 것 보다도, 더 더욱 깊은 마음의 傷處가 되지 않을 理가 없었다.

　유끼꼬는 조금이라도 빨리 그와 만나고 싶었지만, 그럴 機會가 오지 않았다.

쇼타이가 아무도 모르는 사이에 숨을 거둔 것은, 나나로들의 校長先生님이 全校生에게 눈물어린 訣別의 人事를 했다는 것이, 新聞에 난 날의 아침 이었다.

그날 아침, 그는 여느날보다도 氣分이 좋아 보였다.

「只今쯤, 와타세先生님은 어디서 무엇을 하고 계실까….」

하고, 제법 精神이 멀쩡한 목소리로 쓰루요에게 말을 걸자,

「只今쯤 히라토마에에 계시겠죠. 천천히 操心 操心 끈기있게 하시겠다고 말씀 하셨으니까요.」

하고 그 女가 對答하자, 쇼타이는 힘없는 눈매에 微笑를 띄우고선 두어번 고개를 끄덕이었다.

「나 말이요, 쓰루요……. 豫感이 좋다오. 先生께서는 키타와 꼭 만날거요. 틀림없이, 이번에야 말로 發見할거야……. 그런 氣分이 든단 말이요.」

「當身도 그런가요. 實은 저도 그래요. 틀림없이, 빠른 時日內에 좋은 消息이 오리라 생각 되네요.」

正直한 氣分은 아니었지만, 쓰루요는 목소리에 힘을 넣었다.

그러고나서 유끼꼬와 나오기를 學校에 보내고 나서, 다시, 벼개맡에 앉아 있었다.

「어쩐지, 오늘아침은 氣分이 너무 좋아……」

藥을 마실때에도 그런 말을 중얼거리기도 했다. 그러고나서, 가느다랗게 잠이 들었기에, 쓰루요는 살짝 베갯머리에서 떨어져 나와서 오쓰루를 등에 업고 뒷門으로 나왔다. 이러는 사이에 빨래라도 해 치우려는 생각에서였다.

家族의 빨래뿐만이 아니라 下宿人들의 것도 있으므로, 量이 제법 많다, 언제나 똑같은 일거리 이다.

途中에 한번 오쓰루가 칭얼대었기 때문에, 부엌에 들어 가서, 오쓰루에게 牛乳瓶을 물리고 한 숨 쉬었다. 그때에도, 발자욱을 숨기면서 患者의 容態를 보러 갔었지만, 쇼타이는 엷은 입술이 열려진채 잠들어 있었다.

헌데, 겨우 나머지 빨래를 끝내고, 좁은 뒷곁 가득히 빨래를 널은 다음, 다시 한번 病室을 드려다 보니까, 쇼타이의 姿勢가 달라져 있었다.

한쪽손이 얇은 덮이불의 끝을 끌어 내리려는듯이 움켜쥐고, 반쯤 엎드린 몸을 바로 잡으려는듯한 모습으로 꼼짝도 하지않고 있었다. 베개가 미끄러져 나가고, 머리가 다다미위에 그냥 내려져 있었다.

「여보!」

쓰루요가 달려 갔지만, 움푹 꺼져있는 눈 그늘속에서,

눈꺼풀이 닿혀진채 아무런 反應이 없었다. 이미 숨이 끊어져 있었다.

쓰루요는 쇼타이의 머리를 自身의 무릎위에 올려놓고, 兩 손바닥으로, 수염이 덥수룩하게 나 있는 뺨을 감쌌다. 그리고서 茫然해 있었다. 딱딱하고 차거운 冷氣가, 손바닥을 通해서 가슴속으로 파고 들었다.

아무런 關聯도 없이, 쓰루요의 腦裡에, 꾸적 꾸적한 여름옷의 다리통을 접어 올리고, 박쥐우산대에 旅行用 보따리를 끼워서 어깨에 둘러 멘 靑年때의 쇼타이가 떠올라 왔다. 그 발 언저리에, 쓰루요가 웅크리고 앉아 있다. 곁에는 채소를 가득 실은 손수레가 있다. 큰 길 옆 나무 그늘 아래였다. 한여름의 따거운 햇살이 周圍를 한결같이 하얗게 만들고 있었다.

그 때, 나는 입덧으로 괴로워하고 있었던 것이다. 아끼꼬가 뱃속에서 자라고 있었기에--------.

쓰루요는 차갑게 식어버린 쇼타이의 얼굴을 살짝 살짝 쓸어주고 있었다. 손의 行爲를 意識은 알지 못하고 있었다.

쇼타이와 만난것은, 그때가 처음은 아니었다. 허지만, 그 女로 봐서는 말의 진짜 意味로서 쇼타이와의 『만남』은, 亦是 그때 였었으리라.

以來로 四十余年이 흘렀다. 뒤돌아 보면, 暫間동안의 꿈처럼 생각되지만, 끝이없는 길고도 긴 旅行이기도 했다. 그러는 中에, 쇼타이는 쓰루요에 있어서는 둘도 없는 길동무 였었다.

그의 사랑은 얼핏 보아서는 눈에 띄이지 않는다. 때로는, 그의 存在마져도 잊고 있을 때도 있었다. 그러는데도, 갑자기 精神이 들어서 찾아보면, 그는 언제나 곁에 붙어 있으면서, 아무렇지도 않는듯이 쓰루요를 뒷받쳐주고 있는 것이다.

쇼타이와 함께 였으므로 해서, 쓰루요에게는 只今, 뚫고 지나온 四十年 가까이의 歲月의 山河가, 幸福한 展望으로 되어 있었다.

그와 反對로, 自身은 쇼타이에게 있어서 어느만큼의 意味를 줄 수 있었을까. 그에게로부터 얻은것이 너무 크고, 준것이라고는 너무도 보잘것 없었는것처럼 생각 되었다. 痛節한 悔恨이었다.

들려 주세요. 當身은 나의 半만큼만이라도 幸福하셨던 가요--.

쓰루요는 쇼타이의 머리를 베개위에 올려 놓고, 그의 숱이 적은 半白의 머리칼을 빗겨주면서, 가슴속에서 그에게 물어 보았다. 悲痛하고 슬퍼서 몸도 마음도 찌브러져버릴 程度인데도, 눈은 물끼하나 없이 메마른채로 였다.

 葬禮式에는, 魂을 던져버린 一介 市民으로서는 생각할 수도 없을 程度로 많은 사람들이 參禮 했다.

 『키타도롱농의 스기 쇼타이(杉 壯太)氏 죽다.』

라는 題目의 짧은 미다氏의 記事가, 新聞의 한쪽 구석에 실렸기 때문인지도 모르겠다.

이즈미農場에서는, 히로꼬와 나쓰기 夫婦, 구와쓰치 야수오도 參席했다. 무네가다 슈이찌나, 只今은 獨立해서, 停車場 近處에 帽子와 洋品의 작은 商店을 내고 있는 겐이찌나, 야마오 오우기찌 夫婦도 모습을 보였다.

「아까 수와氏도 왔었는데.」

밤 샘날 밤에 부엌에서 바빠서 어쩔줄 모르고 있는 유끼꼬를 돕고 있으면서, 구주니시 하수꼬가 귀엣말로 들려 주었다.

「유끼짱 힘 내라고 말이야.」

「응, 고마워.」

「헌데 말이지, 그 사람 어떻게 된거 아냐. 모처럼 잘 되었는데, 退學하고 北中으로 轉學을 간대요, 글쎄. 벌써 手續은 끝마쳤다고 하던데.」

유끼꼬는 도마위의 칼질을 멈추고 하수꼬를 바라 보았

다.

 市內에는 廳立의 中學校가 두군데 있고 私立이 한군데 있다. 北海中學校는 私立이다.

「집안에서 잘도 許諾 했구나.」

「許諾 할것같니. 絕對로 承諾할 수 없다고, 大騷動이 일어 났던것같애. 그것을 뿌리치고 제마음대로 手續을 해버렸던거야. 어째서 그런 바보같은 짓을 했는지, 까닭을 알 수가 없단 말이야.」

「바보같은 짓이 아냐. 그거야말로 수와 나나로란 말이다. 그치, 亦是나 心이 通한단 말씀이야. 잘 했다! 잘 했어!」

「뭐가 잘 했다는거니. 유끼짱도 어떻게 되거 아냐.」

 하수꼬는 하수꼬式으로 나나로의 身邊을 걱정했고, 유끼꼬도 自己나름의 方式대로 그를 생각하고 있었다.

「좋아 좋아. 普通눈에는 怪常罔測하게 보이겠지만, 사람에게는 제 各各 가는 길이 있게 마련이다.」

 하고, 유끼꼬는 滿足스러운듯이 고개를 끄덕였다.

 쇼타이는 마루야마의 墓地로 옮겨졌다, 처음 치사꾸의 墓 뿐이었던 그 場所도, 只今은 미네와 아끼꼬 外에 고마끼 시루노, 소네 쥬사브로도 함께 잠자고 있어서, 자그만 하기는 하지만, 一族의 모임이 그 形態를 이루어가고 있었다.

【續 石狩平野 上卷 完】
【中卷으로 繼續】

附　錄

【漢字工夫】

1

【慾】거염 욕　【僞】거짓 위　【諦】살필 체　【妥】편안할 타
【狡】교활할 교　【猾】교활할 활　【覇】으뜸 패　【誌】기록 지
【幟】기 치　　【忍】참을 인　【揶】농할 야　【揄】이끌 유
【傾】기우러질 경　【斜】빗길 사　【腸】창자 장　【刷】문지를 살

♣

2

【艦】싸움배 함　【叔】아재비 숙　【畜】기를 축　【巢】새집 소
【窟】굴 굴　　　【酪】타락 낙　【稚】어릴 치　【拙】옹졸할 졸
【恰】마침 흡　　【似】같을 사　【邦】나라 방　【慘】슬플 참

♣

3

【凌】업신여길 릉　【猜】의심낸 시　【曆】책력 력　【焉】어디 언
【鞭】채찍 편　　　【攀】휘여잡을 반　【聘】부를 빙　【煩】번민힐 번
【踊】뛸 용　　　　【軌】굴대 궤　　【膏】기름 고　【伸】펼 신

♣

續石狩平野 ▪ 上 403

-4-

【檢】간검할 검　【傑】호걸 걸　【饅】만두 만　【那】어찌 나
【駐】말머무물 주【塢】물가 오　【敗】패할 패　【北】패할 배
【沿】좇을 연　【匪】아닐 비　【袁】성 원　【統】거느릴 통
【牒】편지 첩　【戾】돌아올 여【牽】이끌 견　【脆】연할 취
【傀】엄전할 괴【儡】꼭두각시뢰【毅】굳셀 의　【須】잠간 수
【趨】달아날 추【剝】벗길 박　【洪】클 홍　【閻】이문 염
♣

-5-

【虜】사로잡을 로【憘】한숨쉴 희【寡】적을 과　【砲】큰대포 포
【雷】우뢰 뇌　【湖】물 호　【畔】밭도랑 반　【銃】총 총
【巧】교할 교　【玩】구경 완　【拷】두드릴 고【譯】번역할 역
【徽】아름다울 휘【戀】생각할 연【擬】비낄 의　【灣】물구비 만
【畔】밭도랑 반　【銃】총 총　【巧】교할 교　【玩】구경 완
【拷】두드릴 고【譯】번역할 역【徽】아름다울 휘【戀】생각할 연
【擬】비낄 의　【灣】물구비 만【諂】아첨할 첨
♣

-6-

【宰】재상 재　　【虐】모질 학　　【閒】겨를 한　　【怒】성낼 노
【飜】뒤칠 번　　【樺】벗나무 화　【罵】꾸짖을 매　【龜】터질 균
【惱】번뇌할 뇌　【肋】갈비대 늑　【皺】주름질 피　【囊】주머니 낭
【腫】종기 종

♣

-7-

【剩】남을 잉　　【諷】욀 풍　　　【均】고를 균　　【衡】저울 형
【疏】글 소　　　【忽】문득 홀　　【緯】씨 위　　　【晳】분석할 석
【耐】견딜 내　　【紛】분잡할 분　【歇】쉴 헐　　　【震】진동할 진
【灘】여울 탄　　【源】근원 원　　【幅】폭 폭　　　【廠】헛간 창
【殿】대궐 전　　【粗】약간 조　　【愕】놀랄 악　　【森】심을 삼
【怱】바쁠 총　　【棍】곤장 곤　　【棒】칠 봉　　　【訊】물을 신
【辜】불알 고　　【罹】걸릴 이　　【賜】줄 사　　　【遷】옮길 천

♣

-8-

【勃】변색할 발　【寞】적막할 막　【讚】도울 찬　【鋼】강철 강
【坊】막을 방　　【供】이바지 공　【焰】불꽃 염　【菩】보살 보
【挽】수레끌 만　【董】동독할 동　【粘】차질 점　【易】바꿀 역
【違】어길 위　　【倦】게으를 권　【啞】벙어리 아【拉】꺾을 납
【抹】바를 말　　【耶】어조사 야　【眷】돌아볼 권【膺】가슴 응
【懲】징계할 징　【籠】농 롱　　　【稿】벼짚 고　【滔】물넓을 도
【俸】녹 봉　　　【蟄】엎딜 칩　　【譴】성낼 견　【尼】여승 이

♣

-9-

【描】그림 묘　　【掠】노략할 약　【攄】펼 터　　【削】깎을 삭
【尨】삽살개 방　【凜】찰 름　　　【祥】상서 상　【濃】걸직할 농
【蛇】뱀 사　　　【慷】강개할 강　【懊】한할 오

```
판 권
소 유
```

속이시카리 平野 · 上

發行日 : 2015年 12月 07日

著 者 | 후나야마 카오루
譯 者 | 曹 信 鎬
發行人 | 曹 信 鎬
發行所 | 德逸 미디어

住所 | 서울시 영등포구 63로 40,
　　　　라이프오피스텔 빌딩 1410호
電話 | (02) 786-4787/8
팩스 | (02) 786-4786

登錄 | 제 13-1033호(2000. 2. 16)

ISBN 978-89-89266-26-6 (전3권)
ISBN 978-89-89266-27-3 (04830)

값 : 13,000원

* 저자와 상의하여 인지를 생략하였습니다.
* 이 출판물은 저작권법에 의해 보호를 받는 저작물이므로 무단 복제할 수 없습니다.
* 잘못된 책은 교환해 드립니다.